Siempre es verano contigo

# ANDREA HERRERA

# Siempre es verano contigo

Grijalbo

Primera edición: junio de 2023

*Printed in Spain* – Impreso en España

ISBN: 978-84-253-6493-8
Depósito legal: B-7.982-2023

Compuesto en Fotoletra, S. A.

Impreso en Liberdúplex
Sant Llorenç d'Hortons (Barcelona)

GR 6 4 9 3 8

*Para ti, abuelita,*
*que me enseñaste que debemos mantener la lealtad*
*y la valentía hasta el último día de nuestra vida*

# 1

## ZOE

## Decisiones que marcan la vida

Cerré la puerta de golpe y me quedé unos segundos mirándola inmóvil. Tomar aquella decisión me había costado mucho, pero ya no había vuelta atrás. En ese instante comenzaba el verano más importante de mi vida. Me salió una sonrisa tonta al tiempo que contenía la respiración; mis pulsaciones estaban disparadas. Oí el sonido de un claxon, levanté la mirada y lo vi, era el coche de mi tío. Venía con la radio a todo volumen, y la canción veraniega que tenía puesta fue como una inyección de adrenalina. Me di la vuelta y caminé hacia allí bailando al ritmo de la música, con el cuerpo liberado de toda la presión de los últimos meses. Sí, ese iba a ser un gran verano.

—¡Zoe, te vas a arrepentir toda la vida de esta decisión! —gritó mi padre desde la ventana de la cocina—. ¡Tu tío es un loco desquiciado! Y tú… ¡una niñata que se las da de madura!

—¡Calla, David! —me llegó la voz angustiada de mi madre, que estaba a su lado mientras lo cogía del brazo para calmarlo—. Te van a oír los vecinos.

Fui directa al maletero del coche, ignorándolo. Lo abrí y metí una maleta mediana y un bolso pequeño, cerré de golpe y caminé al lado del coche sin volverme. Iba a abrir la puerta del copiloto, pero el asiento estaba ocupado, para mi sorpresa, por mi querido primo. Mis lágrimas brotaron de emoción y sentí que me retumbaba el corazón, acelerado, en el pecho. Abrí la puerta trasera y metí la mochila y la riñonera; con esto completaba mi equipaje para la temporada. A continuación me senté con la respiración acelerada por los nervios que me generaba la situación. Al entrar vi a mi tío Martín sentado al volante con su pasmosa calma, gafas de sol, un cigarro en la boca, su inconfundible ropa desaliñada y arrugada, el cabello castaño revuelto, una barba incipiente y su preciosa sonrisa de oreja a oreja. Sacó la mano por la ventanilla y, con tranquilidad, le lanzó una peineta a mi padre, quien seguía vociferando desde la ventana con la cara encendida por la rabia.

—¡Chiquillaaa! —Esa voz tan bonita no era ni la de mi padre ni la de mi tío. Era la de mi primo Álex.

—¡No me puedo creer que hayas venido a buscarme! —exclamé entusiasmada—. ¿Y tú? —Me dirigí a mi tío—. ¡Has llegado supertemprano y, además, has traído a este tonto!

Me llenaba de alegría volver a verlos después de meses, demasiado tiempo, diría yo, en concreto desde el funeral de la abuela, el año anterior. En la última temporada, nuestro contacto se había reducido a videollamadas, aunque nuestra complicidad seguía siendo única y hablábamos todas las semanas sin excepción. Con mi tío y mi primo se cumplía la teoría de que, cuanto más te nieguen a una persona sin un claro porqué, más te empeñarás en buscarla y amarla incondicionalmente.

Me colé por el espacio entre los dos asientos y los abracé con mucho cariño. La mezcla de olores de perfume, tabaco y marihuana que desprendían me envolvió y asqueó a partes iguales. Era su olor, único e inconfundible, como ellos.

—¡Mi sobrina preferida al fin está conmigo! —Mi tío me correspondió con un corto beso en la frente y se giró para posar sus brazos musculosos en el volante y arrancar el coche.

—Pero si soy tu única sobrina —resoplé volteando los ojos—. Ay, tío, no sabes lo que me ha costado poder estar aquí, con vosotros, después de tantas discusiones. —Me acomodé en el asiento y me ajusté el cinturón de seguridad—. Mi padre está demasiado irritable, no hay quien lo aguante. Tu hermano es insoportable, ya no podía hacer ni decir absolutamente nada, porque acabamos volviendo al mismo punto de siempre. Que si mi vida va a ser un desastre, que si voy por mal camino…

Por mi mente pasó una secuencia a cámara rápida de todas las peleas, los reproches y las discusiones de los últimos días. ¿Por qué no podía ser un poco más como mi tío y un poco menos él? Mi padre era una persona muy chapada a la antigua, incapaz de hacer frente a la rebeldía de una hija que salía de la adolescencia con un carácter propio y muy distinto del suyo. Él era el clásico hombre de mentalidad arcaica que siempre había cumplido con los patrones que dictaba la sociedad, como le había inculcado su padre, es decir, mi jodido abuelo.

Y es que la mayor parte de nuestros conflictos tenían origen en la educación que le había inculcado mi abuelo. Era una herencia difícil de llevar. Mis abuelos se separaron cuando mi padre tenía apenas diez años. Mi abuela, harta de los mandatos de su marido y de su trato asfixiante, abandonó el hogar familiar en el norte y regresó a Cádiz, donde vivían sus padres. No fue una decisión nada fácil en aquella época, pero no podía más. Lo que más la apenó fue no poder llevarse a su hijo, pues mi abuelo se quedó la custodia e impidió que se vieran durante muchos años. Con el tiempo, mi abuela rehízo su vida con un amor de la adolescencia y, dos años después, nació mi tío Martín. Alejado del amor de su madre y con un progenitor muy rígido, mi padre creció bajo una educación muy estricta. Estudiar, casarse, buscar un trabajo de bien y formar una familia eran sus metas en la vida. Y las cumplió a rajatabla.

Se graduó en el instituto con notazas, fue el mejor de su clase, como no podía ser de otra manera; siempre estudiando ciencias, claro está, porque los amantes de las artes, según mi abuelo, no estudiaban, sino que vagueaban. Y en nuestra familia no había cabida para los vagos, así que años más tarde mi padre me repetiría las mismas palabras, esa era «la rama de los vagos» y nada bueno me podía traer. Pero volviendo a él... cuando llegó a la universidad, mi padre siguió el camino estipulado. Por supuesto, él no eligió la carrera, estudió lo que su padre le había machacado toda la vida, y digo «machacado» porque mi abuelo lo guio con insistencia para que estudiara Empresariales desde que era un crío. No debía salirse del sendero del bien, debía seguir sus pasos. «Hijo de banquero tiene que ser banquero», solía decir. Pero no un banquero dueño de banco. No. Un trabajador que se cree importante solo por dirigir una entidad bancaria. Es decir, ambos habían acabado siendo un currito más con un poco de decisión.

En el resto de los aspectos de su vida, mi padre siguió las mismas pautas convencionales. Tras conseguir el puesto soñado por su padre, se casó con la novia de toda la vida, la niñita que había conocido en la guardería, con quien había comenzado a salir en el instituto y de la que nunca se había separado. Mi madre también era una clásica, y es que para estar con un hombre como mi padre o eres la típica esposa solícita o te divorcias. Mi madre era demasiado solícita e incluso sumisa, pues a veces se dejaba dominar. Eso contrastaba con su profesión. Nunca te imaginarías que una inspectora de Hacienda, que debería ser fuerte y decidida, en el caso de mi madre distaba mucho del patrón: ella se dejaba llevar por el marido y, a decir verdad, la entendía, porque su vida no había sido fácil y a la pobre se le habían alineado los astros. Ella también venía de una familia tradicional y, pese a que sus padres eran un poco más flexibles que los de mi padre, aun así eran bastante conservadores. Por desgracia, los perdió en un terrible accidente de tráfico cuando yo tenía pocos meses, y eso la sumió en una profunda depresión.

Ella también fue una estudiante modélica; está claro que si no mi padre no se hubiera fijado nunca en ella. Se graduó en el instituto con buenas notas, fue la segunda de la promoción, por detrás de mi padre, y estudió Económicas. Ella solía decir que por gusto, que al contrario que mi padre ella había elegido la carrera que quería, pero a veces tenía dudas de si él había influido en su decisión. Al poco tiempo de graduarse, consiguió un puesto de inspectora de Hacienda, y su máxima en la vida tras esa meta fue ser madre. Luego vino la pérdida de sus padres y, como no tenía hermanos, su vida se centró en su pequeña familia. Lo que mi madre no sabía era que yo había llegado para darle muchas alegrías, pero también muchos dolores de cabeza.

Si bien me habían educado siguiendo las mismas directrices que les habían inculcados a ellos, la niña les había salido insurrecta por naturaleza, y aquello les había agriado aún más el temperamento, hasta tal punto que se pasaban los días refunfuñando. Por supuesto, mi padre no se cuestionaba que alguien pudiera ser diferente a él y tener otros sueños o valores, así que, a cada paso que yo daba en la vida, su insatisfacción y su malhumor crecían. Nunca saqué muy buenas notas, es más, fui aprobando a trompicones, pero la gran decepción para él llegó cuando elegí cursar el bachillerato artístico. En efecto, la temible «rama de los vagos». Mi madre en cambio, para mi sorpresa, aunque no estaba del todo convencida, me apoyó. Para colmo, ese mismo año dejé al novio que había conocido en primaria, el que tenía que ser para toda la vida, y el que mis padres ya veían como «chico ideal». Con todo, lo peor llegó cuando comencé a plantearme qué estudiaría en la universidad. Entonces se desató el huracán. Tenía claro que no estudiaría lo que ellos me dictaran, ni Empresariales ni Económicas ni mucho menos ciencias. Lo que a mí me tiraba era Bellas Artes, la gran pesadilla para mi querido y tradicional progenitor. Mi madre se mantenía entre dos bandos; en alguna conversación, cuando me daba la razón y decía que quizá no era una mala idea, mi padre montaba en cólera y ella me pedía que lo entendiera.

—Bueno, Zoe, ahora toca olvidarnos de tus padres, de los dramas familiares, y disfrutar de los supermeses que vamos a pasar en la playa —clamó mi primo con un tono muy alegre—. Ya sabes: arena, sol, fiesta…

—Y trabajo —agregué con seriedad.

Álex se giró dramáticamente con la boca abierta y una mano en el pecho, como si aquella palabra se lo hubiera travesado.

—¡Mira qué puntillosa nos salió la niña!

—Tiene razón —alegó mi tío con una sonrisa burlona mientras expulsaba el humo del cigarrillo en círculos perfectos—. Menos fiesta y más curro este verano, que si es por ti, chaval, se me hunde el negocio.

—Sí, lo vas a decir tú, el que tiene cuatro chiringuitos y no da un palo al agua —agregó indignado mi primo—. ¿Piensas que me vas a tener de esclavo todo el verano?

—A ver, para algo te he contratado, no para que mires el vaivén de las olas. —Su voz grave soltaba carcajadas mientras pasábamos por el cartel que anunciaba la salida de Lleida.

Durante las tres horas que duró el viaje, no pude sacarme de la cabeza a mis padres. Sentía mucho ser una decepción como hija, pero no podía dejar de ser yo misma y luchar por mis sueños. En el fondo los quería una barbaridad; cuando era niña los adoraba, eran mis grandes referentes; siempre habíamos sido una familia cercana y unida. Pero en los últimos años todo había cambiado por nuestras diferencias. Y en los últimos meses nuestra relación era un tira y afloja constante.

Desde muy pequeña amaba dibujar, era mi vía de escape. Así expresaba mis sentimientos más profundos. No recordaba la vida sin las clases de pintura. Mis padres siempre me apoyaron, de hecho ellos fueron quienes me apuntaron a la academia para mejorar la técnica y se sentían orgullosos de los cuadros de su hija; incluso tenían alguno colgado por casa. A ellos les había gustado que a la niña le apasionara pintar, pero mi progenitor nunca se lo habían tomado en serio. Decía que mis dotes artísticas estaban muy bien, por eso aceptó que asistiera a la extraescolar, pero solo como *hobby*.

El problema comenzó cuando me planteé el *hobby* como carrera. «Quiero estudiar Bellas Artes». A partir de esas cuatro palabras, todo se transformó. «Es una carrera sin futuro», «Te vas a morir de hambre», me insistía una y otra vez. Pero lo peor estaba por venir… Harta de su mala cara y sus reproches, decidí que necesitaba un tiempo para mí. Para aclarar las ideas debía alejarme de ellos y no tener la voz de mi padre regañándome todo el día como un eco en mi cabeza y la de mi madre pidiéndome que lo entendiera, que él quería lo mejor para mí.

De modo que, si anunciarle que quería estudiar Bellas Artes fue una estaca en el corazón, cuando le informé de que me iría a pasar el verano con mi tío fue la hecatombe. «Además de querer estudiar una carrera de mierda, quieres irte con ese demente. ¿Te has vuelto loca?». No quería ni imaginarme que se enteraran de que me había matriculado a escondidas. «Zoe la desheredada». Eso lo dejaría para más adelante. Cuando estuviera completamente segura de que era la mejor decisión, lanzaría la bomba.

Así fue mi día a día hasta que subí al coche con mi tío y mi primo camino de Begur.

Me fastidiaba hacerlo en contra de su opinión y sin su apoyo, pero bueno, había cumplido dieciocho años y quería tomar mis propias decisiones. ¿Qué quizá me equivocaba? Pues seguramente. Lo que cada vez tenía más claro era que mi padre no iba a imponerme una carrera que no me apasionara y que me llevaría directa a ser una auténtica frustrada y amargada.

La idea de irme a trabajar ese verano a la Costa Brava salió de mi primo Álex. Él estaba estudiando la carrera de mis sueños, supongo que lo artístico nos venía de familia, y escucharlo hablar de las asignaturas en las largas videollamadas que hacíamos aumentaba mis ganas de mandar a la porra a mi padre. Aun así, necesitaba un empujoncito, tener a alguien cerca que me diera la razón y me respaldara firmemente en mi decisión. Tanta discusión con mi padre, pero también con mi madre, que, aunque decía que me apoyaba, al mismo tiempo trataba de convencerme de que le hiciera caso a él, al final hacían mella. Me trastornaba muchísimo porque a ratos me entraban dudas. Me preguntaba si estaba equivocándome, si estaba echando mi futuro por la borda.

Al contrario que mi padre, mi tío y mi primo siempre me habían apoyado, y cuando les conté el tifón de reproches que me azotaba, me animaron a alejarme un tiempo de casa para decidir sobre mi futuro con calma y sin presiones. Con la ayuda de Martín, me matriculé en la carrera con la que tantos años llevaba soñando, incluso se ofreció a darme alojamiento en su piso de Barcelona y respaldarme en todo lo que necesitase. Ellos eran un encanto y me querían mucho. Aquel iba a ser nuestro gran verano, así que acepté el trabajo y, con lo que ahorrara, le devolvería el dinero de la matrícula a mi tío. Si en septiembre seguía con la misma idea, me mudaría con ellos, cerca de la universidad, me buscaría un trabajo a tiempo parcial y, cuando pudiera, me iría a vivir sola. Ese era mi plan. Aquella idea me entusiasmaba. Si por el contrario cambiaba de opinión, regresaría con mis padres, como dicen por ahí, con el rabo entre las piernas. Pero era muy terca y obstinada, y en aquel momento esa opción ni me la planteaba.

Sumida en mis pensamientos, disfrutaba del paisaje con la cabeza apoyada en la ventanilla del coche. Nos acercábamos a Begur mientras Álex chateaba por WhatsApp, probablemente con la amiga de la que últimamente me hablaba tanto, y mi tío cantaba a todo pulmón, o mejor dicho, desafinaba, *House of the Rising Sun*.

Begur, qué ganas tenía de llegar. Según mi primo, era un lugar precioso, con playas increíbles y lugares de ensueño que llevaba años deseando conocer. Por más que mi tío Martín había insistido a su hermano en que me llevara de vacaciones, él nunca había querido, otro detalle más de lo poco que sabía disfrutar de la vida.

El viaje se me hizo corto entre los momentos de reflexión y los ratos que pasamos hablando, cantando y quejándonos de la vida. Sabían que estaba nerviosa por haberme ido de casa por las bravas e intentaban entretenerme sacándome de mis pensamientos. Estar con ellos era superameno, el tiempo pasaba volando.

Al llegar al camping donde se alojaban mi tío y mi primo, al pie de la montaña, se abrió la barrera de control de acceso. De entrada me pareció un lugar con encanto. Al instante sentí en las fosas nasales la humedad y el olor particular a petricor por el camino de tierra mojada que seguíamos. Mis ojos admiraban el recinto, que era un gran bosque de pinos. Gente de todas las edades caminaba libremente por unas instalaciones amplias y variadas, llenas de colores. Pasamos por casas prefabricadas de dimensiones diversas, unas cuadradas, otras alargadas; caravanas de diferentes tamaños y formas; parcelas seccionadas con tiendas de campaña, y coches de distintos modelos aparcados delante. Además, muchos niños corrían y jugaban a la pelota; otros montaban en bicicleta o iban en patines o con monopatín. El coche se adentró por las calles a poca velocidad hasta dar con su cabaña. Era una pequeña casa de color naranja con la entrada de madera en beis clarito. Aparcamos justo al lado, y mi primo me ayudó a bajar el equipaje mientras yo me quedaba fascinada escuchando el sonido nítido de los pájaros.

Cargados con la maleta y las bolsas, subimos unos escalones desgastados. En el porche de la entrada había una mesa de plástico de color negro y cuatro sillas a juego. Martín sacó las llaves y abrió la puerta acristalada de la casa. Nada más entrar me encontré con un pequeño salón con la cocina integrada y muebles del suelo al techo también beis. Pese al tamaño, tenían a simple vista todas las comodidades. Eso sí, el caos era tremendo. En el centro había una mesa repleta de objetos sin orden alguno: toallas, bañadores, camisetas arrugadas, vasos de plástico tirados, bolsas de patatas y de chuches abiertas; un desorden que, siendo sincera, me puso un poco nerviosa. En la reducida estancia había tres puertas a la izquierda; la primera daba a pequeño aseo, y las dos siguientes, a dos habitaciones; una era la de Álex y la otra era para mí, según me indicaron. Entre ambas puertas había un sofá de piel azul. Al otro lado había una barra alta con tres taburetes y, junto a la cocina, la nevera y dos puertas más: una daba acceso al otro baño, y la otra, a la habitación del tío. Todo era pequeño y sencillo, pero suficiente para pasar un verano de lujo. Ese con el que soñaba desde niña, por mucho que le pesara a mi padre.

Como si me hubiera leído el pensamiento, mi tío se acercó y me dio un abrazo que me reconfortó. Él era todo lo contrario a mi padre. Solo los unía la sangre de mi abuela. Para mi padre, Martín era un «vive la vida», y mi primo, igual que su padre. De pequeños no habían tenido relación, y con los años intentaron crear un vínculo familiar, pero resultó totalmente imposible; eran demasiado distintos. Mi tío se había criado en Cádiz, y siempre fue un chico muy feliz y alegre, solía contar mi abuela. Sin ser tan aplicado como mi padre, él también estudió ciencias en el instituto, y no porque se lo impusieran mi abuela o su padre, sino porque era de números y le encantaban. Sus notas no fueron destacables, pero se graduó en la universidad en Administración de Empresas. Siempre quiso ser un gran empresario y lo había logrado pese a los obstáculos, que sorteaba airoso con los toques bohemios y alocados que lo caracterizaban. Mi padre decía que su hermano era un irreverente y lo criticaba porque, según él, había vivido su vida a gran velocidad. Pese a que en los estudios habían seguido una trayectoria similar, en lo personal sus vidas eran opuestas. La de mi padre, pura rectitud; la de mi tío, muy volátil. Martín tuvo a Álex a los dieciocho años con una chica que un buen día decidió salir a buscar tabaco y nunca volvió. Desapareció y no supieron más de ella. Así que mi primo se crio al amparo de mi tío, su desenfrenado estilo de vida y la ayuda, fundamental, de sus abuelos.

—Bienvenida a nuestra humilde morada veraniega, aunque de morada tiene poco —exclamó Martín a mi lado mirando las paredes de madera y mostrándose orgulloso de tenerme allí—. Zoe, ya sabes, estás en tu casa. Instálate en tu habitación y luego Álex te enseñará todo lo que tienes que saber para un verano muuuy intenso. —Esbozó una espléndida sonrisa—. Yo voy a supervisar los chiringuitos. Cualquier cosa que necesitéis, me llamáis y adoptaré el papel del supuesto adulto responsable que soy. —Enmarcó esto último en unas comillas imaginarias con los dedos.

Dicho esto cogió una mochila, se la colgó al hombro y salió de la casa dejando la puerta entreabierta.

—¡Venga, date prisa! Te espero aquí —me apuró Álex al tiempo que se sacaba el teléfono del bolsillo trasero y se tiraba en el sofá—. Por cierto, ¿quieres conocer hoy a la chica que te había contado que es majísima, guapísima, superdivertida y loca hasta decir basta? —Habló con un brillo especial en los ojos—. Es más fácil encontrarla en nuestra cabaña que en su casa, pasa el verano en una urbanización muy cerca de aquí. Pero si no quieres hoy porque vienes cansada, no importa, ¿eh? Te la presento otro día.

—Con todo lo que me has hablado de ella es imposible decirte que no. —Sonreí al ver como se le marcaban unos preciosos hoyuelos en las mejillas.

Me detuve un segundo a observar cuánto había crecido mi primo. Estaba mucho más alto y guapo que la última vez que le había visto. Seguro que el primer año en la universidad había ligado un montón. Álex tenía diecinueve años, era muy delgado y, aunque eso en el pasado había supuesto un complejo para él, hacía unas semanas me había comentado que para entonces se sentía a gusto con su cuerpo y que había aprendido a quererse un poco más.

Siempre había sido un pieza. En su cara aprecié un par de cicatrices nuevas; supuse que por la tabla de surf o, bueno, conociéndole, podía habérselas hecho de cualquier manera. Era un completo desastre; torpe y extremadamente arriesgado, pero eso no quitaba que fuera una persona bonita tanto por dentro como por fuera.

—¿Qué te pasó en la ceja? —pregunté mirando la nueva marca que lucía por encima del párpado.

—Es solo un rasguño. Fue haciendo surf, cogí mal una ola y la corriente me llevó a un saliente rocoso, nada por lo que me vaya a morir —dijo soltando una mueca de picardía, y sus blanquísimos dientes brillaron—. Bueno, date prisa, voy a llamar a Ivy.

Salió de la cabaña y yo entré en mi nueva habitación. Coloqué velozmente mi ropa y demás cosas en el estrecho armario que había al lado de mi cama, cuya puerta apenas podía abrir. El espacio era mínimo. En cuanto terminé, salí a la cocina y busqué en la nevera un poco de agua fría; hacía calor y acusaba la humedad. Mientras bebía del vaso y sentía cómo se refrescaba todo mi cuerpo, observé de nuevo el salón. El desorden era máximo. Y como si me hubiera poseído el espíritu de mi madre, me puse a recoger algunas cosas que estaban desperdigadas, doblé las toallas tiradas en el sofá y ordené un poco aquel desastre. Entonces me acordé de que Álex me esperaba fuera —qué cabeza la mía—, y salí a buscarlo a la terracita de la entrada, donde lo encontré concentrado en la pantalla del móvil. Debía de estar hablando de nuevo con la chica.

—¿Ya has terminado? —comentó dejando el móvil en la mesa y acomodándose en la silla de plástico.

—Sí, ya está todo. —Me abaniqué la cara con las manos. La temperatura había aumentado considerablemente y volvía a estar sedienta—. ¿Qué vamos a hacer ahora?

Tengo muchísimas ganas de dar una vuelta y conocer todo esto, y si podemos tomarnos una birra para brindar por el verano que nos espera mejor que mejor.

Estaba ansiosa por saber dónde iba a pasar esos meses, a los que, siendo sincera, tenía un poquito de miedo. Iba a trabajar por primera vez en mi vida, y nada más y nada menos que en un chiringuito de playa, sirviendo cócteles y otras cosas totalmente desconocidas para mí, pues mi experiencia como camarera era nula.

—Pues nuestra maravillosa amiga debe de estar llegando, o eso es lo que me ha escrito hace unos minutos.

En ese instante se estiró un poco hacia atrás para mirar a mi espalda. Oí el sonido de una moto y la canción *Surfin' U.S.A.*, de The Beach Boys, así que me di la vuelta. De una Vespa rosa monísima, ataviada con muchas cosas, se bajaba una chica despampanante, de tez negra, vestida con una falda larga marrón, con vuelo y entallada en la cintura, y un top de punto lila. Tenía un aire hippy que me encantó. Lucía en el cuello unos collares de piedras de atracción. Llevaba el pelo afro, con rizos brillantes y muy marcados, recogido en una coleta perfecta que le hacía parecer más esbelta. Se acercó a nosotros con un cigarrillo en la boca y un altavoz en la mano izquierda; en el otro brazo sostenía un precioso cachorro con manchas blancas y varias tonalidades marrones que si no me equivocaba era...

—¡Marley! —gritó mi primo, y el diminuto perro se revolvió con ilusión moviendo la cola e intentando zafarse de la chica.

Ella subió sonriendo las escaleras y lo soltó en la terraza. Era tan pequeño que se tropezaba al caminar. ¡Qué tierno!

—Mi pequeño Marley ha echado de menos a su papaíto, ¿verdad? —le susurró mientras hacía carantoñas al pequeño animal—. Las horas sin mí son interminables, ¿a que sí?

—Se lo ha pasado pipa conmigo, no te quejes. No te ha echado de menos para nada; es más, creo que me prefiere a mí.

Álex puso los ojos en blanco. En la voz de la chica detecté un ligero acento anglosajón, aunque no reconocí de dónde.

—Es precioso. —Me acerqué y lo acaricié con ilusión—. ¿De qué raza me dijiste que era?

—Es mestizo, aunque me dijeron que el padre era un *teckel*, por eso es así manchado —respondió Álex.

—¿*Teckel*? —pregunté dudosa.

No tenía mucha idea de razas. En mi casa nunca habían querido tener animales. Mi madre era alérgica y creo que esa siempre fue la excusa perfecta para que ni se me ocurriera pedir ninguna mascota. ¡Vaya!, ni siquiera tuve un pez.

—Un perro salchicha de toda la vida, solo que con pelo largo —añadió la amiga para picar a mi primo.

—Cuando acoges a un animal, tiene que darte igual si es bonito o feo. O si es una mezcla de *golden* con *yorkshire*.

—Joder, ¿te imaginas cómo sería eso? —se burló ella—. Muchas palabras bonitas, Álex, pero tú no escogiste precisamente al feo. Te brillaron los ojos con el más mono.

—Te veo algo celosa de mi pequeñín, así que calla. —Continuó haciéndole mimos a Marley mientras chinchaba a su amiga con complicidad—. Bueno, Ivy, esta es mi...

—¡Tu prima! ¿Quién va a ser, si no? —le cortó con emoción—. Hola, bonita, ¿qué tal estás? ¿Cómo ha ido el viaje? Me han hablado mucho de ti, tenía ganas de conocerte y salvarte del coñazo de Álex.

Soltó el humo de la última calada, apagó el cigarrillo y

nos dimos dos besos y un pequeño abrazo. No sabría explicar la maravillosa sensación que me produjo esa chica desde el primer minuto.

—¡Encantada, jo! A mí también me han hablado mucho de ti —me sinceré, alegre de conocer a la nueva amiga de mi primo—. ¿Cómo se pronuncia tu nombre? ¿Ivy?

Últimamente Álex no dejaba de hablar de su entrañable amiga de la facultad, todo un descubrimiento de los primeros días de universidad. ¿Conocería yo también a gente así de maja en mi primer año? Estaba segura de que en Bellas Artes habría gente muy especial con la que podría entablar gran amistad; sin embargo, si cedía al deseo de mis padres y acababa en la facultad de Económicas, me imaginaba rodeada de gente estirada, con corbatas, coches caros, pendientes de perlas, bolsos Zadig, iPhones y pijerías de esas.

Según me contó mi primo en alguna llamada, su amiga gozaba de una buena posición económica, pero daba valor a lo realmente importante, las personas. Lo material era un complemento para lucir. Su padre trabajaba como directivo en una multinacional tecnológica, y su madre era una prestigiosa abogada. Cualquiera que viera a esa chica ni se imaginaría lo que escondía su vestimenta. Era la sencillez personificada, tal y como me la había descrito Álex, y eso me encantó.

—Uf, miedo me da saber qué te ha contado este chico. —Se rio nerviosa mirando a Álex—. Y sí, puedes llamarme Ivy, porque Ivone es demasiado serio.

—¡Mírala, cómo se presenta! Como si fuera una niña buena… No te fíes, Zoe. Esta de buena no tiene un pelo.

—¡Oye, tú! Mi pelo es increíble. —Se giró para mostrar su perfecta y rizada coleta—. Envidioso, luego no vengas a pedirme trucos para el cabello, te lo advierto.

Álex soltó una carcajada falsa.

—Bueno, chico, cállate y no me expongas de primeras, que tu prima va a creer que soy mala gente y en realidad sabes que soy un amor —replicó con orgullo y una sonrisa pícara—. Vamos a dar una vuelta, ¡venga!, que seguro que Zoe quiere conocer este sitio.

—Sí, vamos. Aún no ha visto ni la playa que le ha tocado. ¡¿A que es bonita de cojones?! —Mi primo puso énfasis en la última palabra y se tronchó de risa.

Los miré a ambos sin entender muy bien a qué se referían.

Ivy me obsequió con una amplia y divertida sonrisa.

—Es la playa más bonita de todas —aseguró guiñando un ojo.

—Sí, y tiene unas vistas cojonudas —apuntó mi primo; los dos se rieron a carcajadas y yo les seguí con incomprensión—. ¡Va a ser la polla trabajar juntos, primita!

# 2

# SHANE

## Prometí no enamorarme

Estiré el pie hasta la pasarela de acceso al muelle donde atracamos el catamarán. Pisar tierra firme después de tantos días en el barco es una sensación placentera; al principio sientes que todo se mueve, un mareo constante, hasta que te acostumbras.

Me escabullí un rato del barco para dar una vuelta mientras el resto de la tripulación se quedaba allí. Ellos no eran mucho de desembarcar, pero a mí me encantaba descubrir ambientes y geografías distintas, así que a la mínima que podía me escapaba y, mientras los demás dormían la resaca, conocía lo distinto que era cada puerto del mediterráneo. En las últimas semanas me había topado con playas rocosas, con arena clara, con agua completamente transparente o más turbia y con algas. La vegetación también era muy diferente de una ciudad a otra. Había sitios bastante vírgenes en construcciones, y otros, en cambio, muy masificados, que rompían con la naturaleza. Era fascinante, pese a que parábamos muy poco tiempo en cada destino y no podía conocer los lugares en profundidad. Me gustaba mucho lo poco que me daba tiempo a conocer, y el lugar al que habíamos llegado era precioso, un paraíso escondido en la Costa Brava, donde, por suerte, mi padre me había informado que pararíamos un poco más de lo habitual.

Hacía un sol radiante, el cielo estaba completamente despejado, y me apetecía mucho ir a visitar los alrededores. Seguro que Cody me acompañaría en algún momento, pero primero prefería hacerlo solo. He de decir que, aunque a veces Cody era un poco imbécil, éramos buenos amigos, nos habíamos criado juntos y en el fondo le tenía cariño.

Nuestros padres también se habían quedado durmiendo a pierna suelta en el catamarán. Al cumplir los diecinueve, nos habían prometido un viaje los cuatro juntos, «ahora que ya sois unos hombres», y Cody y yo no habíamos tenido más remedio que acceder. Si mi padre ya me caía mal, Marc, el de Cody, era insoportable. A cuál más pretencioso. Compañeros de negocios desde hacía años, se habían conocido en la universidad y desde entonces eran inseparables. Compartían muchas aficiones, como salir de fiesta con personas desconocidas, sobre todo con mujeres, aunque lo que más disfrutaban, para mi desgracia, era traerlas al barco y acabar la noche montando un espectáculo. No era la primera vez que les pillábamos a los dos borrachos en medio del asunto con alguna de esas chicas en la proa del catamarán. Ahí me planteaba todo lo que aguantaba nuestra tripulación y los compadecía. Soportar a mi padre era una verdadera pesadilla, y a su amigo, ya ni te cuento.

Cody lo pasaba peor que yo porque era consciente del daño que le hacía su padre a su madre, a la que engañaba una y otra vez sin ningún pudor ni remordimiento. Mi madre en cambio había fallecido cuando yo tenía cuatro años, así que por esa parte no me afectaba, aunque era bastante penoso encontrarme a mi padre en ciertas condiciones y que le diera completamente igual. Nunca tuvimos una relación muy cercana padre-hijo. Mi infancia había sido muy solitaria, sin madre y con un padre completamente ausente. En realidad, las niñeras fueron las que me criaron. Con algunas fue mejor; con otras, no tanto. Pese a que mi padre y yo sabíamos que nos caíamos mal, por obligación nos tolerábamos. Ese sería nuestro último verano antes de independizarme, cuando podría marcar distancia, alejarme de él y de su excéntrica e insoportable vida.

Aquella mañana decidí alquilar una moto para aprovechar al máximo el tiempo que permaneciéramos en aquel puerto; así podría moverme libremente. Mi padre, su amigo y Cody no despertarían hasta dentro de un par de horas, así que fui a dar una vuelta para conocer la zona. Había varios campings cerca, muchas playas, chiringuitos a cada poco, establecimientos de comida a orillas del mar y un bulevar muy largo repleto de puestos de venta ambulante donde había de todo: desde pulseras, collares, figuras de cerámica y gran variedad de alimentos hasta un sinfín de hinchables para niños. En algunos puestos había guías turísticos que ofrecían diversas excursiones. Una me llamó la atención y me guardé el panfleto. Era una ruta de senderismo de cuarenta kilómetros bordeando el litoral de la Costa Brava llamada Camí de Ronda. Me gustan mucho este tipo de actividades. El triatlón era mi vicio, y correr, mi gran pasión, hasta que sufrí una lesión, aunque ya estaba prácticamente recuperado, de modo que esa excursión era también una buena manera de retomar el hábito. No era mal plan para hacerlo en varias etapas, pero como sabía que a Cody le aburría caminar, lo más seguro era que acabara haciéndolo solo.

A lo que sí le gustaba acompañarme era a recorrer las calas más escondidas en moto de agua; ya tenía plan para el día siguiente, así que decidí regresar al barco. Me gustaba mucho ese sitio. En principio nos quedaríamos un mes, y nuestro siguiente destino sería Italia. Bueno, ese era el plan de mi padre y su socio, aunque dependía mucho de su trabajo y sus líos amorosos.

Durante el camino de vuelta al catamarán, fui observando los otros barcos, algo que me encantaba. Como desde pequeño había tenido embarcación, aprendí mucho al lado del capitán Fernández, quien llevaba con nosotros desde que yo tenía uso de razón. Él había sido como un segundo padre para mí. Me había enseñado un montón de cosas y era un ejemplo a seguir, un hombre con principios y valores. Le tenía un cariño muy especial. En ocasiones, aunque suene mal, le prefería a mi padre.

Estar en la costa española me hacía especial ilusión precisamente por Fernández. Desde pequeño, el Capi, como a veces le llamaba, me había hablado de las maravillas de su tierra y sus increíbles experiencias. Él era de Barcelona; había pasado la infancia y la adolescencia en la Ciudad Condal, y luego fue a la universidad en Irlanda gracias a un intercambio. Era un tipo tan capacitado para muchos oficios que mi padre, hábilmente, lo contrató para que hiciera las prácticas en sus empresas. A partir de entonces fue su mano derecha en los negocios y el capitán del barco en nuestros viajes. Este hombre leal y buena gente me enseñó a hablar el español con fluidez y me aconsejó que estudiara Arquitectura. De hecho, Fernández me acompañó cuando me matriculé en el University College de Cork, y aunque ese primer año me gustaron la institución y la metodología, mi meta era trasladarme a Cambridge para acabar la carrera en el MIT, el Instituto de Tecnología de Massachusetts, cuyo departamento de Arquitectura es el más prestigioso del mundo.

Al cabo de un rato caminando, subí al barco y lo primero que me encontré fue a Cody tumbado en el sofá del salón, aún dormido, con la boca entreabierta; roncaba sonoramente y un hilo de baba le empapaba la mejilla. Menuda borrachera había pillado con nuestros padres el día anterior. Los tres eran especialistas en ahogarse en alcohol hasta acabar con la última gota de las botellas. Navegamos toda la noche y yo me fui a dormir temprano; no me apetecía oír sus fanfarronerías.

Pasé de largo y continué hacia mi camarote, recogí unas revistas de diseño que me había regalado Fernández y me tumbé a ver el móvil, hasta que Cody, somnoliento, entró sin llamar y se tumbó a mi lado.

—Mejor no te digo cómo tengo la cabeza. —Se frotaba las sienes frunciendo el ceño.

—Normal. Entre el vaivén del barco y el alcohol no sé cómo os tenéis en pie. ¡Sois la hostia!

—Tú eres un aburrido. —Me golpeó el brazo y soltó un bufido.

—Lo que no soy es estúpido, Cody. Una cosa es beber y otra muy distinta es hacerlo todos los días hasta reventar. Lleváis unas semanas que no paráis… —Me senté en la cama con cierto enfado—. Que lo hagan ellos es normal, aunque no me guste, estoy acostumbrado, pero tú, tío, estás siguiendo su patrón.

—Son nuestros padres. —Se encogió de hombros.

—¿Y? Si te dicen que te tires por la borda, ¿vas y te tiras?

—Estamos en el puerto, no me van a decir eso. —Alzó las manos con gesto inocente.

Cody era tan manipulable que siempre hacía lo que le dijera cualquiera, aunque no estuviera de acuerdo. Se dejaba manejar como una marioneta. Hasta se callaba las infidelidades de su padre, al que siempre cubría.

—A ver, ¿tú eres tonto o te lo haces?

—No me des la vara, Shane, eres demasiado correcto. Tienes diecinueve años y pasta para aburrir. Deberías estar disfrutando. A veces pareces mayor que tu padre.

Lo fulminé con la mirada.

—No vayas por ahí, hermano. Mi padre es un inconsciente y un día de estos sus excesos le van a pasar factura.

Cambié de conversación al instante, porque me ponía de muy mal humor.

Comenzamos a hablar del verano que nos venía y lo que esperábamos de él. Yo no sé por qué tenía una muy buena sensación y esperaba no equivocarme; quería pasármelo bien y disfrutar. Cuando zarpamos del primer puerto, Cody y yo habíamos hecho la promesa de no enamorarnos de nadie, o eso intentaríamos, y vivir aquel verano como si fuera el último, pensando exclusivamente en nuestra felicidad, pese a que el peaje fuera aguantar a nuestros padres, algo que me pesaba más a mí que a él. Mi amigo había roto con su novia hacía apenas unos meses. Digamos que estaba en una especie de «duelo» y lo llevaba muy a su manera, liándose con cualquier chica. Por mucho que me hubiera prometido lo contrario, estaba claro que acabaría llorando por más de una. Era un sentimental y se enamoraba con facilidad.

Para mí en cambio la promesa era fácil de cumplir, y la había pronunciado más por él que por otra cosa. Nunca me había enamorado y dudaba mucho de que fuera a hacerlo en aquel viaje. Una parte de mí pensaba que enamorarse era de débiles, y otra se justificaba diciendo que no había encontrado a la persona correcta, pero no me apetecía pensar mucho en eso. Mi plan ese verano era pasármelo bien, sin más.

# 3

## ZOE

## Nuestra extraña conexión

Llevábamos unos diez minutos esperando a que Álex encontrara el arnés de Marley. Pasé el rato jugando con el perro mientras charlaba distendidamente con Ivone. Apenas la conocía, más allá de las alabanzas de mi primo, pero por lo poco que habíamos conversado en ese corto espacio de tiempo me había encantado; era una chica muy extrovertida y con mucho tema.

Hay personas que no tienen nada de lo que hablar, no saben controlar los momentos de silencio, no son capaces de mantener conversaciones distendidas sobre cualquier cosa. Yo, sinceramente, valoraba mucho eso. Me daba la sensación de que me iba a llevar muy bien con Ivy. También debo admitir que, cuando entraba en confianza, no me callaba ni con tres manzanas dentro de la boca, y tener al lado a alguien similar me entusiasmaba.

Álex se parecía a mí en ese aspecto: nos gustaba hablar de cualquier cosa a cualquier hora, desde temas triviales hasta algunos superprofundos e interesantes, y también disfrutábamos de los momentos en los que nos quedábamos callados. Creo que es mucho más difícil encontrar a alguien que haga importantes esos minutos de silencio, esa persona con la que te sientes tan cómoda que sobran las palabras. Estaba segura de que si Álex encajaba bien con Ivone, sería principalmente por eso.

—¡Lo tengo! —Mi primo salió de la casa como quien ha encontrado un tesoro, levantando la mano y balanceando el arnés con entusiasmo.

Marley, al ver el objeto que sujetaba, empezó a revolverse emocionado entre mis piernas y a ladrar de una forma muy aguda.

Un rato más tarde ya caminábamos bajo los gigantescos pinos que había por todo el camping. Como íbamos a pie, pude observar mejor el lugar. Había muchos bungalows con la misma forma, pero de distintos colores. Resultaba muy sencillo saber cuáles estaban llenos y cuáles no. Las cabañas ocupadas tenían un gran cartel en la puerta con un emoji con carita feliz; las vacías tenían el emoji con cara triste. Aquello era un ir y venir de personas y niños correteando por todas partes. El olor a barbacoa nos invadía el olfato. Vimos al personal de limpieza cerrando alguna casa, lo que, según mi primo (que me iba haciendo un *tour* explicando cada detalle), significaba que ya estaba preparada para recibir a nuevos turistas. A lo largo de aquel paseo oímos un montón de idiomas diferentes: alemán, francés, inglés y muchos más que no sabía identificar.

Salimos del camping, y tras atravesar el campo del club de golf nos acercamos a un sendero que recorría una magnífica playa con poco oleaje y arena blanca que reflejaba la claridad del día. Me pregunté si sería ahí donde estaba alguno de los chiringuitos de mi tío.

—¿Queréis tomar algo o hacemos otra cosa? —preguntó Álex señalando los bares—. Mañana te enseñaré dónde trabajamos. —Sonrió con diversión.

—Parece que Marley ya se ha decidido —comenté al

ver que el perro tiraba con fuerza de la correa para soltarse.

Cruzamos el sendero que nos separaba de la playa, me quité las sandalias, les sacudí la arena y las metí en mi gran bolso tejido de rafia. En él guardaba un montón de cosas aparentemente inútiles que en algún momento seguro que necesitaría: maquillaje de todo tipo, aunque a diario solo use máscara de pestañas y brillo de labios, cepillo de dientes y un dentífrico pequeñito, gomas y una pinza para el pelo, una toalla de microfibra pequeña, lentillas de recambio, gafas de sol, protector solar y bronceador, pañuelos de papel y la billetera con la documentación.

Álex soltó a Marley y el animal echó a correr para jugar con otro perro que andaba junto a su dueña por el paseo. Me encantó oír las risas, la música, los chapoteos en la orilla y el sonido suave de las olas del mar. Percibía el olor salobre en el aire, era una sensación maravillosa. Vi varios establecimientos a lo lejos y lancé la pregunta que tanto me intrigaba.

—¿Esos son los chiringuitos del tío?

—Sí, dos de ellos. Vamos a ver si está Martín —sugirió Ivy.

Llegamos a una caseta de madera con un aire bastante hippy conseguido gracias al inconfundible *reggae* de fondo, el olor a incienso avainillado y la colorida y particular vestimenta de los camareros. En un lateral de la caseta había una zona de alquiler de hamacas y otra con mesas y sillas de madera a juego con el bar. Lo que más me gustó fueron los cientos de lucecitas colgantes que decoraban todo el local.

Al llegar, Álex comenzó a saludar con alegría a los trabajadores.

—Hola, peñita, ¿qué os pongo? —preguntó el chico que estaba detrás la barra.

Tenía un aspecto muy llamativo. Llevaba el pelo larguísimo, en rastas, un par de dilatadores en las orejas y una camiseta blanca de tirantes ceñida que dejaba a la vista varios tatuajes en los brazos y en el cuello.

—Hola, Gonza —le saludó mi primo—. Para mí una cerveza. Ivy, Zoe, ¿qué os apetece a vosotras? —Alzó una ceja.

—Yo quiero un daiquiri de maracuyá —pidió con seguridad su amiga.

—Yo igual que Ivy. Suena genial eso. —Me relamí pensando en lo rico que estaría.

Me sentía un poco fuera de lugar y debía adaptarme. Mi vida había sido sumamente relajada, sin grandes emociones, y ahí la gente tenía pinta de que a cada segundo tenía anécdotas que contar.

Álex nos miró.

—Venga, va, que sean tres.

—Perfecto, id sentándoos y ahora os los llevo.

Nos pusimos en una de las mesas esquineras del establecimiento. Álex e Ivy se sentaron juntos y yo frente a ellos. El pequeño Marley estaba agotado de tanto correr por la playa y se tumbó a mis pies. Aún no me había puesto las sandalias y empecé a acariciarlo con los dedos. Su pelo era muy suave y sedoso, parecía un osito de peluche.

Álex lo miraba por debajo de la mesa con cariño mientras el cachorro cerraba los ojos poco a poco.

—Es tan mono que dan ganas de apretujarlo —comentó.

—¿Cuánto hace que lo tienes? Porque está mucho más grande que en las fotos que me mandaste.

—Pues mira, a mi pequeño Bob Marley, más conocido como Marley, lo adopté con dos meses y ya ha cumplido cuatro. Crece por horas y come muchísimo, por eso está tan gordo.

—Tiene razón, ha crecido un montón, y muy rápido, la verdad. —Ivone habló mientras se posaba un cigarrillo en los labios, lo encendía y expulsaba el humo—. Recuerdo el día que fuimos a la protectora. Álex lo eligió en cuanto entró por la puerta. Hicieron *match* al instante. El perro lo miró y él se enamoró. Le lloraba, le daba la pata, tía, y él sucumbió a sus encantos.

Ambos rieron recordando el momento.

—Mira quiénes están aquí y no invitan. —La voz de mi tío nos sorprendió y sentí que me apoyaba las manos en los hombros.

—Pide algo como si fuera tu propio chiringuito y siéntate. ¡No te quejes, anda! —protestó irónica Ivone mientras le ofrecía la cajetilla—. ¿Quieres un piti?

Martín asintió, cogió un cigarrillo que no encendió y se fue a la barra.

En el local había tres parejas, varias familias con niños y una mesa que me llamó la atención en especial. Era justo la que teníamos a la derecha. La ocupaban dos chicos de unos veintipocos años acompañados de tres chicas. Ellos iban vestidos con camisas de lino blancas semiabiertas y pantalones cortos de color beis; eran bastante guapos y estaban muy bronceados. Las chicas, con largas melenas, una de ellas muy rubia y lisa y las otras dos morenas, con ondas playeras, llevaban vestidos ibicencos, la rubia en verde claro y las morenas en blanco. Uno de los chicos me miró con unos preciosos ojos castaños durante unos segundos, dándome un repaso, y me sonrió. Yo me sonrojé y le devolví la sonrisa en un acto reflejo. Entonces llegó el camarero a servirnos y corté el contacto visual. Intenté buscarlo disimuladamente con la mirada cuando el camarero dejó las bebidas, pero mi tío justo se sentó delante de mí y nos pusimos a hablar. El sitio era increíble, con una vista perfecta para retratar. Íbamos por el segundo daiquiri y yo ya estaba piripi. No tengo aguante con el alcohol, a la mínima me pongo roja y risueña. Álex contaba anécdotas de algunas veces que había fumado hierba con Ivy y con mi tío.

—Te lo juro, con el porro en la mano, Ivone se puso a girar sobre sí misma —se levantó del banco y la imitó dando vueltas en el sitio a modo burla— diciendo que nos había engañado todo ese tiempo y que en realidad era una Winx sacando el Enchantix. ¡Fue buenísimo!

Todos nos reímos viendo la dramatización.

—Bueno, y ese día Martín dijo que en realidad él era Peter Pan y por eso no crecía. Y cuando saltó para volar, se cayó de la mesa y se partió la cara. Mira el pedazo de cicatriz que tiene en la ceja. No sé cómo no perdió los dientes.

Me dolía la barriga de tanto reírme. Estaba encantada oyendo sus historias, aunque por otra parte me irritaba enterarme de lo adictos que parecían a esas sustancias. En algún momento hablaría con ellos porque aquello solo los llevaría a la más absoluta destrucción, y eso sí que me preocupaba.

—No lo digas tan alto, que me van a denunciar. —Mi tío puso una falsa cara de miedo.

En realidad todos éramos conscientes de que mi tío no era precisamente un padre ejemplar, y prueba de ello era que le pareciera estupendo fumarse unos porros con su hijo y la amiga de este.

El tiempo pasaba con rapidez y, sin darme cuenta, cayó la noche. Me encontraba muy a gusto. Empezaron a subir la música, había llegado la hora del DJ. El cielo estaba precioso, lleno de estrellas. Me giré para admirar las vistas. Aquel día hubo superluna y fue espectacular; su inmensidad y su claridad se reflejaban en el mar. Se veía más cerca de lo habitual, de un color rojo intenso. Me quedé absorta unos minutos.

—No sé si los fumados somos nosotros o Zoe —se burló mi tío por el tiempo que llevaba deleitándome la vista.

—No soy tan imbécil. —Los miré volviendo a la realidad y negué con la cabeza para dar a entender que censuraba sus malos vicios.

—Buah, chaval, pues yo nunca me imaginé a Zoe así —comentó Ivone cambiando de tema, supongo que para evitar que empezara con un discurso moralista—. Cuando Álex me hablaba de ti, nunca me dijo cómo eras físicamente y, no sé, te hacía diferente. —Me miraba con sus expresivos ojos marrones y su vista siguió a mi primo y después a mi tío, quizá buscando algún parecido—. La verdad, no os parecéis en nada —sentenció finalmente.

—Es mi Zanahoria favorita del mundo mundial, y si te fijas bien, vas a ver que nos parecemos y mucho —añadió con orgullo mi primo al tiempo que me cogía la mano con cariño. Ese era uno de mis apodos, y viniendo de él nada me molestaba.

—Zoe se parece mucho a su madre —intervino mi tío—, aunque de nuestro lado sacó el color de los ojos y el carácter de mi madre.

Me alegró escuchar a mi tío. Mi madre y yo éramos dos gotas de agua, solo nos distinguíamos en el color de los ojos: los de mi madre eran marrones, como las avellanas, y los míos, en cambio, eran como los de mi abuela, de un verde muy claro. En cuanto al carácter tenía razón, a mi abuela y a mí nos caracterizaban la alegría y la perseverancia. Mi abuela luchó hasta su último día por ser feliz y ese era mi deseo más profundo.

—¿Cómo me imaginabas? —Sonreí, intrigada.

—No sé, pareces extranjera. Creí que serías rubia o morena, pero, joder, eres pelirroja, con pecas y ojos verdes. ¡Tú me dirás! Pareces hija de Ed Sheeran. —Solté una carcajada y ella se debatió con incomprensión—. Además, soy una friki de la adivinación y lo esotérico, me encanta tomar las referencias que me dan de alguien e imaginarme a mi gusto a las personas antes de conocerlas. Físicamente reconozco que contigo fallé de pleno.

Hizo un puchero, lamentándose, y nosotros nos reímos con sus palabras.

—Tú tienes un deje, no sé... ¿De dónde es? —pregunté con absoluta confianza.

—Nací en Austin, Texas.

—¡Toma ya! Me imaginé que eras de allí. —Había pensado en voz alta.

—Pero soy más catalana que los *calçots* —agregó con orgullo—. Me trajeron aquí con diez años. En casa, mis padres hablan en inglés, por eso tengo un acento rarillo —se justificó encogiéndose de hombros.

—¡Me encanta! —dije con total sinceridad.

—Bueno —cortó Álex—, luego seguimos con la genealogía y esas cosas. Quiero celebrar que Zoe está con nosotros. Nos lo vamos a pasar de vicio, primita.

Álex alzó las copas y brindamos con alegría. En ese momento mi tío y mi primo eran mi pequeña gran familia, y me sentía muy feliz.

Me di cuenta de que iba llegando multitud de gente nueva al chiringuito. Cambiaron la música de *reggae* al reguetón, y me hacía gracia ver a los extranjeros intentando cantar canciones que a veces ni yo entendía, moviendo torpemente el cuerpo al ritmo de la música.

—No me gusta esta mierda de música —se quejó Martín—, pero si los guiris van a beber y gastar más, bienvenidos sean Bad Bunny o el conejo malo este y sus colegas de profesión.

Álex, Ivy y yo nos pusimos a cantar con fuerza el tema que sonaba. Mi tío puso los ojos en blanco a modo de respuesta.

Mientras desafinábamos a coro, me acordé del chico guapo que me había sonreído al llegar. Lo busqué con la mirada y no lo encontré, aunque su grupo seguía sentado en la misma mesa. Pensé que habría ido al baño, pero no, mis ojos lo localizaron en la barra. Entre turistas que pedían y bailoteaban, allí estaba el misterioso moreno, esperando a ser atendido. Como si le hubiera llamado por telepatía, se giró, y nuestras miradas conectaron. Me mostró una sonrisa preciosa y seductora que seguro que utilizaba a menudo.

—¿Cazando conejitos, Zanahoria? —me preguntó Álex al oído.

—Puede ser; aquí hay mucho donde mirar —respondí con entusiasmo, y él arrugó la frente—. Bueno, ¿hay muchos conejitos para esta conejita? —aclaré.

Mi primo se rio a carcajadas.

—A ver, dime, ¿cuál te interesa?

Me recoloqué en la silla y señalé con disimulo al chico en cuestión. El empanado de Álex no me entendió, así que me acerqué a su oído y le susurré:

—El moreno de la barra.

En cuanto di esa escueta información, se volvió como si fuera la niña del exorcista. Quería matarlo. No sabía disimular, y eso me irritaba.

—¡Zoe, hay como treinta morenos! —exclamó a gritos, alzando las manos de una manera muy indiscreta.

—Da igual, déjalo —respondí en tensión.

De repente Marley empezó a revolverse entre mis pies y se escapó. Levanté la vista y ahí estaba el atractivo moreno agachado, haciéndole carantoñas para llamar su atención y que se acercara. El perro, cuya perdición como buen cachorro era cualquier mimo, corrió hacia él. El chico me miró y me desmontó al instante con su blanquísima y perfecta dentadura. A partir de ese momento, le llamé mentalmente El Sonrisas. Su gesto, además de bonito, era contagioso, y por instinto se lo devolví.

—Marley, calla. —Mi primo se levantó y riñó al perro desde la mesa por ladrar tan fuerte.

—Está ladrando por El Sonrisas —le expliqué y frunció el ceño con una de esas expresiones con las que parecía decir «¿Qué carajos estás diciendo?».

—Zoe, creo que deberías pasarte al agua, porque está claro que el alcohol te ha subido de más.

Álex se acercó al chico, cogió al cachorro y regresó a la mesa con él en brazos. Lo soltó debajo de la mesa y dejó la correa a mi lado.

Miré a Ivone y a Martín, con las caras muy rojas de contener la risa. No sabía de qué hablaban, porque no les estaba prestando mucha atención; aun así me contagiaron también sus sonoras carcajadas. Comencé a sentirme en un limbo.

Puede que Álex tuviera razón y la bebida subía rápido. Además, ellos ya iban por el cuarto daiquiri, y la noche apenas había empezado, o eso creía en ese momento.

—Bueno, yo a vosotros os veo muy alegres, pero mañana trabajáis y encima tenéis que estar allí a las cinco, que van los de la cerveza a instalar los barriles nuevos —cortó las risotadas mi tío, como si se hubiera acordado de repente de su rol de padre y jefe.

—¿Qué? ¡Estás de coña! Es que ni a palos me levanto mañana para abrir el chiringuito, y Zoe no puede ir sola, que todavía no sabe ni dónde está —replicó Álex.

—¿A las cinco? De la tarde, ¿no? —pregunté, atónita.

Mi tío me observó con los ojos brillantes por el alcohol, luego miró a Ivone y se carcajeó en nuestra cara.

—A ver... ¿quién manda aquí? ¿Creéis que estáis de vacaciones? —soltó con tono jocoso—. A las cinco de la madrugada vosotros a currar, y yo, que soy el jefe, me voy a dormir y a achuchar a Marley hasta las tres de la tarde.

Cogió a Marley, se acostó en un banco y, abrazado al

perro, se hizo el dormido, roncando y respirando muy fuerte a modo burla.

—Eres un cortarrollos, papá. Pues nada, Zoe, entonces nos vamos. —Álex se levantó de golpe enfadado, le arrebató el cachorro a su padre de las manos y se encaminó furioso hacia la salida.

Yo me apresuré a recoger la correa de Marley y mi bolso, y seguí sus pasos en silencio.

—No te enfades, chico. —Su amiga lloraba de la risa diciéndonos adiós con la mano.

—Buenas noches, mis niños trabajadores —volvió a burlarse mi tío al tiempo que alzaba la mano para despedirse mientras nos íbamos, Álex con la cara enfurruñada y yo sin comprender mucho los cambios repentinos de humor de esos dos.

«Bienvenida a tu verano deseado, Zoe», pensé mientras atravesábamos la playa con la música del chiringuito de fondo.

# 4

# SHANE

## Libertad

Me despertó la insoportable alarma del móvil que había puesto para madrugar. Con los ojos aún medio cerrados, rebusqué en el bolsillo del pantalón y apagué aquel sonido tan irritante. El día anterior por la tarde, cuando Cody apareció en mi habitación, le dije que nos fuéramos de fiesta y, sin dudar un segundo, aceptó. Mientras caminábamos por el puerto, nos encontramos a tres chicas que se alojaban en otra embarcación, y al preguntarles si nos recomendaban algún sitio para salir nos sugirieron que fuéramos de fiesta todos juntos. Eran de Londres, y estarían en la zona tres o cuatro semanas. Conectamos muy rápido y, la verdad, fue divertido. Al final de la noche, Brigitte y Helen nos acompañaron al barco y Sally regresó a su embarcación porque se encontraba mal. Y después de eso... se nos fue de las manos.

Me desperecé y me froté los ojos, intentando recordarlo todo. El sol aparecía muy lentamente, y era precioso ver cómo se reflejaba en el mar. El dolor de cabeza comenzó a ser punzante en la frente. Me di cuenta de que los cuatro nos habíamos dormido en la proa del barco. Estuvimos charlando hasta la madrugada y, sinceramente, no recordaba en qué momento me venció el sueño.

Me levanté sin despertarlos y me estiré de nuevo. Me urgían un vaso de agua y un analgésico si quería sobrevivir a ese día, así que fui hasta la parte trasera del barco a buscarlos. Allí me encontré a mi padre adormilado en uno de los asientos de popa con un vaso de whisky en la mano y la mirada perdida entre las embarcaciones del puerto.

—Qué rico tu desayuno, ¿no? —comenté mientras me acercaba a la nevera y la abría.

—¿Qué haces despierto? —preguntó con el ceño fruncido.

—No tengo sueño —mentí con cierto enfado—. ¿Dónde están las pastillas para el dolor de cabeza? —gruñí rebuscando en los cajones del salón.

—A ver, llegasteis tarde y son las siete y media, es normal que te duela la cabeza. —Apoyó el vaso en la mesa a su lado y se levantó de la silla—. Están en el primer cajón —me indicó con la mano.

—¿Desde cuándo me controlas los horarios? —Le fulminé con la mirada.

—Estás mayorcito para eso, ¿no crees? Más bien me alegra que te diviertas, siempre tan contenido… Por fin te veo un poco liberado, hijo.

—¡Déjalo ya, papá! —le respondí con dureza—. No empieces con tus sermones de cómo tengo que divertirme. No pensamos igual, y lo sabes.

—No pretendo sermonearte, Shane. Es solo que…

—Me marcho —zanjé, dejándolo con la palabra en la boca.

—¡Espera! —exclamó, y me detuve por educación—. Le he pedido a Logan que me haga el desayuno, así que si quieres algo dile que te lo prepare a ti también. —Cuando iba a retomar mi camino volvió a hablar—. Una cosa más. Solo te pido que, si vas a ir a dar una vuelta, te acuerdes de que hoy quedamos en que comeríamos los cuatro.

Asentí distraído y me quedé pensando en sus palabras. «Me alegra que te diviertas». «Por fin te veo un poco liberado». «Siempre tan contenido». ¿A qué venían esos comentarios? ¿Quién era él para hacerlos? ¿Acaso le había importado alguna vez? Estaba claro que no era el mejor momento para venderse como un padre preocupado, cuando en aquel viaje eran él y su amigote los que estaban de resaca cada dos por tres.

Encontré las pastillas y me tomé una, seguida de un vaso de agua. Bajé a la cocina, donde estaba el acceso a mi camarote. Cogí ropa del armario y me fui a duchar; después de la juerga de la noche anterior, lo necesitaba.

Salí perfumado y no con ese desagradable olor a muerto de unos minutos atrás. Me puse un bañador negro y una camiseta blanca. Subí del camarote y en la cocina me encontré con Logan. Él se encargaba de la cocina, el mantenimiento y la marinería. Era un tío servicial y muy majo, nos llevábamos bien. Justo en ese momento estaba sacando unos panes del horno. Pasé a su lado y cogí una botella de agua de la nevera.

—¿Qué tal, Logan?

—Bien. —Puso la bandeja en una mesa y me miró—. Shane, acabo de meterlas a enfriar.

—Tranquilo, me vale igual.

—¿Vas a querer desayunar? —me ofreció con amabilidad.

—¡Claro! Ahora vuelvo. Prepara tres cubiertos más, porfa —le pedí.

Fui a despertar a Cody y a nuestras acompañantes. Llegué a la red y salté por encima de las dos chicas. Brigitte, la rubia, estaba abrazada a mi amigo, rodeando su torso, así que tuve que hacerlo con cuidado. Él tenía la boca abierta y roncaba. Le eché agua de la botella poco a poco en la boca y luego en el resto de la cara. Se despertó, asustado, y se quitó de encima a la chica, que dio un salto, sorprendida. Cody me gritó furioso:

—¡Tú eres imbécil! —Tosía entre palabras, ahogado. Con los gritos despertó también a la morena—. ¿Qué quieres? —preguntó molesto.

—Nos vamos de ruta a las islas, ¿no te acuerdas? —añadí mientras salía de las mallas y caminaba hasta el lateral.

—Estás loco. —Se dio la vuelta y cerró los ojos—. ¡Déjame dormir!

—Me queda media botella. Tú decides —le amenacé, y me hizo una peineta.

Solté una risa vencedora y Cody se levantó.

—Chicas —me dirigí a las dos—, si queréis, ahora van a servir el desayuno. Después nosotros tenemos que irnos, pero por la tarde podemos volver a quedar.

Cody pasó a mi lado y me dio un puñetazo en el hombro.

—Tienes muy mal despertar, tío —me burlé.

—Mira quién habla, el que se enfada por todo —replicó.

Mientras Cody se arreglaba, fui a revisar el combustible de las motos de agua y tenían el depósito lleno. Una vez comprobado que todo estuviera listo, fui al comedor y me quedé hablando con las chicas mientras tomábamos café. Cogí un bollo de nata sin mucho apetito y nos despedimos.

Desamarramos las motos y comenzamos la ruta. Eran más de las ocho de la mañana y el calor empezó a aumentar ligeramente. El plan era ir a unas islas cercanas al puerto y pasar el rato haciendo *snorkel*, si encontrábamos alguna roca o playa apropiada para aparcar las motos. El mar estaba en calma y era genial para ir a toda velocidad. La sensación de libertad era indescriptible, la mejor manera de recuperarse del trasnocho. Cody no iba tan rápido porque a él no se le había pasado aún el dolor de cabeza, pero no importaba. El día no había hecho más que empezar.

# 5

## ZOE

### Eso que tú me das

—¡Qué sueño tengo! —se quejó Álex.

—Pues yo estoy igual que tú. —Bostecé y estiré los brazos tratando de espabilarme.

Eran las ocho y media de la mañana, según el reloj que colgaba en una esquina del chiringuito. Los repartidores ya habían traído toda la mercancía y un técnico había dejado instalados cuatro grifos con sus respectivos barriles. Había tres tipos de cerveza y un cuarto barril de sidra. Teníamos que esperar a los chicos del primer turno, que llegaban a las nueve, para abrir. Estábamos agotados porque habíamos dormido muy poco. Álex me enseñó con mucha precisión y rapidez todo lo indispensable para controlar el trabajo. Era mucha información en poco tiempo y eso me generaba angustia. Me explicó dónde iban colocadas por orden alfabético todas las «bebidas espirituosas», como él las llamaba; una a una, me las nombró y me explicó cómo se mezclaban. Los refrescos, de multitud de sabores que no sabía ni que existían, los metimos en un arcón inmenso, clasificados a la perfección en cestas metálicas. Colocamos el agua —con gas y sin gas—, la gaseosa y la tónica en una nevera más pequeña al lado de la de los refrescos, y justo a la derecha, en el suelo, dejamos unas cajas de agua para quien la pedía del tiempo. Un poco más allá había otro arcón con una gran variedad de cervezas, botellas de vino y cava, «al punto perfecto de frío», según mi guía. Tras colocar la última lata de una caja, Álex me acercó un libro que abrí con vacilación. Contenía todas y cada una de las mezclas de cócteles existentes de la A a la Z, con fotos coloridas que indicaban cuál debía ser su aspecto.

—Si lo que te piden no está escrito en este libro, no pierdas tiempo. Tú solo di «No nos queda».

Lo veía tan responsable y tan centrado a medida que me explicaba los intríngulis del chiringuito que me emocioné. No me encajaba tanta perfección por parte de mi primo en el trabajo frente a lo desastroso que siempre había sido. Solo había que ver su habitación del camping, parecía el Primark en hora punta, con ropa y zapatos tirados por todos lados.

Hojeé el libro, y aunque era mucha información me parecía que podía empezar a practicar. Solo hacía falta esperar a que me pidieran alguno de aquellos sabrosos y complicados cócteles. Todo el mundo decía que era entonces cuando se demostraba si tenías delante a un buen camarero. Estaba muy nerviosa por no fallar en ese punto, pero mi lado exigente me susurraba al oído que podía hacerlo bien.

La playa donde estaba ubicado el chiringuito en el que nos había tocado trabajar era es-pec-ta-cu-lar: una pequeña cala de arena muy blanca y aguas cristalinas protegida por altísimas formaciones rocosas teñidas suavemente de un rojo carmesí. Un lugar mágico e ideal para grabar una película, resguardado del viento y otras inclemencias del tiempo. A esa hora de la mañana, llegaba a la playa por el sendero una pareja de señores mayores con actitud cariñosa, cogidos de la mano. La mujer llevaba un gran bolso de colores colgado al hombro y el hombre cargaba con dos bolsas y lo que parecían sillas de playa. Imaginé que se disponían a pasar el día allí. Se posicionaron muy cerca de la orilla, la mujer abrió el bolso y extendió una toalla en la arena, y el hombre desplegó las sillas.

Ver ese primer amanecer en Begur mientras organizábamos la mercancía fue maravilloso: el astro rey apareció poco a poco regalándonos la claridad de un cielo totalmente despejado. Al final me había compensado madrugar.

—Álex, tengo sueño —insistí con otro bostezo.

Estábamos sentados en las sillas de mimbre de la terraza tomándonos un café. El chiringuito era similar al de la noche anterior, con toda la estructura de madera de pino barnizada, aunque parecía un poco más pequeño. Los farolillos del techo captaron mi atención gracias a la ligera brisa que los movía, al igual que el sonido de los cristales de los carillones de viento colocados en cada esquina de la terraza.

—¿Te gusta la playa? —preguntó frotándose los ojos.

—Sí —le respondí mientras observaba emocionada el lugar—. Esta playa es mucho más bonita que la de ayer. Ahora entiendo lo que dijiste de que era cojonuda.

Álex alzó rápidamente la vista y esbozó una pícara sonrisa que no entendí.

—Ya lo sé. Pero con que era «cojonuda», a lo que me refería era a eso. —Levantó la mano y señaló con disimulo algo por detrás de mí.

Me giré y vi a la pareja de señores mayores quitándose la ropa y quedándose desnudos por completo. Miré de inmediato a Álex con los ojos como platos.

—¿Es una playa nudista?

Álex me regaló una sonrisa de publicidad y yo con nervios solté todo el aire de los pulmones.

—No puede ser verdad. —Estaba alucinando.

—Mira el lado bueno, cuando empieces la carrera podrás pintar con más detalle y precisión la anatomía humana —bromeó.

—Madre mía, Álex. ¿Por qué no me lo habías dicho? —Me tapé los ojos de la vergüenza que sentía.

—No podía perderme tu cara cuando los vieras. —Se carcajeó a mi costa—. Será la polla trabajar contigo, prima.

—Ja, ja, ja —lo remedé con cierto enfado—. No me hace ni pizca de gracia.

—Además, vas a ver mucha variedad en todos los aspectos. Los cuerpos son sorprendentes. Son como las frutas.

—Cállate. —Me ruboricé al instante al imaginarme sus atributos.

—Las hay más grandes, más pequeñas, rugosas, lisas, duras, blandas, erguidas...

Le tapé la boca con la mano.

—Te he dicho que te calles, por dios. —Me escondí la cara entre las manos, dando la espalda a los bañistas. Álex suspiró con aire decepcionado—. ¡Te van a oír!

—Yo hablaba de las frutas, malpensada.

Me había hecho gracia, tenía que admitirlo, pero también me estresaba.

—No te preocupes, te acostumbrarás. Llega un momento en que solo miras a los ojos de las personas y dejas de fijarte en el resto. —Su tono burlón era gracioso y a mí me inquietaba pensar que existían personas a las que no les importaba ir en pelota picada por el mundo.

Durante unos segundos, me imaginé el roce de las partes íntimas con la arena, y solo de pensarlo me escocía. O el hecho de que cuando caminase por la playa, si el hombre estaba bien servido, se le metería entre las piernas, o que cuando fueran a pedir algo al chiringuito con aquello colgando, inevitablemente, mis ojos irían directos allí. Debía de ser como cuando lanzan fuegos artificiales, la vista por lógica nos lleva a seguir todo el recorrido hasta que explotaban en lo alto del cielo. Pues ahí supuse que sería igual. El mero hecho de imaginarlo me ponía nerviosa. En las playas que había visitado con mis padres y mis amigas del insti estaba acostumbrada a ver a mujeres en topless, pero aquello eran palabras mayores.

—Tú piensa que la más incómoda eres tú. Ellos, no. Además, ¿qué importa? Te aseguro que son más felices que una perdiz y no hacen daño a nadie.

—Claro que no hacen daño a nadie, pero ¿no crees que es un poco incómodo?

—Ah, no te lo dije, los camareros también tenemos que ir desnudos. —Esbozó una sonrisa maliciosa que me hizo dudar.

—Despídeme, porque no pienso desnudarme, ni de coña. Me voy a trabajar a otro chiringuito. —Fui tajante—. Renuncio.

No podía ser cierto, pero por la expresión seria de Álex me puse a temblar. Mi primo contuvo la risa unos segundos hasta que se le escapó una carcajada.

—Vacilarte es lo más fácil del mundo. ¿Cómo vamos a ir desnudos? Lamentablemente, Sanidad no nos lo permite, pero sería increíble.

Nuestra conversación se interrumpió cuando comenzamos a escuchar música a todo volumen y la cara de Álex me alertó de que alguien se acercaba.

—¡Ajá!, creo que por ahí viene el grupo.

—¿Qué grupo? —pregunté girando el cuerpo sin disimulo.

Por el camino de acceso aparecieron varios adolescentes. Unos treparon a las rocas; otros, en cambio, bajaron a la playa.

—A ese grupo no se le vende alcohol. Es importante. Intenta memorizar sus caras, porque siempre entregan identificación falsa —me explicó Álex con el ceño fruncido—. Ninguno pasa de los dieciséis años. Se tiran todo el día saltando de las rocas al agua. Empiezan desde abajo y van ascendiendo hasta llegar a lo alto.

—¿Y qué hacen los que están en el agua? —pregunté al ver que unos iban entrando en el agua con máscaras de buceo y nadaban pegados a la montaña, mientras los otros seguían subiendo por las rocas.

—Van haciendo *snorkel*, midiendo la altura para comprobar que pueden saltar.

—¿Alguna vez lo has probado?

—¿Yo?

—No, tu padre —me mofé—. ¿Quién, si no? ¡Pues claro!

—Mi padre ni de coña, no se sube ni a una silla, y yo lo hice varias veces cuando era un crío; ahora ya no.

—¿Por?

—Tengo vértigo.

—¿Estas de broma?

—La verdad es que quiero mucho mi vida para arriesgarme tanto. Lo llaman «instinto de conservación», se obtiene con la madurez.

—Debé de ser increíble saltar desde esa altura. —Suspiré, con ganas de hacerlo. Así fue como comenzó mi lista de deseos para el verano.

En mi ciudad todo era muy monótono y aburrido. Ahí la vida llevaba otro ritmo, y me encantaba.

—Tienes que estar muy en forma y tener muchos ovarios.

Los observamos durante largo rato. Eran apenas unos críos y ejecutaban unos saltos impecables. Me parecía una locura y se me erizaba la piel con cada salto, temiendo que se hicieran daño, porque la altura era espeluznante. La proeza tenía que producir un subidón de adrenalina increíble.

Al cabo de un rato llegaron Samara y Christian para encargarse del turno de la mañana. Álex me presentó, nos saludaron efusivamente y nos dieron el relevo. Nosotros salimos por donde habíamos entrado de madrugada. A la luz del sol, el camino era precioso, una especie de sendero rocoso que formaba una cueva semiabierta y daba a una pista de tierra flanqueada por árboles muy frondosos hasta la salida de acceso a la otra playa, de mar abierto. Atravesamos la playa y llegamos al aparcamiento, donde cogimos el coche para regresar al camping. Desde la carretera, las vistas eran de ensueño: el mar en absoluta calma con el cielo teñido de azul añil y el brillante sol en ascenso, un paisaje digno de fotografiar. A esas horas todavía había muy poca gente en la playa. Lo más bonito fue ver a dos personas en moto de agua a toda velocidad, dejando una gran estela a lo lejos. La sensación de libertad que transmitían era envidiable. Me dieron ganas de probarlo y se lo dije a Álex. Le encantó la idea.

Deseos pendientes de Zoe para este verano: lanzarse desde las rocas y montar en moto de agua.

# 6

## SHANE

### Sustituyó su imagen, pero no su ausencia

—¡Pareces dormido, espabila! —le grité a Cody al tiempo que le echaba agua desde la moto.

—¡Que te den! —Aceleró y me adelantó, haciendo que saltara la estela que iba dejando.

Decidimos bordear la costa e ir directos a un lugar que me había recomendado el Capi, porque a Cody no le apetecía hacer *snorkel*, así que fuimos recorriendo playa a playa hasta dar con la que me había dicho Fernández y que nos llamó especialmente la atención. El paisaje era fantástico. Íbamos muy rápido, con las motos a la velocidad máxima. Sentía que era uno de esos momentos en los que el tiempo se detenía y volabas. Había paz, los problemas se evaporaban y todo se disfrutaba a plenitud. La sensación de liberación era indescriptible. Quizá mi padre tuviera razón —qué rabia me daba reconocer eso—: ese viaje estaba consiguiendo que me sintiera liberado.

La ruta nos llevó a una playa espectacular. Paramos frente a una isla formada por rocas muy altas de tonos rojizos en medio del mar y al fondo encontramos una cala preciosa rodeada de una gran montaña de arena muy blanca y aguas cristalinas. En lo alto había un chiringuito de madera muy pintoresco.

Entramos de golpe en la arena y aparcamos las motos. No había gente en la orilla, solo una pareja mayor que se bañaba, varios chicos que nadaban y otros subidos a las rocas de al lado.

Atravesamos la playa andando, pues la arena todavía no quemaba, y nos acercamos al chiringuito. Nos sentamos en unos bancos con grandes cojines de colores. A Cody ya se le había pasado el dolor de cabeza, así que estuvimos hablando un buen rato sobre el viaje, nuestras expectativas y lo bonito del lugar mientras el camarero nos servía unos cafés. Era lo que necesitaba para recuperarme.

Mientras daba sorbos al café, me quedé observando a mi alrededor. Aquella era una buena playa para regresar en cualquier momento y pasar el día. Qué rabia no poder quedarnos mucho rato aquella mañana. Mi padre se enfadaría si no nos presentábamos al maldito almuerzo.

Cada vez que llegábamos a un puerto diferente, Cody y yo teníamos una comida con nuestros padres. El resto del tiempo podíamos hacer lo que quisiéramos, pero esa comida era obligatoria. Aunque ya llevábamos varias y aquel ritual comenzaba a cansarme, sabía que para mi padre era una cita importante. Además de hacer un repaso del viaje, aprovechaban para decirnos lo orgullosos que estaban de nosotros y lo que les gustaba que estuviésemos unidos. Era patético y un poco inútil, ya que se les olvidaba en cuanto se levantaban de la mesa para seguir con su desenfrenado ritmo de vida.

—Pues sí, ayer no terminé con ella y me cabreé. —Cody interrumpió mis pensamientos y me miró con sus grandes gafas de sol, con las que disimulaba la resaca.

—¿Qué? —pregunté regresando de golpe a la realidad.

—Sally y yo, que no nos liamos. —Cody tenía el mismo

tono arrogante de nuestros padres, y eso me irritaba—. Me enrollé con Brigitte porque Sally se fue pronto. Y como solo quedaron Brigitte y Helen, entre ellas dos sabes que me pierden las rubias...

—Ya conozco tus gustos. —Resoplé con fastidio. Tenía que borrar la risita de su rostro picándolo—. Aunque la más guapa de ayer era Sally.

Y era verdad, la chica destacaba entre sus amigas. Era la más natural de las tres. De estatura media, con el pelo largo y rubio, los ojos del color de la miel y los labios discretos, igual que su outfit, muy sencilla y atractiva, sin mucho maquillaje. Las otras, en cambio, eran muy exuberantes y vanidosas. Lástima que se marchara temprano, porque quizá algo hubiese pasado.

—Ah, ¿en serio? ¡No me había dado cuenta! —exclamó irónicamente.

—A ver, fue nuestro primer día en este puerto, ya habrá tiempo de conocer a más chicas. Pero déjame decirte que la has cagado, porque antes de revisar el combustible de las motos he estado hablando con Helen y me ha contado que las tres son muy amigas, casi como hermanas. Así que olvídate de Sally; supuestamente son superfieles entre ellas. Y si una se lía con un tío queda descartado de forma automática para las demás —me burlé, mientras pensaba en el momento en que los había visto dormir abrazados sobre las mallas del catamarán.

Hacían buena pareja, pero Cody estaba en fase «no me importan los sentimientos de los demás». De modo que esperaba que la pobre Brigitte no se hubiera emocionado con los cuatro besos de la noche anterior.

—Joder. —Se pasó la mano por la cara, exasperado.

—Eso te pasa por lanzarte sin pensar.

Cody era idiota, siempre hacía lo mismo. Si quería liarse con una y no lo lograba al momento, lo hacía con otra del mismo grupo sin importarle que fueran amigas. Era la enésima vez que lo hacía creyendo que así llamaría su atención. Al final siempre se quedaba sin la una y sin la otra. Decía que, con cuantas más se enrollase, más aumentaría su lista de conquistas. Le hacía sentirse importante, una estupidez de macho alfa en toda regla. Cody imitaba el patrón de nuestros padres, lo que, desde mi punto de vista, era penoso.

—¿Y tú qué? —preguntó alzando las cejas—. Te vi interés por Sally y, como se fue, ¿te liaste con Helen? Casualmente desapareciste con ella. Tanto criticar a tu padre y al final te lo montas en media hora sabe dios dónde.

—Como estabas tan borracho, no te fijaste —bramé con enfado—. No me lie con Helen. Solo fuimos a por su bolso, que se lo había dejado en el coche. Nada más. Y sí, Sally me gustó, no te lo voy a negar. Ya veremos qué pasa.

—No te creo, pero, bueno, tú sabrás. —Se rio—. A ver si esta tarde es mejor...

Asentí sin dar mayor importancia a su comentario.

Al acabar el café, cogimos las motos y estuvimos hasta el mediodía yendo de playa en playa y disfrutando de cada rincón que nos ofrecía el paisaje.

Cuando regresamos al barco, ya estaba todo servido. Mi padre y Marc, el padre de Cody, hablaban distendidamente. Fernández salió por la pasarela de acceso al barco y se despidió. Aprovechando que aquella parada en el puerto era más larga de lo habitual, iba a ir unos días a visitar a su familia en Barcelona. Nos abandonaba la única voz sensata y de autoridad en aquel barco de locos. Iba a echarlo de menos.

—¡Mira quiénes llegan! —dijo mi padre al tiempo que se levantaba para darnos la bienvenida con un abrazo a los dos.

Nos sentamos con desgana, pues ya conocíamos ese

tipo de reuniones. Mi padre y Marc siempre fanfarronea-
ban sobre sus ligues y en qué se gastaban el dinero. Siempre ejercían su supremacía de padres y acabábamos en
discusiones acaloradas. Nos echaban en cara que gracias
a ellos éramos unos niños ricos sin oficio, yo les reprocha-
ba sus excesos y desatenciones, y Cody... Bueno, Cody
asentía sin hablar en medio de las dos aguas. En pocas
palabras, era su manera de tapar sus ausencias, alegando
que tenían que producir para que nosotros (pobre niños
inútiles) tuviéramos lujos a manos llenas.

Para mi sorpresa, en esa ocasión la comida fue diferente a las anteriores, lo que me generó ciertas dudas. Debo
decir que transcurrió de un modo afable, hablando de lo
bien que nos lo estábamos pasando. Bueno, en realidad
hablaba Cody y yo agregaba anécdotas, porque él no paraba de narrar su ligue de la noche anterior buscando en-
orgullecer a nuestros padres.

Ellos nos contaron que tenían entre manos un negocio
muy lucrativo por el que estaban bastante preocupados.
No nos dieron muchos detalles y, la verdad, a mí no me
intrigaba en absoluto, a diferencia de a Cody, que no paraba de hacer preguntas que ellos siempre sorteaban y
evadían con: «Algún día creceréis y sabréis de los negocios».

Ellos seguían con la idea de que éramos muy inexper-
tos para entender sus importantes inversiones. Y seguro
que tenían razón. Así nos habían enseñado a gastar sin
preguntar de dónde salía el dinero, a disponer de todo
cuanto quisiéramos. Según ellos, a Cody y a mí no nos había faltado nunca de nada. Lastimosamente, eso era lo que
creían. En mi caso, me perdí lo más importante que debe
tener un ser humano: el amor de una madre a la que apenas conocí y que recordaba gracias a las fotos y vídeos que
guardaba mi padre. Después de que muriera, me faltó la

cercanía de un padre preocupado por saber cómo me iba la vida. Necesité un guía durante años, un padre que respondiera a mis dudas y me ayudara a afrontar los miedos que todos tenemos. Fernández, desde que yo tengo uso de razón, hizo lo que pudo para aconsejarme en momentos difíciles, y siempre se lo agradeceré, pero él no es mi padre. Carecí de la orientación que necesitaba un adolescente cuando tenía problemas en el instituto. Eché en falta que fuera él, y no la psicóloga del centro, quien me motivara el primer año de instituto a apuntarme a triatlón. Y que fuera él el que se sintiera orgulloso de mis avances, no una desconocida. Necesité a ese padre que estuviera presente en las competiciones y los triunfos, que me consolara cuando me lesioné y por culpa de ello tuve que detener mi carrera deportiva durante unos meses. Necesité a ese padre que me animara en la rehabilitación y los momentos de frustración, porque, para mí, dejar de competir era un verdadero fracaso del que seguro que saldría airoso, pero, como siempre, acompañado de cualquier persona menos de la que más me importaba, que era mi padre. Necesité al gran empresario Anthony O'Brian el día de mi graduación, para que me abrazara emocionado cuando me llegó la carta de aceptación en la universidad, y en un sinfín de ocasiones en que soñé con tenerlo al lado. Por suerte no estuve solo, porque siempre tuve a Fernández, que a menudo trató de suplir su ausencia, hasta el punto de que en el instituto la gente pensaba que él era mi padre.

Él, en cambio, vivía por y para su empresa. Era un currante, y eso nunca podría negárselo. El problema era que toda su vida se había centrado solo en los negocios y en trabajar para tener a manos llenas, pero lo que yo consideraba verdaderamente importante él no lo veía.

A pesar de estar absorto en mis pensamientos y pesares, tengo que decir que la reunión fue tranquila y, aunque parezca mentira, hasta entrañable. La conversación se alargó más de lo previsto y en algún momento me sentí a gusto. Hubo música, risas, abrazos de afecto y algunas lágrimas al recordar a mi madre. No todo fueron alegrías, todo hay que decirlo. Una vez que mi padre se excedió con el alcohol, intentó que aflorara un lado sentimental que no le pegaba en absoluto y, desde mi punto de vista, resultaba hipócrita, alabando la figura de mi madre. Me molestaba que la nombrara con orgullo y que, en cuanto se levantara de esa silla, volviera a ser el mismo tipo sin sentimientos de siempre. Me bastó una mirada de desagrado para que mi padre hasta se disculpara por mencionar a mi madre. Acto seguido se calló y se sentó con aire reflexivo. Resultaba extraño verlo así. Nunca había sucedido, porque siempre que tenía algún momento de lucidez yo me ilusionaba y creía que era real, pero segundos más tarde volvía su actitud burlona y chulesca, y entonces todo estallaba y desataba a mis demonios, que salían a la defensiva.

Era la primera vez que veía a mi padre diferente.

Fue el único momento de la comida en el que me sentí incómodo, pero al ver su respuesta tragué con dificultad y dejé la fiesta en paz, porque en el fondo albergaba la esperanza de que algo pudiera cambiar a mi padre y de que algún día me demostrase que le importaba de verdad. Aunque eso era una utopía.

# 7

## ZOE

### Deséame suerte

Llegamos al camping con un calor de justicia. Al entrar en la terraza, Marley arañaba la cristalera, pidiéndonos cariño. La abrimos, y nuestro objetivo era ir directos a tumbarnos en el pequeño sofá azul, donde seguro que se me pegaría la parte baja de los muslos, que superaban mis cortos *shorts* vaqueros, de modo que extendí una toalla para evitarlo mientras Álex ponía el aire acondicionado a dieciséis grados. Era un exagerado con el calor. El contraste de temperatura me haría pillar un catarro, así que busqué una sudadera en el armario por si me vencía el sueño. Aunque le acerqué otra a Álex, él se negó a ponérsela, y allí estaba, tirado con un bañador y sin camiseta sobre la toalla. Los ronquidos del tío Martín resonaban tras la puerta. Marley estaba muy tranquilo, hecho un ovillo sobre una pequeña alfombra junto a la mesa. Además de sueño, tenía un hambre que me moría, así que preparé unos bocadillos y serví unos zumos. Me senté junto a mi primo y comenzamos a zapear hasta que paré en un documental que me llamó la atención. Puse el tráiler, y narraba la terrorífica historia de un asesino en serie. ¡Me encantaba el *true crime*! Le di al *play* sin consultar a Álex, que, antes de terminarse el bocadillo, ya estaba medio dormido con la cabeza apoyada en mi hombro. No sabía si lo estaba mirando, pero a veces abría un ojo y comentaba lo que ocurría en la pantalla. Era impresionante ver los estudios psicológicos que hacían los investigadores. Algunos asesinos en serie eran personas perfectamente normales a las que de repente se les despertaba la vena asesina. Unas lo hacían sin pensar y otras lo premeditaban todo en silencio incluso durante años.

Pasó el tiempo, comenzó el tercer episodio de la serie y, en el momento en que saltaron los créditos, golpearon con muchísima fuerza la puerta. Pegué un grito y Álex saltó del sofá, cogió un zapato y se acercó lentamente a la puerta.

—Álex, ¿qué vas a hacer con un zapato si es como uno de esos tíos del documental?

Me ignoró y fue a ver quién estaba al otro lado del cristal. Descorrió con cuidado la cortina azul y se sorprendió.

—¡Joder, Ivy! Yo te mato, qué susto.

Sentí como se relajaba el ritmo de los latidos de mi corazón.

—Pero ¿a ti qué te pasa? ¿Me vas a dar con un zapato? —preguntó incrédula.

—¡No!

—¿Y qué estás haciendo?— Entró mofándose y se sentó en el sofá lateral—. ¿Qué hacéis? —Se le desorbitaron los ojos al ver la pantalla—. Ese hombre es un bestia. Yo vi los tres primeros capítulos y tuve que parar.

—Y pensar que ahí fuera hay gente así… Y seguro que se venden como unos buenazos —añadí con cierta duda.

—Ostras, Zoe, no seas tan dramas y desconfiada, si no no vas a poder salir ni a la esquina —me aconsejó Álex.

—Ya lo sé, pero no puedo evitarlo. —Me encogí de hombros y me agaché a coger a Marley para abrazarlo en mi regazo.

Pasamos el rato charlando y propusimos a Ivy que viera el resto del documental con nosotros. Y ahí estábamos los tres, tirados en los sofás con el cachorro dormido junto a mí mientras veíamos al asesino y sus artimañas. Cuando acabó el quinto capítulo, Álex cogió el mando y detuvo el documental para ir al baño.

—Aunque no me gusten, en realidad son muy interesantes —comentó Ivone, que estaba comiéndose unas palomitas que había preparado en el microondas minutos antes.

—Buah, Ivy, ¿sabes de quién me he acordado viendo el documental? —Álex asomó la cabeza desde la puerta del lavabo con una sonrisa maliciosa—. Tenemos que ver más reportajes como este para que nuestro crimen sea perfecto y no nos pillen cuando tomemos la decisión de hacer desaparecer misteriosamente al profesor de Imagen digital.

Se oyó que bajaba la tapa del váter. Todo estaba tan cerca en aquella cabaña que hasta se oía correr el agua en el lavamanos. Salió del baño sacudiendo las manos en el aire y, al volver delante de mí, se tapó la boca con una mano para añadir entre dientes y risas falsas:

—Uy, a Zoe le tocará el año que viene, pobrecita. ¡Mucha suerte!

Me encantó que mi primo diera por hecho que estudiaría con ese profesor, es decir, que estudiaría Bellas Artes. Precisamente estaba en aquel camping para recibir ese pequeño apoyo, para que me ayudaran a creer que mi gran sueño era posible.

—Gracias por desearme suerte, pero con lo exagerado que eres seguro que no es para tanto —aseguré.

—Zoe, vas a ver que dentro de unos meses opinarás igual o peor. Te hará mucha falta la suerte con ese profesor —añadió Ivy.

—¡Buenos días, mis pequeñas hormonas con patas! —Mi tío apareció bostezando y estirándose, sin camiseta y con pantalones cortos deportivos. Marley se escabulló de mis piernas y fue junto a él, que lo cogió al vuelo para acariciarlo.

—Depílate el pecho, Martín, o tendré que hacerte trenzas —le soltó Ivy—. Mira que la semana que viene me las hago en la peluquería… ¿Te pido cita a ti también?

—¡Anda, calla! —Le hizo señas con la mano para que guardara silencio—. Mi pelo en el pecho es supersexy, acéptalo. ¿A que sí, sobrina? Por cierto —sonrió con picardía—, ¿te ha gustado la playa?

—Sí, tío. —Le seguí el juego—. Me ha encantado ese rollo de ir a calzón quitado. —Mostré normalidad, como si fuera lo más común del mundo. Puse los brazos en jarra y fruncí el ceño—. Aunque me podías haber avisado para que tu hijo no se burlara de mí.

—¿Y perderme tu cara? —me picó Álex.

Le imité haciendo una mueca.

—Al tercer día te aseguro que solo te fijarás en los maravillosos cócteles que prepararás, sobrina —le restó importancia Martín y me abrazó con cariño—. Ahora en serio, ¿cómo ha ido la mañana? —Miró a Álex—. ¿Lo han dejado todo instalado? ¿Zoe ha entendido un poco el funcionamiento?

—Sí, todo controlado.

Estuvimos hablando durante un largo rato mientras preparábamos la comida que íbamos a asar en la barbacoa a mediodía. No tenía mucha hambre, pero como decía mi tío todo era ponerse.

Pasaron las horas muy rápido, ya habíamos comido y Marley aprovechó las sobras y relamió su cuenco de metal.

La tarde se presentaba con un sol radiante. Muchos pájaros cantaban en las copas de los pinos y el viento acariciaba los árboles acompañado de los ronquidos de Álex. Se había quedado dormido al poco de terminar la comida, e intentaba explicarme cómo tenía tanta facilidad. Yo me despertaba temprano por la mañana y no podía volver a dormir hasta la noche. En cambio a él, si tenía un ratito, lo veías roncando con la boca abierta, babeando en cualquier rincón que le permitiera echarse una cabezadita.

Ivy, Martín y yo pasamos el tiempo jugando al Uno. En cuanto sentí que había bajado la comida, quise conocer el camping por mi cuenta, así que le cogí la bici a Álex y me lancé a la aventura. Seguí las señales hechas con troncos de madera que estaban por todo el recinto. Recorrí casi todas las zonas sociales, el campo de golf, la cancha de tenis y pádel, la piscina infantil, que estaba en una zona, y la de adultos, al otro lado del camping. Dejé la bicicleta en el bar de exterior en cuya entrada se anunciaban las actividades que había ese día. Compré una botella de agua para refrescarme. El calor era insoportable, aumentaba con el paso de las horas, y la humedad empeoraba. Regresé junto a la bicicleta para continuar el recorrido y me hice una coleta alta. Levanté la bicicleta y me subí con torpeza. Duré muy poco tiempo sobre ella porque me fallaron los frenos en una bajada y terminé aterrizando a cuatro patas. Me hice bastante daño y no podía moverme del dolor.

—Oye, ¿estás bien? —Una chica y un chico se acercaron rápidamente para quitarme la bicicleta de encima y me ayudaron a sentarme lentamente mientras recuperaba el aliento.

—Eh… sí. —Obviamente, no, menudo trompazo me había dado—. Ha sido un rasguño. Es que me han fallado los frenos.

—¿Estás segura? Creo que es mejor que la acompañemos a la enfermería —le dijo el chico a la chica, y ella asintió—. Mauro, ven, ayúdanos.

Me quedé quieta sin poder incorporarme y les pedí un momento. Observé al grupo. Eran tres. El chico que estaba agachado delante de mí, que parecía bajito, tenía el pelo corto, la cara redonda y los ojos verdes. La chica era rubia y blanquísima, con los ojos castaños y el rostro fino. Me quedé helada cuando vi a quién llamaron: era un chico muy guapo, tan alto como Álex, con los ojos castaños claros, casi miel, de pestañas pobladas, y llevaba el cabello, también castaño, con un corte muy moderno. En la oreja izquierda le brillaba un arito. Escaneé su cuerpo con rapidez: iba vestido con una camisa blanca de lino de media manga, unos pantalones beis y unas deportivas blancas. Me encantó el collar que llevaba, un cordón largo con un símbolo que no reconocí. Me mostró una bonita dentadura; sus colmillos eran llamativos. Me pareció muy atractivo. De hecho, su belleza me resultaba familiar.

Todos me sonaban de haberlos visto antes, pero no sabía dónde. La chica rubia me sacó de mis pensamientos cuando cogió la bicicleta, y los chicos me ayudaron a levantarme sin decir nada.

—Me presento, soy Luis, ella es Lali o Laura, como quieras llamarla, y él es Mauro —dijo el chico de ojos verdes, regalándome una bonita sonrisa.

Los tres me acompañaron al puesto de socorro, donde la enfermera de turno me limpió las heridas de la pierna y una pequeñita que me había hecho en la ceja. Estuve hablando un rato con Luis y Lali, porque el tal Mauro no abrió la boca. Solo miraba y asentía, parecía tímido. Eran de Málaga y se quedarían allí dos meses, según me contó Luis, que no paraba de hablar. Sus padres tenían una caravana fija durante todo el verano. Lali le interrumpió para decirme que los tres eran primos y que habían ido con dos amigas más. Mientras ella hablaba, intenté con todas mis fuerzas recordar quién era el chico serio y sin palabras, pero estaba en blanco. Fueron conmigo hasta la cabaña, porque no querían dejarme sola con la bici. Álex ya estaba despierto, sentado en una de las sillas de la terraza con un libro en la mano, y cuando alzó la vista y me vio llegar cojeando puso los ojos como platos.

—Jo, muchas gracias por todo, de verdad —les agradecí.

—Nada, mujer, no te preocupes. Ha sido muy guay hablar contigo —contestó Lali—. Si luego te encuentras mejor, nos vemos en la fiesta de la playa.

—¡Por supuesto! —me despedí con la mano.

Me di la vuelta, dejé la bici en la entrada y subí las escaleras.

—¿Venías muy bien acompañada con El Sonrisas? —preguntó Álex.

Mis neuronas se conectaron en ese instante, aclarando quiénes eran ese chico tan misterioso y sus amigos. ¡Joder! De eso les conocía.

# 8

## ZOE

## El deseo en sus ojos

Aquella noche había fiesta en la playa e íbamos a ir con el grupo de la universidad de Álex e Ivy, con los que habían quedado hacía unos días. Ella hablaba con alguien por teléfono. Supuse que con alguna amiga. Lo puso en altavoz y escuché con atención, a nivel cotilla, pero duró poco.

—Bueno, pintores, hoy nos vemos, ¿no? —Era la voz aguda de una chica.

—Obviamente, Tori —aseguró mi primo.

—Vale, mirad el grupo de WhatsApp y nos organizamos. Chao, guapos, voy a llamar a Mery.

Se despidieron al unísono. Yo seguía en silencio.

—¿Hablabais con Tori? —Mi tío salió de la cabaña a la terraza—. Siempre os llama «pintores». Qué apodo más bonito, ¿no? —dijo con sarcasmo—. Aunque le pegaría más llamaros «las chimeneas» o «los sin pulmón», por lo mucho que fumáis.

—Vino a hablar el rey de los vicios —repuso Álex—. Tú no te quedas atrás.

—Yo soy un adulto y tú, un niñato que no sabe lo que hace. Si fueras maduro, no pondrías esa excusa de mierda.

Álex se disponía a replicar, pero le puse una mano en la pierna para frenarlo, me miró y se calló, para mi asombro.

—Me voy. Esta tarde libráis, pero mañana os quiero en acción desde las cinco de la tarde hasta el cierre. —Cogió su mochila y se fue a largas zancadas, dando por finalizada aquella breve discusión.

Seguimos en silencio hasta que lo vimos lo bastante lejos para hablar.

—¡Qué coñazo es cuando se pone así, de verdad! —dijo mi primo.

Ivone suspiró sonoramente, cogió el botellín, dio un largo sorbo y habló en tono pausado, cambiando de tema:

—Mira, yo no sé, pero quiero salir de fiesta, y mientras voy a fumarme un piti, ¿venís? —preguntó.

Yo negué con la cabeza.

—Luego voy —respondió Álex.

Ivone salió de la cabaña y yo aproveché la ocasión para hablar.

—¿Qué le ha pasado? —pregunté sin comprender muy bien el cambio de humor tan repentino de mi tío.

—Estaba hablando por teléfono con alguien y no ha querido decirnos nada, simplemente se ha puesto así. —Álex resopló—. Pasa a menudo. Cuando algo no le sale como él quiere, se cabrea, y bien. Ya te acostumbrarás.

—Ya nos contará qué le ha pasado, digo yo. —Suspiré tratando de entenderlo—. De verdad, Álex, tendrías que escucharlo un poco. Su queja en el fondo esconde una gran preocupación, estás fumando el triple que antes. Además, no es solo tabaco, ¡joder! —le reñí.

—¡Venga, no empieces, Zoe! —Levantó las manos con fastidio—. ¿Tú también me vas a dar lecciones? Soy consciente de lo que hago.

—Pues no lo parece. ¿Crees que haces bien?

Regresó Ivy y me callé. No me apetecía mantener esa

conversación delante de ella. Aunque mi primo tuviera total confianza en ella, esos temas, salvo que él se abriera a contárselos, concernían a la familia.

Siguió la tarde entre charlas, risas, tomaduras de pelo y chismes sobre sus novatadas del primer año de universidad. Oírlos me emocionaba, y mucho. En breve estaría como ellos, narrando mis locuras de la uni.

No trabajaríamos hasta la tarde siguiente, y esa fue la mejor noticia, porque podríamos estar de fiesta sin preocuparnos por la hora. Como Ivy tenía un cajón con ropa suya en el armario de Álex, no tuvo que irse a su casa. Se duchó la primera mientras yo escogía lo que iba a ponerme. Saqué de mi armario un top *halter* blanco y una falda vaquera corta. Lo puse en la cama y salí de la habitación para esperar a que Ivy acabara en el baño.

Coincidió que ya estaba en la puerta, en toalla y empapada.

—Ya puedes meterte. ¿Me dejas maquillaje, porfa?

—Sí, claro, cógelo.

Al cabo de un rato salí de la ducha con una toalla en el cuerpo y otra en la cabeza. Entré en mi habitación con rapidez y cerré la puerta para vestirme. Ivy estaba sentada en mi cama mirando el móvil con una prenda al lado. Alzó la vista cuando me giré.

—Tía, mira esta falda. —Dejó el móvil—. ¿Te gusta? —Se levantó y me mostró el vuelo.

Era muy bonita, larga, de estampado *tie dye* en color rojo fresa.

—Me encanta, te va a quedar genial, Ivy.

—Es que a mí no me queda bien. La compré un día, pero luego no me gustó. En cambio, estoy segura de que a ti te luciría muchísimo.

—¿En serio? —Me la puse por encima y me miré en el estrecho espejo de la diminuta habitación—. ¡Jo, mil gracias por pensar en mí!

—Es que acabo de verla en el cajón y no me la he puesto nunca. Además, la fiesta es de temática bohemia. Será una buena forma de entrar en la onda. —Me guiñó un ojo—. Ah, toma también estos complementos para el pelo. Si te haces unas trenzas, seguro que te quedan monísimos. —Me puso en la mano unos aritos dorados y unas gomas elásticas—. ¿Te gusta lo que me he puesto?

Estaba guapísima, llevaba una falda larga de colores fosforitos, entre los que predominaba el amarillo, y de ese mismo color era el top. Era complicado que a la gente le quedaran bien ciertos estilos de ropa, pero ella encajaba completamente con esa prenda. Se adornó las manos con anillos multicolores de resina. Llevaba colgantes finos y una cadena en el abdomen que destacaba sus curvas; el cabello, con sus rizos naturales, perfecto. Esa chica me daba mucha confianza, no sé si era por las infinitas buenas referencias de mi primo o qué, pero me transmitía muy buenas sensaciones. Era de esas personas que caían bien desde el capítulo uno de un libro. Esperaba que no me defraudase.

—No se me ocurre mejor palabra para definirte que «explosiva».

—Gracias. —Esbozó una sonrisa, complacida—. Mientras Álex y tú termináis de arreglaros, voy a fumar.

Me puse la falda, que conjuntaba con el top, y me encantó cómo me quedaba. Completé el outfit con unos pendientes de oro y un colgante que tenía una diminuta mariposa dorada que me había regalado mi padre hacía dos años por mi cumpleaños. Siempre me decía que algún día volaría lejos. Pensé en coger el móvil, porque no había hablado con ellos desde que me había ido de casa para evitar más discusiones. Al llegar al camping, me había limitado a enviar un mensaje breve a mi madre en el que le decía que habíamos llegado bien, para que se quedaran tranquilos. Después apagué el móvil para evitar leer sus notificaciones. Con el paso del tiempo, se calmarían las aguas y quizá algún día mis padres me entenderían. Resoplé, pensando que tenía que llamarles. Era consciente de que estaban preocupados por mí, pero en el fondo mi padre sabía que, aunque no le gustase mi tío, estaba en buenas manos y ante cualquier peligro él siempre daría la cara por mí y me defendería a muerte.

Me daba mucha pereza enfrentarme a ellos. Me lo estaba pasando demasiado bien sin mi padre y sus absurdas peleas para culminar la noche a gritos con sus historias.

Opté por no darle más vueltas y me centré en darme prisa y culminar el outfit con un par de anillos. Me cepillé el pelo, dejándolo al natural, me hice dos trenzas muy finitas y en las puntas puse los aritos de decoración que me había prestado Ivy.

Me dispuse a maquillarme y, cuando estaba terminando de hacerme la raya del ojo izquierdo, oí que Álex salía de su habitación. Se asomó por la puerta, ya vestido. Lo vi por el espejo. Llevaba unos pantalones largos de lino de color arena, con una camisa de la misma tela en naranja. Al cuello llevaba unos colgantes de cuero que yo conocía muy bien: eran su sello de identidad en ocasiones especiales. Hacía tiempo, por videollamada, se estaba arreglando para salir y me contó que le daban suerte. Uno tenía una tabla de surf, y el otro, una pluma marrón.

—¡Guau! ¡Qué guapo estoy! —Entró en mi habitación y se miró en el espejo en el que me estaba maquillando. Me giré y sonrió, luciendo sus blanquísimos dientes—. Tú estás muy rara, no es tu estilo, pero te queda increíble. —Me dio un breve beso en la frente y me abrazó con ternura.

Álex era un chico sensible y cariñoso. Le encantaba achuchar a la gente y hacerla feliz hasta en los momentos de mayor tristeza. Y conmigo sentía que era especial.

Siempre se preocupaba por que estuviera a gusto. Era como ese hermano protector y confidente que me defendía y cuidaba de todo y de todos. Hasta en el mismísimo funeral de nuestra abuela tuvo el detalle de permanecer a mi lado, controlando mi tristeza, y pendiente de su padre, evitando que aquel circo acabase en tragedia. Porque sí, en mi opinión, aquel velatorio fue puro teatro, una costumbre para cumplir con la sociedad, porque, una vez incinerado el cuerpo, solo quedan los recuerdos vividos con esa persona.

Pocas personas acompañaron a mi abuela a lo largo de su vida, sobre todo en la etapa de la durísima enfermedad, salvo sus amigas de siempre, que la visitaban a diario y la ayudaban en lo que podían. Mi padre, en cambio, fue el primero en buscar una justificación estúpida para no estar a su lado. Ya le molestaba ir a Cádiz a visitarla cuando estaba bien de salud, de modo que entonces ponía cualquier excusa; cuando enfermó, atenderla recayó en mi tío. Martín abandonó sin miramientos todas sus actividades para entregarse en cuerpo y alma al cuidado de su madre, trasladándose a su casa en el sur y dejando a Álex solo una buena temporada al inicio de la enfermedad. Cuando la situación empeoró, se la llevó a vivir a su piso de Barcelona, donde buscó una segunda opinión que les diera alguna esperanza, y la cuidó junto a mi primo hasta el último día. En varias ocasiones mi madre insistió a mi padre en que se la llevaran a Lleida para relevar al tío, colaborar para que ellos descansasen y nosotros pudiésemos disfrutar de ella. Mi madre tenía especial cariño a mi abuela y quizá entendía bien las decisiones que ella había tomado siendo muy joven, cuando se separó de mi abuelo. Algunas mujeres son valientes, cogen el toro por los cuernos y se divorcian; otras, en cambio, se conforman y asumen quedarse con su pareja toda la vida aunque no sean del todo felices.

Mi madre posiblemente se contaba entre las segundas. Ella también sabía bien lo que era perder a sus padres, así que alentó a mi padre para que aprovechase el tiempo y estuviese más con su madre, pero su respuesta fue: «Que se ocupen él y su hijo. Total, no tienen otra cosa que hacer». El punto de vista de mi padre era injusto, cómodo y bastante indiferente. Mi tío y mi abuela siempre justificaban a mi padre culpando a la crianza que le había dado mi abuelo, pero aquello era indefendible.

Mi abuela pasó los últimos tres meses de su vida en la Ciudad Condal. Los dos primeros se trató con inmunoterapia combinada con quimioterapia, que tristemente no resultó, acompañada de parches de morfina y heparina que le pinchaba mi primo a diario por su reducida movilidad. Fue un amplio tratamiento que le hicieron para paliar e intentar acabar con el maldito cáncer. Menos mal que mi tío tenía ahorros y su trabajo fuerte se centraba en la temporada de verano de modo que pudo aguantar aquella tragedia sin pedir ayuda a nadie.

Varios fines de semana, al salir el viernes de clase, mi madre y yo cogíamos un tren, aun en contra de la voluntad de mi padre, y visitábamos a mi abuela, que se llevaba grandes alegrías cuando nos veía. Desde que mi abuela vivía en Barcelona, mi padre solo fue a verla tres veces, y un poquito obligado por mi madre.

Eso era lo único que necesitaba, el amor de los suyos y el cuidado y la atención que le ofrecieron mi tío y mi primo hasta su último día.

Mi padre creció con una alienación parental desmedida por parte de mi abuelo, haciendo que rechazara las incontables atenciones de mi abuela. Siempre la culpó por dejar a mi abuelo, pero mi madre y yo le dábamos la razón a ella, porque a ese hombre no lo aguantaba nadie. Él único al que le tocó soportarlo por obligación fue a mi padre. Él no entendía a su madre y siempre la culpó de haberlo abandonado. Ese fue su mayor trauma.

Al recibir la noticia del fallecimiento de mi abuela, llegaron los lamentos. Algo cambió en mi padre, que en ese instante se arrepintió de no haberla disfrutado más y se sumió en una gran depresión. Lamentablemente, llegó tarde. Ella se fue con esa tristeza, y el pesar de él no hizo sino alimentar su amargura.

Para rematar aquel día, en el velatorio que celebramos en Cádiz por petición de ella, se presentó gente que ni la conocía. Trescientas veinticinco personas firmaron el libro de visitas como quien marca la asistencia a un evento, para decirles a mi tío y a mi padre lo buena y guapa que era. Una tradición, desde mi punto de vista, obsoleta. ¿De qué le servía a mi abuela que le mandaran ramos inmensos en su funeral, si en vida no le habían regalado ni una puta flor? Ya no tenía sentido, ya no iba a olerlos ni a disfrutarlos.

Y para cerrar aquel teatrillo, a última hora, cuando ya había concluido el desfile, mi padre le regaló reproches y algún que otro insulto absurdo a mi tío diciendo: «Mamá siempre te prefirió», «Tú solo le diste preocupaciones». Mi tío, en lugar de enfurecerse y volverse loco en ese momento tan delicado, optó por interpretar el papel de hermano mayor que no le correspondía y lo ignoró por completo. No cayó en su juego, y eso a mi padre le irritó aún más. Mi madre lo cogió del brazo y nos fuimos, evitando que la función terminase en tragedia.

Durante aquella truculenta escena, Álex también mantuvo el tipo y me distrajo con sus ocurrencias y genialidades. A pesar de la gran tristeza del momento por perder a la abuela después de meses de lucha contra un cáncer incurable, mi primo logró que ese día fuera más llevadero, a pesar de todo.

—¿Esa falda no es de Ivy? —Chasqueó los dedos en mi cara, con lo que me devolvió a la Tierra.

Pegué un brinco y me volví hacia él.

—¿Qué?

—¿Que si esa falda no es de Ivy?

Me encantaba cómo se fijaba en su amiga. Se mostraba muy detallista y dulce con todos, pero con Ivy era especial.

—Ya no. —Ella apareció de repente a su espalda con una sonrisa de oreja a oreja.

A Álex casi se le salen los ojos de las órbitas al verla.

—Ya sé que estoy buenísima. —Dio una vuelta en el sitio moviendo la cadera de una forma muy sensual—. Y este conjunto me da un plus.

—Y tanto. —Mi primo asintió mordiéndose el labio.

¿Acababa de atisbar deseo en su mirada?

¡Uy! En la fiesta le interrogaría, lo tenía claro. Sabía que no se habían liado, por lo que me había dicho Álex. Pero no podían negar que había una conexión brutal entre los dos. Necesitaba averiguar qué pasaba. Mi primo siempre me la había vendido como su entrañable amiga, pero por cómo la miró intuí que había algo más que una simple amistad. La chica de rizos perfectos tampoco se quedaba corta, pues le lanzó una sonrisa coqueta que desvelaba un interés más allá de su supuesta relación fraternal.

# 9

## ZOE

El miedo al «qué será» hace que pierdas
la oportunidad de «lo que podría ser»

La arena aún estaba tibia, la sentí bajo los pies en cuanto
me quité las sandalias. Acabábamos de llegar a la fiesta.
Todo era muy llamativo: había una gran hoguera muy
cerca de la orilla y la gente se arremolinaba alrededor,
todos vestidos con un aire muy bohemio, algunos mejor
que otros.

—¿Vamos a por bebidas? —propuso Álex.

—Si queréis, id yendo y pedid para vosotros mientras
yo busco al grupo, que seguro que estarán llegando —respondió Ivone.

Asentimos y nos fuimos al chiringuito del tío Martín. La
barra estaba a tope, los cuatro camareros que servían tras
ella no daban abasto y la zona de las mesas también estaba
totalmente ocupada. Mientras hacíamos la cola correspondiente, esperando nuestro turno, aproveché la ocasión.

—Tengo que hablar contigo —le solté a mi primo.

—¿Qué pasa? —preguntó frunciendo el ceño.

—Hum, ¿tú e Ivy...?

—No, tú no, por dios —me cortó llevándose las manos
a la cabeza.

—¿Qué?

—Que tú eres la única que nos veía como amigos, y ya ni eso. Era lo que ibas a decir, ¿no?

—Hum, sí, sí. Amigos que quieren lío. —Me reí burlona; los nervios le delataban.

—¿Qué dices? ¡Estás chalada!

Lo conocía, y bien. A mí no me engañaba.

—Bueno, supongo que ponerte a la defensiva es una clara respuesta.

—No hay nada entre nosotros, ni ha habido ni va a haber —dijo serio, mirándose las manos con el ceño fruncido.

—Pero no será precisamente porque tú no quieras, por lo que veo.

Pensó durante unos segundos antes de contestarme:

—Ivy y yo nos conocimos el año pasado. Es una chica increíble con la que he conectado de una forma única. Con ella me lo paso superbién, me escucha, me entiende, me ayuda y todo lo que te puedas imaginar. Pero hay dos grandes motivos por los que no podremos tener nada.

Le miré con las cejas levantadas y la sonrisa ladeada, esperando ansiosa lo que iba a decir.

—Uno: no quiero arruinar lo que tenemos. Y dos: creo que le gusta una chica de nuestra clase.

—Espera, ¿qué? No sabía que le gustaban las chicas.

—Es bisexual. Y lo que te digo, le gusta una a la que vas a conocer esta noche.

—¿Cómo estás tan seguro? —pregunté sonriendo. Me producía tanta ternura verlo así...

—Se lio con ella hace un mes en una fiesta y no ha dejado de hablar de ella desde entonces. Está claro, le mola esa tía.

Fruncí el ceño. Eso sí que era una putada.

—Pero... sé sincero, independientemente de los sentimientos de ella por la otra chica, ¿a ti te gusta Ivy?

—Bueno, podría decirse que sí. Aunque dudo que tenga alguna posibilidad, y tampoco me veo capaz de empezar una relación con ella. Por eso te digo que no quiero estropear las cosas, así es todo mejor.

—El miedo al «qué será» hace que pierdas la oportunidad de «lo que podría ser» —me sinceré.

Me miró pensativo y, justo cuando iba a decir algo, llegó nuestro turno y el camarero nos interrumpió.

—¿Qué queréis, chicos? —Un moreno corpulento con el cabello trenzado, varios *piercings* en el rostro y tres tatuajes en los brazos nos atendió muy sonriente.

—Oriol, dos cosmos.

El chico asintió y se movió con gran destreza por su espacio. Le observé tratando de captar lo que hacía y, por desgracia, no entendía. Cogió varias botellas y dos vasos grandes, y sirvió el hielo.

—¿Qué has pedido? —pregunté con intriga.

—Tranqui, mañana te lo explico con calma, pero lleva vodka, triple seco y zumo de lima y de arándanos.

—¿Te sabes de memoria todos los cócteles?

—Los que servimos en los chiringuitos, sí. Y tú en una semana lo tendrás todo controlado —me aseguró—. Es muy fácil.

Había muchísima gente pidiendo a nuestro lado. Cogimos los vasos y di un sorbo.

—¡Está delicioso! —Paladeé el sabor cítrico y el agridulce de los arándanos en el cóctel.

—Con calma, Zanahoria, que esta bebida sube rápido —me advirtió.

—Vale, papá —repliqué, aunque sabía que me lo decía con cariño.

Regresamos a la hoguera, pero ya no retomamos la conversación. Aun así, me fijé en que mi primo se había quedado pensativo. Su expresión solo se transformó cuando volvió a ver a Ivy, que hablaba animada con dos chicas.

—La rubia es la que te digo —me susurró Álex al oído antes de que llegáramos hasta ellas.

—Hola, hola. —Mi primo disimuló con una sonrisa y dio dos besos a las chicas. Yo me quedé un paso atrás, en modo observadora, sin soltar una palabra—. Mery, Tori, ella es Zoe. —Me señaló.

Mery era rubia, tenía los ojos castaños y una sonrisa angelical. La verdad es que Ivy tenía buen gusto, la chica era guapísima. Tori tenía el pelo negro azabache, los ojos tan oscuros como el ónice y labios prominentes con un *piercing*. Eran completamente distintas y bastante llamativas.

—Encantada —contesté a las chicas mientras nos saludábamos con dos besos.

—Bueno, voy a presentarte al resto. Chicas, ahora volvemos. —Ivy sonrió con entusiasmo.

Después de que me presentara a varias personas más, regresamos junto a Álex, que charlaba con un chico llamado Mario, otro compañero de clase. Todos eran muy majos, un grupo bastante peculiar. Con tanta gente nueva a mi alrededor, me mantuve muy callada. Álex, que me tenía calada, e Ivy, que pronto se dio cuenta de mi timidez, se comportaron como buenos anfitriones e intentaban meterme continuamente en las distintas conversaciones. Gracias a ellos, fue mucho menos incómodo de lo que podría haber sido, aunque me daba envidia la fluidez con la que los demás se relacionaban entre ellos. ¿Conseguiría superar mi vergüenza ante los grupos grandes cuando comenzara la universidad? Tenía un reto por delante. Y muchas ganas de asumirlo.

Pasaba la una. Había cambiado el tipo de música y se había unido mucha gente a la fiesta. Algunos se notaba que eran extranjeros. Aunque intervenía poco, me lo estaba pasando muy bien escuchando las experiencias universitarias de los amigos de Álex e Ivy. Eran muy *random* y me encantaban las anécdotas, cada una más increíble que la anterior. Me emocionaba pensar que mi gran ilusión de estudiar Bellas Artes estaba cada día más cerca.

Entonces me fijé en que también habían aparecido en la fiesta los chicos que me habían socorrido por la mañana, cuando me había caído con la bici, aunque no estaba el tal Mauro, El Sonrisas. Una lástima.

Nuestras miradas se encontraron y se acercaron para saludarme.

—¿Qué tal te encuentras? —preguntó Lali con cierta preocupación.

—Bien, la verdad. No ha sido para tanto.

La música sonaba y la noche se iba alegrando con el paso de las horas; el olor a marihuana estaba por todas partes. A nuestro lado, mi primo estaba ejerciendo de monologuista con unos chicos. Ivy charlaba con Mery y con Tori. Lali y Luis me recomendaban lugares y me contaban que irían a pasar unos días a Barcelona.

Estábamos divididos en pequeños grupos. Algunos bailaban, otros reían y bebían, y otros cantaban. Todos estábamos desperdigados por la playa. Seguí observando el lugar y de pronto mis ojos se toparon con El Sonrisas, al que reconocí a lo lejos. Se acercaba a nuestro grupo. Estaba repasándome de arriba abajo con la mirada, y se me aceleró el pulso al sentir su atención centrada en mí. Saludó sin pronunciar muchas palabras y nos mostró su sonrisa.

El chico estaba guapísimo, con un pantalón ancho beis y una camisa verde abierta con las mangas remangadas y unas sandalias marrones.

—¿Queréis tomar algo? —preguntó Luis.

La mayoría asintió, así que decidimos acompañarlos. De camino al chiringuito, me quedé rezagada con Ivy.

—Esos ojitos brillantes, ¿a quién miran? —pregunté y sonreí señalando con la cabeza hacia el grupo que avanzaba por delante de nosotras.

Ivy se atragantó con el último trago de la bebida, empezó a toser y, al recomponerse, me miró dudando.

—¿Qué dices? —Tenía los ojos desorbitados.

—Que a quién miras con los ojitos tan brillantes. No te lo voy a repetir, así que suéltalo. —Mi sonrisa era triunfal, ¿había puesto nerviosa a Ivy?

—Hum, no sé a qué te refieres. —Se enrolló un rizo en el dedo y se rio.

—Lo sabes perfectamente, amiga. —La miré de reojo.

—Bueno, puede ser que me fije en una persona, pero como digas algo te asesino. —Me amenazó con el dedo y asentí e hice el gesto de cremallera en los labios.

—Déjame adivinar... ¿La rubia?

Frunció el ceño y negó con la cabeza.

—No, Mery, no. Tuvimos algo hace un tiempo, pero no quiero nada con ella. Es muy tóxica, y no, gracias, no me va el rollo posesivo.

En mi mente comencé a celebrar. Tenía razón, soy la mejor adivinando estas cosas.

—Ajá, ¿entonces? —Me intrigaba demasiado su respuesta.

—Bueno, gustarme, gustarme, no me gusta nadie. Pero ¿y a ti? —Me esquivaba con elegancia.

—No me cambies de tema, guapa.

Ivy se puso seria al tiempo que se sacaba un cigarrillo del bolso y se lo llevaba a los labios. Lo encendió con mano temblorosa.

—No quiero nada con nadie en este momento. Creo

que cada vez que tienes algo con alguien se va al carajo y me da mucho miedo con esta persona. Ahora tengo una relación muy especial como para arruinarla por un ataque de hormonas. ¿Sabes a lo que me refiero?

Uf, lo entendía mejor de lo que ella pensaba.

Me había ocurrido con mi ex, César. Al principio teníamos una amistad tan especial como Álex e Ivone, solo que lo nuestro había comenzado en primero de la ESO y nosotros sí que dimos el paso en ese arranque hormonal. Mis padres le aceptaban porque conocían a César y a sus padres, y se llevaban a las mil maravillas. Él fue mi primer todo: mi primer amigo fiel y sincero, mi primer beso cuando ambos teníamos apenas doce años... Yo pensaba que saltarían chispas como en las pelis, cuando la princesa levanta el pie cual muelle en el momento en que el príncipe posa sus labios en los suyos, y sentiría mariposas en el estómago, y bla, bla, bla... En mi caso fue tan penoso y tan traumático que, después de que abriera la boca y viera que me miraba con los ojos como platos e intentaba devorarme como un dragón con aliento a Pringles, salí corriendo asustada y estuve casi tres años sin volver a besar a nadie. De hecho, César y yo después de ese beso nos distanciamos bastante. Él había practicado con unas cuantas desde nuestro fatídico intento y, mientras tanto, yo no había vuelto a mirar a ningún chico con buenos ojos, pero, con el desarrollo, mi revuelo hormonal nos llevó a reencontrarnos y a hacer las paces. Habíamos madurado, o eso pensé yo.

Retomamos la amistad hasta el punto de que una noche, en las fiestas de mi pueblo nos liamos y me quitó un poco ese trauma del beso del dragón. El siguiente beso fue diferente y muy intenso, olía a menta fresca y ya no fue mirándome fijamente a los ojos. En esa ocasión me dejó sin aliento y con las piernas temblorosas. Ese lío, con los días, se formalizó y César pasó a ser mi primer novio. A los pocos meses, me tocó más allá de los labios. Comenzamos por las caricias discretas, los besos en el cuello, los pelos de punta por cada roce que nos regalábamos. Cada vez que teníamos un encuentro íntimo a solas, subíamos el nivel. Un día pasamos a los toqueteos más intensos; en una ocasión le dejé tocarme los pechos; otro día me cogía en volandas por las nalgas mientras nos comíamos la boca a placer. Llegó la noche donde una de sus manos se deslizó dentro de mis bragas y encendió una mecha que difícilmente podíamos apagar. Ese día yo también sentí con mis manos lo que escondía en sus pantalones, su miembro en todo su esplendor. Me enseñó el movimiento que más le excitaba y entró en mí tras mi reiterada aprobación con la protección debida. Acabamos en su habitación desnudos y con la respiración acelerada. Fue tierno y delicado, y eso hizo que me enamorara perdidamente de él. Así fue como César se convirtió en el primero en todos los sentidos. No era especialmente acertado, eso lo supe con el tiempo, pero era lo que conocía. Ya habrás oído eso que dicen que, cuando no conoces el mar, el río te parece gigante… pues ese era César. Un río caudaloso y revoltoso con el que tuve mi primera vez.

Con el tiempo, mi amigo fiel y sincero, mi novio, el compañero con el que me imaginé un futuro, perdió sus cualidades y me engañó vilmente con una compañera de clase que me había jurado en varias ocasiones que César la miraba y se le insinuaba. Yo nunca creí a la chica, confiaba en él a niveles muy estúpidos, hasta que un día los pillé en el baño del instituto. Era una fría mañana de invierno. Pedí permiso a la profesora de turno para salir de clase. Entré en el baño con prisas, pues me meaba, y el destino fue tan desgraciado que choqué de forma estrepitosa con mi cruel realidad. Abrí la puerta de golpe y me encontré de frente a la parejita en pleno acto. Él, agitado y sorprendido, separó la boca de la chica de su excitado miembro; ella, muy tranquila, se giró con una sonrisa triunfal mientras le cogía con las dos manos el abultado amigo, a punto de estallar. Conocía sus posturas, con la mirada fiera y el cuerpo a punto de colapsar. Me rompió el corazón. Toda la confianza que nos habíamos profesado durante años cayó en picado aquel gélido día de enero que me hizo ver la realidad. Nada tenía justificación. Aunque él intentó enmendar su error, fue imposible perdonar aquello. Yo estaba muy enamorada, o eso creía. No solo había perdido a mi pareja, sino que además había perdido a mi mejor amigo, y eso fue lo más triste y doloroso.

Uno no debe vengarse, pero así somos los inmaduros adolescentes. Me tomé la justicia por mi mano y busqué liarme con Samu, el *fuckboy* más ligón del instituto, un moreno de metro noventa, ojos verdes rasgados y cuerpo de infarto. Te bajaba las bragas con solo una mirada. Era buen estudiante y futbolista, e iba al gimnasio. Vamos, el chico lo tenía todo, y para rematar era el enemigo declarado de César. Siempre discutían por ser el número uno de la clase y acababan en las manos por cualquier estupidez. Por eso me fijé en él. En alguna ocasión Samu se me había insinuado, pero yo era muy fiel a César, así que pasé de él. Hasta que a mi ex se le ocurrió traicionarme. Entonces la venganza se sirvió en plato frío.

Lo que nunca me imaginé era que me olvidaría de César en segundos cuando el chico en cuestión, en plena venganza, me regaló los dos primeros orgasmos de mi vida en los vestuarios del instituto. El tío tenía más tablas que un establo. Joder, aquello fue legendario. Tonteamos con la mirada y me invitó a que lo acompañara. Nos metimos en uno de los cubículos del baño de chicos con los cuerpos muy pegados, nos besamos y nos tocamos ansiosamente.

Me rodeó con los brazos y pasamos del nivel uno al diez en cuestión de minutos. Sin muchos preámbulos, su mano fue a mi sexo y me tocó como no lo había hecho nunca mi ex, trazando círculos perfectos que me llevaron al mismísimo cielo en muy poco tiempo. Se me entumecieron hasta los párpados, y no exagero. Sin recuperar el aliento, me giró y me apoyó en la pared, se pegó a mi espalda y sentí su gran bulto duro y preparado; acto seguido me preguntó si podía seguir, lo que acepté con la respiración entrecortada y unas ganas evidentes de llegar hasta el final. Me embistió por detrás mientras su mano regresaba a mi punto más sensible. Los minutos fueron segundos, o eso creí yo, en cuanto estallamos juntos de placer. Después de ese momento inolvidable, nos vestimos y cada uno se fue por su lado. Ese día conocí el significado de la palabra «éxtasis» y entendí por qué todas caían rendidas a sus pies.

Agradeceré eternamente a la compañera de clase aquella mamada que le hizo a César, porque me llevó a descubrir que el río nada tenía que ver con el mar. Con el chico popular la relación no fue a más, esos tíos van a lo que van y yo tampoco quería pillarme por otro. Eso sí, siempre lo recordaré con afecto, porque me enseñó a descubrir ese placer de la vida llamado «clímax» en tan solo un episodio. Lo mejor fue ver la cara de César cuando se enteró. Me gritó y se exasperó, luego siguieron los ruegos y las súplicas de un perdón que no ocurriría jamás. Nunca le dije que follaba de pena, eso me lo guardé. No era plan de dejarlo en ridículo. Eso la vida se lo cobraría solita.

—¿Zoe? ¿Me estás escuchando? —Ivy me sacudió el brazo, con lo que me sacó de mis pensamientos.

—Sí, sí, perdona, te entiendo mejor de lo que te imaginas. —Sonreí para mis adentros recordando a Samu y a mi ex.

Ya había obtenido la información necesaria. Sabía que tanto Ivy como Álex querían lío, pero tenían casi los mismos temores. En ese momento me envolvieron unos brazos por la espalda. Sonreí pensando que era mi primo, pero a él lo tenía delante de mí hablando con Mauro el Sonrisas. ¿Quién me estaba tocando? Me giré violentamente, zafándome de unos brazos fuertes y musculados.

—Pero ¿qué? —musitó en inglés el chico que me había abrazado, que frunció el ceño al instante.

—Eso digo yo —repliqué, apartando sus manos, y puse los brazos en jarra.

—¿Tú quién eres? —Sonrió incómodo y soltó—: Tú no eres Sally.

—No, obviamente no soy la tal Sally.

Soltó una risotada y yo le observé en silencio. Era muy alto, corpulento, de pelo castaño algo corto, ondulado, unos ojos marrones preciosos, de mirada intensa y felina. Era sumamente atractivo. De esos a los que ves y ya no puedes apartar la vista. Sentí un escalofrío mientras mis ojos lo recorrían lentamente con disimulo.

—Perdóname, me he confundido de chica. —Se fue sin apartar sus bonitos ojos de mí y puedo decir que continué inquieta, con aquel cosquilleo recorriéndome todo el cuerpo.

¿Quién era ese tío?

—¿Quién es ese, Zoe? —preguntó Álex.

Todos los que estaban con él, incluido Mauro, me observaban extrañados desde la barra del chiringuito.

—No sé. Un guiri raro que me ha abrazado porque me ha confundido con una tal Sally y se ha ido. —Todos se rieron con incredulidad—. Yo flipo.

Desde que había llegado a Begur, solo me pasaban cosas extrañas.

# 10

## SHANE

## Espabila o pierdes

—Perdóname, me he confundido de chica.

Acababa de quedar como un jodido imbécil, ¡muy bien, Shane! Me alejé de la guapa pelirroja a la que había abrazado accidentalmente. La había confundido con Sally. Con las luces del lugar, parecía rubia. ¡Qué vergüenza! La miré largo rato desde el otro extremo de la barra mientras esperaba mi cóctel. La chica iba acompañada de un grupo grande.

—¿Y tú, qué? —Cody me sacó de mi reflexión—. ¿Huyes de nosotros?

—¡Qué va! Solo he venido a pedir. Acabo de quedar como el tío más idiota de la playa. ¿Te lo puedes creer? He saludado a esa chica —lamenté al tiempo que la señalaba— pensando que era Sally.

—Pues, joder, ¿eres daltónico? Ni en el blanco de los ojos se parecen, tío. Es pelirroja, pero qué buena puntería tienes —señaló Cody, que había fijado la vista con descaro en la chica.

Me pasé una mano por la cara. Cody era único en cuanto a la adicción a ligar. Donde ponía el ojo, ninguna se le resistía. Era impresionante, y encima se le daba de lujo.

—No. De espaldas, con las luces, la he confundido.

—Está con mucha gente para ir a saludarla errónea-
mente de nuevo, ¿no? —preguntó mi amigo, y se pasó la
mano por el cabello, rapado casi al cero, con sus ojos azu-
les clavados en la chica.

—Sí.

—¿Qué has hablado con ella? —preguntó y se llevó el
vaso a los labios.

—Nada, se ha apoyado las manos en las caderas, toda
seria, y yo me he quedado tieso.

Cody se rio ante mi imitación de la falsa Sally.

—Una tía deja mudo al gran Shane. No me lo creo.
¡Joder, tenías que haber hablado con ella, bruto! Así no
ligarás. Es un pibonazo.

Mi amigo la miraba de arriba abajo y, ¿para qué mentir?, yo también. La ropa que llevaba le realzaba muchísimo la figura, y mis ojos se deslizaron hasta su estrecha
cintura. Tenía un cuerpo muy llamativo. Su cabello rojizo,
al natural, con ondas suaves, y su rostro, bañado de pecas.
Era preciosa. En ese momento, un chico se le acercó y comenzó a hablar con ella muy sonriente.

—Shane —me chinchó Cody—, a ver si espabilas. Creo
que se te han adelantado.

# 11

## ZOE

## Muchas alegrías y sexo del bueno

—Hola. —Miré a mi derecha y me sorprendió encontrarme con Mauro.

—Hum... Hola —le contesté algo extrañada—. ¿Qué tal?

Era la primera vez que me hablaba, y me puse un poco nerviosa.

—Pues genial, ¿y tú? —Me obsequió de nuevo con aquella sonrisa por la que le había puesto el apodo. Estaba muy relajado, o eso parecía—. ¿Te has recuperado de la caída?

—Sí, ya estoy bien. —Tomó un sorbo de su bebida sin quitarme ojo—. Pensaba que no te estabas divirtiendo —me sinceré.

—¿Y eso? —Arrugó la frente, confundido.

—Podría contar con los dedos de las manos las veces que has hablado y me sobrarían —vacilé, para romper un poco el hielo que nos separaba.

Su sonrisa se ensanchó y dejó a la vista su perfecta dentadura al tiempo que se encogía de hombros.

—No confundas mi silencio con mis pensamientos.

Guau, muy reflexivo el chico. Después de esa frase Ivy

me llamó alzando las manos para que me acercara a ella y nos unimos a escuchar la conversación grupal. Yo me quedé pensando en lo que había dicho Mauro mientras caminábamos todos juntos hasta la hoguera. Allí el ambiente era más alegre, habían subido el volumen de la música y el olor a maría se había disipado; no sé si me había acostumbrado o qué, pero casi no lo notaba. Me acerqué a Álex y le cogí la mano. Me puse a bailar con él al ritmo latino de la canción que sonaba con fuerza por los altavoces.

—¡Buah, cómo me alegra trabajar por la tarde, podremos dormir toda la mañana! —me gritó al oído.

—¡Ya ves! —le devolví el grito—. Por cierto, ¿has hablado con el tío?

Se le tensó el cuerpo inmediatamente ante mi pregunta.

—Me ha mandado un mensaje en el que ponía que nos cuidáramos y que lo pasáramos bien. No sé nada más.

A Álex le molestaba enfadarse con su padre. Estaban muy unidos y rara vez peleaban, pero cuando lo hacían eran muy orgullosos y ninguno daba su brazo a torcer.

—Supongo que le has contestado.

—Sí, le he escrito «ok». —Sonrió a sabiendas de que estaba siendo un capullo a propósito.

—Eres un cabrón. Y lo peor es que lo sabes.

—A veces hay que serlo —repuso.

—Es tu padre.

—Y yo su hijo. —Alzó los hombros con indiferencia.

—¿Tienes respuesta para todo? —repliqué molesta.

—Obviamente.

—¿De quién cotilleáis? —intervino Ivone—. Espero que no sea de mí.

Por cómo me miraba, supe que quería averiguar si le había contado algo de nuestra charla sobre sus intereses amorosos.

—Hablábamos de que es un niñato orgulloso con su padre. —Miré con reproche a mi primo.

Ivy alzó las manos rápidamente en dirección a mí.

—Se lo digo siempre. Martín, más que un padre, es como un hermano mayor, y cuando se pelean se comportan como dos niños pequeños.

Álex puso los ojos en blanco.

—Sabes que tenemos razón. El tío no se pone así por cualquier tontería. ¿No te has parado a pensar que a lo mejor le ocurre algo más?, ¿que su enfado quizá no tenga que ver contigo?

Álex empalideció, probablemente al recordar algo. Dudó durante unos minutos, sacó el móvil y se fue lejos de nosotras, observando el aparato con preocupación. Le gritamos para que nos dijera adónde iba y nos respondió que a hablar con su padre.

—Siempre igual —afirmó Ivy—, se mortifica por su padre, aunque le cueste aceptarlo.


Pasó el tiempo entre risas y buena compañía. En ese momento nos encontrábamos sentados en la arena, formando un círculo.

—Pues esta línea indica que vas a tener dos amores en la vida. —Ivy, a mi lado, examinaba la mano de Álex, que se reía como un idiota, sonrojado, mientras ella hacía el paripé de leerle el futuro—. ¡Uy! Esta otra dice que vas a caer en bancarrota y vas a acabar pidiendo un préstamo asfixiante al banco. ¡Vaya, lo normal para cualquier mileurista!

Me emocionaba que volviera su alegría después de hablar con Martín con la cara muy seria. No quiso comentar nada al respecto, y lo respeté. Una cosa era aconsejarle y otra muy distinta atosigarlo. Sinceramente, me moría de ganas de saber qué era lo que les pasaba, pero como al volver no me dijo nada, no insistí, aunque me quedé preocupada. ¿Sería algo relacionado con mi padre? Cualquier cosa era posible. No lo sabía, y tenía que averiguarlo en cuanto nos quedáramos solos.

—No estás lo bastante borracha aún para leer la mano, Ivy.

Las carcajadas de ambos eran contagiosas.

—No cuela, ¿no? —Torció los ojos vencida al tiempo que le soltaba la mano.

—No, la verdad. A ver, Zoe, inténtalo tú —me sugirió Álex.

—¿Yo? Yo no sé hacer esas brujerías —contesté y me mordí el labio, interrogante. No lo había hecho en mi vida, aunque me producía mucha curiosidad.

—Simplemente es cuestión de mentir, un truco ideal para ligar, amiga. Improvisa —intervino Mery mientras se unía al grupo—. ¿Ya está leyendo las manos Ivy? —preguntó en tono burlón y se sentó a mi otro lado en la arena.

—Sí, y quiere que lo haga yo, y no sé.

—Pues es muy fácil, mira. —Me cogió la mano e hizo como que veía algo, arqueó una ceja, frunció los labios concentrada y se sorprendió.

—¡Ay, dios! —Tenía los ojos desorbitados, y me inquieté—. Veo que hay una persona con quien te vas a liar este verano y va a ser a lo grande. Te va a dar muchas alegrías y sexo del bueno. —Todos se descojonaban a pleno pulmón y yo tragaba con dificultad, nerviosa, imaginando aquello—. Le has conocido muy poco, ha sido apenas un roce, pero va a ir a más. Veo una fuerte conexión entre vosotros. —Seguía con la mirada clavada en mi mano—. También veo que, tristemente, lo vuestro va a terminar por un problema de distancia. Veo también mucho dinero. —Carraspeó y se apartó el pelo de la cara con gesto de desconcierto—. Vas a estudiar la carrera de tus sueños y vas a acercarte a cierto familiar con el que te peleaste hace poco.

—Guau —fue lo único que pude decir.

—Cuestión de mentir. —Sonrió al ver mi expresión de confusión y terror ante su predicción—. Cuanto más fantasees, mejor.

—¿Qué? —pregunté atónita—. Me lo he creído y todo. —Hice un puchero.

En solo unos segundos me imaginé al supuesto amor de verano, que estudiaba lo que tanto deseaba, que acertaba los números de la lotería. Veía reconciliación con mi padre. En fin, a mí me engañaban muy fácilmente. Ojalá todo aquello fuera cierto. Me quedaría viviéndolo en bucle eternamente.

—Y tú de fantasear vas bien, ¿no? —me preguntó Álex haciendo muecas con la boca hacia Mauro.

—¡Calla, anda! —repliqué.

—No hay huevos para leerle la mano a El Sonrisas. —Mi primo me guiñó el ojo.

Antes muerta que cobarde.

Álex sabía a la perfección que con esa simple frase era imposible que me echara para atrás; iba a hacerlo aunque no supiera. Me retaba y eso se convertía en «Hazlo». Me levanté y fui decidida hacia Mauro, pero no me esperaba que en mitad del trayecto alguien se tropezara y me echase encima una bebida helada, que disminuyó de golpe mi temperatura.

¡Jo-der! Sacudí las manos cabreada. Sentí que el frío y la humedad del líquido que contenía el vaso me recorrían los pechos, me bajaban por la barriga y me empapaban la ropa.

—¡Mierda! —chillé histérica. Al levantar la vista, lo vi: el guiri que minutos antes me había abrazado por accidente—. Pero ¡¿a ti qué te pasa?!

—*Oh my god!* Lo siento muchísimo. —Dejó el vaso de plástico en la mesa que teníamos al lado y me sujetó por los brazos para intentar limpiarme.

Me zafé con brusquedad de sus manos, que inexplicablemente me habían generado un calor intenso y una corriente de electricidad que se extendió por todo mi cuerpo.

El chico iba acompañado de un tío que me miraba entre risas. Me giré sobre los talones y caminé enfadada hacia el baño, dejándolo con las disculpas en la boca.

—¡Gilipollas! —grité, sin importarme si me oía.

El top era blanco. No se iba a quitar la mancha, que había cogido un amarillo pollo espantoso, dañando por completo la prenda. El líquido llegaba a la falda, que también manchó.

—¡Ey! Espera.

Oí una voz fuerte y demandante, me detuve y me volví. El guiri venía detrás de mí.

—En serio, tío —bufé—, déjame en paz. Eres muy raro.

—*Sorry*, no te he visto. —Me alcanzó y avanzó a mi lado con rapidez.

Yo frené de golpe ante su respuesta.

—¿Por qué me sigues? Vete —reclamé alzando las manos. Retomé mi camino intentando persuadirlo, pero siguió mis pasos.

—Solo te he dicho que no te he visto —replicó y me regaló una sonrisa de suficiencia que me alteró—. ¡Qué agresiva!

—¿Agresiva, yo? ¿Cómo quieres que me ponga si me acabas de hacer *tie dye* en el top blanco con un cóctel de… —olisqueé el mejunje en mi mano— mango?

—Has acertado. Está buenísimo, de verdad. Te recomiendo que lo pruebes. —Relajó la sonrisa, y no sé por qué me puse nerviosa.

—Creo que ya lo he probado —reí amargamente, desvié la vista y al fin llegué al baño. Entré dejándolo con la palabra en la boca, o eso pensé yo.

—Bueno, ¿y cómo te llamas? —Su voz resonó entre las cuatro paredes.

Me giré, me quité el top y, de reojo, lo vi recostándose en el marco de la puerta.

No contesté. Me incliné hacia el lavamanos y limpié el top con agua y jabón líquido. Me sentí observada y mis ojos se desviaron a través del espejo hacia la puerta, donde lo vi asomado.

—¿Qué haces? No mires, tío, ¡vete! —Estaba en sujetador.

—No me has contestado. —Volvió a meter la cabeza con los ojos cerrados solo para mostrarme sus dientes resplandecientes.

—No pienso decirte nada.

—¡Qué borde! —replicó marcando la erre.

—¿Y qué quieres que te diga? Me llamo Zoe, pero para ti soy la chica a la que acabas de arruinar un top nuevo. Muchísimas gracias, guapo —ironicé.

—¿Me has llamado «guapo»?

—¿Solo te has quedado con esa palabra? —Cuando se disponía a responder, le corté levantando una mano—. No. Mejor ni me contestes.

Suspiré sonoramente y sonrió.

—Zoe, bonito nombre.

No sé por qué le había dicho mi nombre.

—Gracias, se lo diré a mis padres de tu parte —respondí con indignación—. No puedo arreglarlo. Tendré que volver a casa a cambiarme, ¡joder! —pensé en voz alta.

—Puedo llevártelo a la tintorería o te compro uno igual —se ofreció.

—No, no es necesario.

—¿Te puedo acompañar para que te cambies?

Yo seguía dándole la espalda.

—Sí, me encanta irme con desconocidos, es una de mis grandes aficiones. —Me puse el top mojado con una gran mancha en degradación de naranja a amarillo. Ni tres horas me había durado la prenda—. ¡Joder!

—Me encanta esa palabra. ¡Joder! —Mejoró su pronunciación en español y repitió—: Joder, joder, joder. Es *very* adictiva.

Lo miré mientras repetía cual crío que aprende a hablar y me entró la risa.

Por alguna extraña razón, ese chico me había alterado, y no en el mejor de los sentidos, pero eso cambió en ese preciso instante, cuando lo tuve delante. Mi corazón se aceleró y hablé sin pensar, perdiéndome en el color miel de sus ojos.

—¿Cómo te llamas? —le pregunté saliendo del baño.

—Shane.

—¿Como la app? ¿Qué clase de nombre es ese? —me burlé y me colgué el bolso en el hombro.

—No. Es S-H-A-N-E —deletreó en un inglés perfecto.

—Suena como la app. Pobrecito, ¿tienes pensado cambiártelo de mayor?

—¿Te estás burlando de mí?

—¿Cómo puedes pensar eso? —Volví a reírme y me di media vuelta. El tío era guapo de cojones.

—Te he caído mal. —Hizo un puchero al tiempo que se ponía a mi lado para seguir nuevamente mis pasos.

—Me has arruinado un top, me has abrazado pensando que era otra y me sigues. Tú la clase de cómo presentarte a alguien sin dar miedo fijo que te la saltaste. ¿No vas a parar de molestarme?

—¿Por qué haces tantas preguntas?

—¡Pero si eres tú el que pregunta y me sigue! ¿Puedes irte? —repliqué furiosa.

—Yo no hago tantas preguntas. Solo quiero saber si tienes una buena impresión de mí.

—¿Quieres la verdad?

—La verdad en una relación es indispensable.

—Ya, pero tú y yo no tenemos una relación, ni siquiera de conocidos —aclaré.

—Pero podríamos tenerla —insistió.

—¿De dónde eres? —No sé por qué pregunté, ni qué me empujó a hacerlo, pero lo hice.

—*What?* —exclamó sorprendido.

—Que de dónde eres.

—Ah, soy de Cobh, una ciudad del sur de Irlanda —respondió confundido.

—*Leprechaun* —susurré.

—¿Me has llamado *leprechaun*?

—No.

—Sí, lo he oído. Me has llamado «duende» —insistió serio, lo que hizo que me pusiera nerviosa y me avergonzara a la vez.

En realidad no sabía si le había ofendido.

—¿Qué? ¡No! Lo siento. —Me sonrojé y me disculpé al momento—. Tenía un compañero en el instituto que venía de intercambio de Dublín y por vacilar le llamábamos así. Me he acordado de él y lo he pensado en voz alta. Lo siento.

—No te disculpes, no es un insulto. —Esbozó una bonita sonrisa. Sus penetrantes ojos me observaban con atención.

—Lo sé. No te preguntaré por el oro, lo prometo —hablé con confianza, sin pensar que apenas lo conocía.

¿Por qué, por qué había abierto la boca? Cuando me ponía nerviosa, hablaba de más. Aparte de la timidez, esa era mi otra peor virtud. Qué noche más pletórica, Zoe.

—¿Conoces la leyenda? —se interesó.

—Sí, la conozco. —Suspiré y le sostuve la mirada—. Finn se llamaba mi amigo del instituto. Físicamente se parecía a mí y me llevaba genial con él. Era pelirrojo, con miles de pecas en el rostro, fino y blanco. A diferencia de mí, tenía los ojos de color café, y la boca pequeña con los dientes apiñados. Era muy tímido los primeros días de clase, pero cuando cogió confianza se hizo amigo del instituto entero. Todo el mundo le quería. Nos contó innumerables historias de su país, y a mí me dejó con muchísimas ganas de conocer Irlanda. —Hablaba con emoción, porque de verdad lo recordaba con cariño—. Le llamábamos *leprechaun* porque era bajito y muy delgado, y cuando nos contó la leyenda del duende verde todos coincidimos en que Finn era un auténtico *leprechaun*. Según él, si fijabas la mirada en un duende verde —mantuve los ojos clavados en Shane, y las mariposas, inexplicablemente, comenzaron a revolotear incesantes en mi barriga—, este se queda atrapado y debe entregar sus riquezas. Son antisociales por naturaleza y les pierde la codicia. Cuando te encuentras a un *leprechaun*, de primeras son simpáticos, amables y se venden con su mejor cara. Pero en cuanto les preguntas por el oro, su actitud amable cambia. —El guiri no daba crédito a mis palabras; su cara de asombro era divertida—. Niegan que son ricos y usan cualquier excusa para despistar. Si apartas la mirada del *leprechaun*, se esfuma como por arte de magia —chasqueé los dedos en el aire y desvió por segundos la mirada— y desaparece de tu vida. Si no logra escabullirse, tiene picardía y puede transformarse en un ser muy generoso y querido. Y quizá se quede en tu vida para siempre.

—Vaya —fue su respuesta a mi monólogo.

Me encogí de hombros y aparté la mirada de esos bonitos y penetrantes ojos marrones con destellos verdes.

—Me has conquistado, conoces la historia mejor que yo. —Se llevó la mano al pecho.

—Te he sorprendido, ¿no?

—Desde el *firts minute* que te vi.

Me sonrojé y le regalé mi mejor sonrisa.

Zoe 1 – El Guiri 0.

—¿Entonces? —preguntó alzando las cejas.

—¿Qué?

—Que ahora podría decirse que nos conocemos; ya sé algo sobre ti.

Me sonrojé.

—No me conoces y eso no ocurrirá en la vida.

—Yo solo te digo que eres tú quien se ha metido en mi camino. Yo no quería malgastar siete euros. Reconócelo, estabas loca por conocerme. —Me alcanzó hasta ponerse a mi lado una vez más.

—¿Ahora estaba loca por que me tirases encima la bebida? —repliqué con las manos en la cintura.

—Pues sí, es demasiada casualidad que nos hayamos chocado dos veces. Querías conocerme, admítelo.

Cada vez hablábamos más rápido y más alto.

—¿Estás de coña?

—¿Qué es eso?

—¿El qué?

—Lo de «coña».

Le miré intentando aguantar la risa. Tenía un buen dominio de la lengua, pero algunas expresiones no las conocía, y me parecía gracioso, además de muy guapo.

—Es un decir. Significa si te estás burlando de mí.

—¿Por qué?

—¿Por qué qué?

—Por qué te burlas de mí.

Empezaba a desesperarme, así que opté por cortar por lo sano.

—No me burlo de ti. —Respiré batiendo las manos—. No me interesas absolutamente nada, y tampoco quería que me tiraras la bebida encima. No quiero discutir y tengo que irme.

Me giré sobre los talones y soltó:

—¡Jolines, macho! —Su pronunciación me hizo mucha gracia. No le pegaba en absoluto. Y no pude evitar volver a mirarlo—. ¡Jolines, macho! Eso me lo enseñó un amigo que estaba pescando hace un tiempo y cuando se le escapó un pez del anzuelo dijo: «¡Jolines, macho!» —repetimos juntos con una sonrisa cómplice.

—Vaya, veo que te gusta el español.

—¡Qué va! A mí me gustan las españolas.

—Me refiero al idioma —aclaré poniendo los ojos en blanco.

—Ah, eso también —asintió y se tocó instintivamente el pelo de una forma muy sexy.

Demasiado para mi revuelo hormonal. Seamos sinceras, el guiri estaba como para cometer una locura o dos. Yo llevaba muchos meses sin intimar con nadie, con líos esporádicos en noches de discoteca, pero nada que pasara de unos besos. Mi última vez había sido el revolcón maravilloso con Samu, el popular del instituto.

Por tanto, deseos de Zoe en verano: saltar de las rocas, montar en moto de agua y revivir esas sensaciones primitivas que una necesita. Aunque estaba casi segura de que con ese chico tan extraño no sería. ¿O sí? Quién sabía.

—Me tengo que ir. —Intenté poner fin a la conversación para ir a cambiarme y le di la peor excusa—. Iba a leerle la mano a un chico.

—¿Sabes hacer eso? —Me cortó el paso muy animado y me tendió su palma—. ¿Me la lees a mí?

—No te voy a leer la mano.

—¿Por qué no? —insistió entre risas.

Me puse seria y se la cogí. Era grande y cálida, llevaba las uñas perfectamente cortadas y me pareció extremadamente atractivo, pero borré de inmediato esos pensamientos dispuesta a burlarme de mi pesado acompañante.

—Esta línea quiere decir que vas a ser millonario, un *leprechaun* muy rico. Esta línea dice que vas a pasar una noche cojonuda con una rubia de escándalo, pero cuidado, que esta indica que morirás muy joven, arrollado por un caballo. —Le solté la mano—. Gracias por todo, yo me voy ya, otro día nos vemos. —Giré una vez más el cuerpo dispuesta a marcharme.

—¿«Cojonuda»? —Me miró intensamente a los ojos y me puse muy nerviosa—. ¿Qué es eso? *Shit*, el Capi no me ha enseñado ni la mitad de las palabras que tú utilizas.

—¿«El Capi»? —pregunté sin pensar.

—Oh, sí, Fernández es el capitán de mi barco.

«Hostia, el guiri tiene pasta».

—¿No me vas a decir qué es «cojonuda»? —continuó.

—Ah, sí. Que te lo vas a pasar muy bien. —Sonreí y aparté la vista.

—Me gustaría más pasarlo bien contigo. Y no solo por aprender palabras.

El chico era directo, me gustaba, pero a la vez me inquietaba.

—Eh, no, lo siento, tengo que irme.

—¿De verdad quieres ir sola con lo oscuro y solitario que está todo? —preguntó con seriedad; lo pensé y me detuve en seco recordando el documental que había visto con Álex.

—La verdad es que no me gustaría ir sola —pensé en voz alta.

—¿Quieres que te acompañe? —Se acercó peligrosamente.

Me quedé pensativa. El chico parecía buena gente, pero después de aquel documental no me fiaba ni de mi sombra.

—Vale, no me conoces de nada, pero por lo menos

hemos hablado un poco. Y me preocupa que vuelvas a casa tan tarde sin que nadie te acompañe, igual que me preocuparía por una amiga. Soy de fiar, en serio —insistió con una sonrisa que parecía sincera.

Pensé que tenía tres opciones: la primera era irme sola (automáticamente descartado); la segunda, decirle a mi primo que me acompañase (también descartado, porque no quería que se fuera de la fiesta por mi culpa y arruinarle la buena noche que estaba pasando), y la última era que Shane me acompañase. En décimas de segundo, tuve que decidirme. Iría alerta. Si ese tío raro que tenía cara de buena gente intentaba hacerme algo malo, reaccionaría a tiempo, le metería una patada ahí mismo, correría a toda velocidad y gritaría. Y... mejor ni me lo pensaba, si no me quedaría con el top mojado y seguro que cogería un catarro, porque, aunque era verano, la noche era fresca y ya sentía toda la humedad anclada en el pecho.

—Vale, acompáñame.

# 12

## SHANE

## Promesas llenas de intención

Reconozco que tirar accidentalmente el cóctel a esa chica había sido de las cosas más interesantes que me habían ocurrido en los últimos tiempos. Desde que la abracé, también «por accidente», no había podido dejar de mirarla. Era una chica muy atractiva que me llamaba poderosamente la atención. Cuando compré ese daiquiri de mango, no pensé que iría con ese dos por uno, ya que al tirarlo encima de su outfit, una respuesta rebelde no se hizo esperar y aproveché la ocasión empujado por la idea que me había dado mi mejor amigo de acercarme. Asomar la cabeza en los baños mientras lavaba su ropa y ver su perfecta silueta de espaldas elevó al instante mi libido. Y mi mente me llevó a fantasear con ella. ¿Cómo buscar conversación? Pues no sé, me salió solo. Simplemente hablé y ver que solo a veces me sonreía y me seguía el rollo me llevó a proponerme conocerla y acompañarla a cambiarse a donde se alojara. Le había arruinado la ropa y era lo mínimo que podía hacer. Me dejó sin palabras cuando habló de Irlanda y de nuestro símbolo por excelencia. Cuando viajaba, que era a menudo, pocas veces coincidía con gente que supiera tanto de mi país. Siempre me preguntaban si era inglés, pocos acertaban de dónde era, y aumentó mis ganas de conocerla. Zoe sería una turista, porque el camino por el que íbamos nos llevaba a un camping, según los cartelitos.

Intenté entablar conversación con mi español, que, aunque fluido, en ocasiones sonaba raro. Fernández me había enseñado mucho del idioma, pero lo más divertido con diferencia era lo que decía él: las palabrotas como «cojones» o «gilipollas». Esas me encantaban, se adaptaban a cualquier situación. Fernández me insistía en que dominaba la lengua, pero yo a veces lo dudaba. Se me olvidaba la traducción de alguna palabra pero, igualmente, intenté charlar de cualquier cosa, aunque ella no había hablado casi en todo el camino; se había limitado a asentir. No me importaba, era lo necesario para continuar a su lado el mayor tiempo posible. Aunque nunca me había enamorado, tampoco nunca nadie me había rechazado ni despertado interés en tan poco tiempo. Solía tener líos de una noche y poco más. La relación más larga que tuve fue una chica del último curso del instituto, y no había llegado al mes. Zoe, con su desparpajo y rebeldía, me atrapó en el instante en que la vi, y por primera vez en mi vida despertó una atracción cuando menos llamativa. Esperaba no romper la promesa de Cody.

# 13

## ZOE

## Sigue practicando, te ha quedado muy falso

Llegamos al camping y Shane me seguía mientras hablaba, no se daba por vencido. Cuando iba a pasar la caseta de seguridad, suspiré aliviada al ver al hombre que vigilaba los accesos al recinto.

—Y fue supergracioso... —continuaba parloteando, pero yo no le escuchaba.

Me estaba costando controlar los nervios. Hacer ese trayecto con un tío tan guapo pero completamente desconocido me producía temor. Era la primera vez que estaba a solas con un chico que había aparecido de la nada y con el que había hablado muy poco. Con lo guapo que era, sumado a la predicción de Mery, puede que cometiera una estupidez y acabara mal. Así que mejor me despedía y si volvíamos a encontrarnos ya se vería.

—Ajá... Bueno, mira, no sé dónde te alojas, pero no tienes pinta de que sea en este camping. Así que regresa a la fiesta y pásatelo bien. Has sido muy majo, pero tengo que irme. —Llegué hasta el hombre de seguridad y alcé la mano—. Adiós.

—Ey, ¿cómo sabes que no me alojo aquí?

No dije nada. Me limité a mostrarle la muñeca derecha, donde llevaba la pulserita verde que se usaba para entrar y salir del recinto.

Él asintió con una sonrisa y me tendió la mano.

—Me has caído muy bien, aunque sé que yo a ti no, Señorita Cóctel de Mango.

—Sí me has caído bien.

—Mentirosa, no has hablado en todo el camino, solo movías la cabeza y seguías mi conversación como quien escucha a un tonto.

Me quedé de piedra con su respuesta.

—Eso no es verdad. —Me sentí mal.

—Entonces, dime, ¿de qué te estaba hablando?

Guardé silencio. No sabía qué decir.

—¿Ves?

—No es que no te escuchara, simplemente estaba distraída —me justifiqué.

—Ahora al menos me quedo tranquilo con que has llegado bien, pero no me has dado ni una oportunidad, Ginger. —Se metió las manos en los bolsillos, se encogió de hombros y se dio media vuelta.

—Me llamo Zoe, no Ginger.

—Oh, lo siento. Ginger es una manera de llamar con cariño a las chicas pelirrojas en mi país.

—Lo sabía. —Le guiñé el ojo—. Aquí también, chico raro. Pero mejor llámame Zoe.

Me observó con tristeza y la culpa me invadió.

—Espera. —Cuando dije esto se giró lentamente con una sonrisa triunfal.

¡Ajá! Pillado. El guiri creía que me iba a engañar fácilmente.

—Dime. —Su mirada reflejaba ilusión, pensaría que lo invitaría a pasar.

—Dile al amigo que te ha dado el consejo para ligar...

que dar pena está muy gastado. —Me eché a reír al ver la cara que puso de «¿Cómo lo ha sabido?».

Aparte de muy atractivo, el guiri me parecía un poco inocente, y eso me ponía muchísimo. Esperaba que no siguiera por ese camino, porque si lo hacía iba a caer redonda.

—Pensé que me invitarías…

Razoné durante cinco segundos y negué con rotundidad. Esa noche no caería.

—Tienes que seguir practicando, te ha quedado un poco falso —me burlé imitando su encogimiento de hombros—. Buenas noches, chico raro.

—Buenas noches, Ginger. —Suspiró con una sonrisa ladeada—. Antes de irte, solo una cosa.

—A ver, sorpréndeme.

Recortó la distancia.

—¿Me das tu número o tu Snapchat? —Se mordió el labio inferior tendiéndome su móvil.

—Lo siento, pero no me acuerdo de mi número y no tengo Snap.

Me di la vuelta de nuevo con un nudo en el estómago y pasé la zona de seguridad.

—¡Ginger! Sigue practicando, te ha quedado muy falso —me imitó.

Me reí de su audacia con la lengua y me encaminé a la cabaña. Me giré un par de veces hasta que lo perdí de vista.

Había sido extraño encontrarme con ese chico. El destino era caprichoso, y a veces las casualidades eran una oportunidad para pasarlo bien. Era simpático y me había caído bien, pero reconozco que por alguna razón fui desconfiada. No sé, no lo conocía de nada, aunque tenía que admitir que me había sacado una sonrisa y revolucionado mis inquietas hormonas. ¿Me gustaría encontrarme con él nuevamente? Pues para qué te voy a decir que no, si es que sí. ¿Sería el guiri o El Sonrisas el ligue de verano que había predicho Mery? Eso ya lo veríamos. Porque aunque yo no creo en esas cosas, algo en mi interior me decía que sería el mejor verano de mi vida.

Entré en la casa y acaricié a Marley, que dormía profundamente en la alfombra del salón. Apenas se movió cuando me agaché a su lado. Me quité el top y la falda empapados de cóctel, los metí en la lavadora y abrí el armario para sacar una camiseta ancha y un pantalón cómodo. Había descartado por completo volver a la fiesta, ya no tenía al guapo guiri para acompañarme en la oscura y solitaria noche. Iba a darme una ducha y a acostarme. Cuando cogía las cosas, bajé la vista a la balda inferior y vi el móvil. Medité un segundo si debía encenderlo. Lo hice, no quería posponerlo más. La pantalla tardó unos segundos en iluminarse y pedirme la contraseña y el PIN. En cuanto los introduje comenzaron a llegar muchísimos mensajes, y cuando digo muchísimos, eran:

30 mensajes de Papá
12 mensajes de Mamá
353 mensajes de Tropa
2 mensajes de Álex

Los mensajes de papá, a medida que bajaba, me preocupaban. Comenzaba echándome la bronca. Me los salté hasta que llegué a uno en el que ponía que, como no le contestara, enviaría a Sanidad a los chiringuitos de mi tío. ¿Eing? ¿Qué estaba diciendo? ¿Estaría tan loco como para joder así a mi tío solo por darme una lección? ¡Mierda! Entonces me iluminé. ¡Era eso! ¿Por eso estaba enfadado el tío? ¿Por eso nos había dado el día libre? Me sentía fatal. Enfadadísima.

Y no pude callarme.

Flipo contigo, papá. Podrías ser un poco más
considerado y pensar que el tío no decidió
que me viniera a vivir aquí. La culpa de que
esté aquí es tuya y solo tuya, por intentar
obligarme a ser alguien que no soy. Deja de
culpar a los demás. Y deja al tío Martín en paz

Salí del chat y entré en el de mamá, que se mostraba conciliadora. Mi madre defendía mi posición, aunque se dejaba llevar mucho por mi padre, y eso me irritaba. Me contó el procedimiento que mi padre había iniciado para joderle la vida a mi tío y conseguir que volviera. No me contuve y le respondí furiosa:

Pues que sepas que con esto papá solo ha logrado
recordarme que, si las cosas no son como él
quiere que sean, es tremendamente egoísta, mamá.
Y contigo también estoy enfadada, porque no haces
más que defenderle. Si me apoyas de verdad, ayúdame

En mi grupo de amigas de Lleida —o como nosotras lo llamábamos, Tropa—, leí por encima, y lo que había eran cotilleos. Era un grupo de seis amigas que nos conocíamos desde el instituto. Teníamos una gran amistad desde hacía cuatro años. Las adoraba. Cuando las saludé, decidí mandar un audio pódcast para contar todo lo ocurrido y disculparme por la desconexión. Me justifiqué diciendo que necesitaba apagar el móvil y pensar, e inmediatamente respondieron echándome la bronca por estar desaparecida tanto tiempo.

Estuve hablando un rato con ellas. Les conté lo que había vivido desde la salida de mi casa con los gritos de mi padre, la llegada al camping, la caída en la bicicleta y el encuentro con El Sonrisas y sus primos. También se partieron de risa cuando supieron que la playa donde trabajaba era nudista y, por supuesto, bromearon al respecto. Entonces llegué a lo más interesante del día: el accidentado encuentro con Shane y sus preciosos ojos de color miel.

Salí del chat para ver los mensajes de Álex.

Ya hemos llegado a tu casa

Hostia, es verdad que tienes apagado el móvil!

Me lo había enviado el día que vinieron a buscarme. Pensé que debía avisarle de que ya estaba en el bungalow.

Álex, estoy en la cabaña porque el guiri me ha manchado la ropa y he venido a cambiarme

Su respuesta fue casi inmediata.

Joder, Zoe, llevamos rato buscándote

Lo siento por irme sin avisar. Te juro que estoy bien

Estás sola?

Claro! Con quién iba a estar?

Me dejó en visto. Seguro que se había enfadado.

Seguí hablando con mis amigas un rato, contándoles anécdotas y los detalles de mi estancia hasta que me despedí para ducharme. Mis padres no habían visto mis mensajes y, para evitar sus respuestas, puse el móvil en modo avión. Aún tenía el pringue del cóctel, así que al salir de la ducha me peiné y terminé de hacer la skin care. Puse música triste sincronizada desde el móvil en el pequeño altavoz que tenían en la barra de la cocina. De repente mi momento de soledad se vio interrumpido por la llegada de mi primo, quien abrió la puerta de golpe y entró bruscamente.

—Zanahoria, ¿ya te has quitado el maquillaje? ¿No vas a volver a la fiesta? —Observó mi pijama naranja fosforito mientras me cepillaba el pelo e hizo un puchero—. ¿Qué ha pasado?

—Una vez aquí, no me apetecía volver, Álex. He decidido encender el móvil y, la verdad, me he cabreado bastante.

—¿Y eso?

—Mi padre ha elaborado una artimaña y le ha pedido a mi madre que, a través de sus contactos, mande una inspección de Sanidad superjodida al tío. Seguro que por eso estaba tan enfadado.

—Zoe, no te preocupes. Ya he hablado con él y me lo ha explicado. Me ha dicho que no importaba, que se había enfadado por una discusión con tu padre y que ya estaba solucionado. Esto nos lo esperábamos. Nuestros padres siempre se han llevado mal. Es como si no fueran hermanos, son como enemigos. Nunca lo entenderé, pero vamos a llevarlo lo mejor posible, no te preocupes. Solo ha sido una amenaza tonta. Mañana ya estará solucionado, ¿vale?

Me tranquilizó un poco, pese a que mi preocupación no cesaba por completo. Sabía lo tozudo que era mi padre y que haría cualquier cosa por obligarme a regresar. Al día siguiente hablaría con mi tío y le preguntaría por lo ocurrido. Martín era un buenazo y, aunque mi padre no lo reconociera, era muy trabajador. ¿Que había logrado tener un trabajo donde se sacrificaba quince horas con una responsabilidad enorme durante cinco meses y el resto del año vivía como dios? Pues sí. Ojalá yo consiguiera un curro así y me permitiera ser tan feliz como mi tío. Siempre me decía que tenía la vida soñada. Sentía que en el fondo mi padre envidiaba la vida de Martín, pero su orgullo jamás le permitiría reconocerlo.

—Me han caído muy bien tus amigos, pero entre lo del cóctel y los mensajes se me ha bajado completamente el ánimo.

—Uy, es verdad, cuéntame lo del guiri. —Se sentó a mi lado expectante.

—No hay mucho que contar, simplemente ha intentado ligar conmigo, pero no le he seguido el juego. Me ha acompañado a la entrada del camping y ya está.

—Uf, qué profunda, prima.

—Ya ves. —Le guiñé un ojo haciéndome la dura, pero para mis adentros reconocí que el guiri me interesaba.

—No va a haber forma de que te lleve de vuelta a la fiesta, ¿no?

Negué con la cabeza.

—Vuelve tú y pásatelo bien, casanova. —Le di con el puño en el hombro.

—Si tanto insistes, me voy. ¿Tú qué vas a hacer?

—Quizá hable con mis amigas un rato más o vea alguna serie. No te preocupes por mí, estaré bien. Ve y disfruta, que mañana trabajamos.

—Vaaale.

# 14

## ZOE

## La luz al final del túnel

Abrí los ojos y me desperecé. Una suave luz entraba por la pequeña ventana de la habitación. Cogí el móvil para ver la hora y, sin quitar el modo avión para que no me cayeran mil mensajes, lo apagué y lo guardé en el bolso; quería desconectar. Esa desconexión me encantaba. Era de las mejores ideas que se me podían haber ocurrido. Antes sentía que era adicta a las redes sociales y las apps, que nos mantienen enganchados permanentemente, y no me gustaba esa dependencia. Cuando sonaba una notificación, siempre tenía que abrirla. Era como una droga. Resultaba agobiante, y esos días estaba muy relajada, suponía que en parte por eso. Había dejado todos mis problemas en Lleida y quería que allí se quedaran.

Me incorporé y me calcé las sandalias multicolores de verano, que dejaban a la vista la magnífica pedicura que me había hecho días atrás. Me levanté con ánimo e hice la cama, colocándolo todo a la perfección. Me gustaba el orden y que las cosas estuvieran en su sitio, por lo menos en mi habitación, porque el resto de la cabaña era un auténtico desastre que poco a poco iría arreglando. Era una manera de corresponder a la buena acogida de mi familia. Fui al salón y recogí toda la ropa y los zapatos que había tirados por todos los rincones. Saqué lo que contenía el lavavajillas y ordené la cocina. Todo quedó reluciente. Era muy temprano y hacía fresco, así que regresé a por una sudadera a la habitación. Saqué del bolso los cascos, un par de lienzos pequeños que había llevado, los pinceles, la paleta y la pintura acrílica. Era mi especialidad. Fui al baño, me lavé la cara y los dientes, me cepillé el pelo y me lo recogí en un moño mirándome en el espejo. Me vino a la mente la imagen de Shane. Era un chico interesante, de esos en los que piensas aunque apenas lo conozcas. Por alguna razón, me apetecía conocerlo.

Salí del baño y volví a la cocina. No veía a Marley por ninguna parte, así que di por sentado que estaría en la habitación de Álex o en la de mi tío. Puse la cafetera, calenté la leche, me serví un café cargado con mucha espuma y cogí un cruasán para completar el desayuno. Salí de la cabaña con lo necesario para evadirme del mundo, lo dejé todo en la mesa y me senté en una de las sillas de la terraza. Coloqué el lienzo en un caballete plegable que me había comprado para el viaje y coloqué estratégicamente los botes de pintura. Comencé a pintar totalmente perdida en mis pensamientos, dando sorbos cortos al café y pequeños bocados al cruasán. No solía planear mucho lo que iba a hacer, me salía mejor si improvisaba, dejándome llevar. Primero comencé con tonalidades oscuras, tracé un camino y creé un bosque sombrío con altísimos pinos. Verde oscuro, gris marengo y negro eran los colores que predominaban. Le faltaba algo. Añadí en el fondo la claridad de un atardecer casi oculto, y al final del camino dibujé la silueta de alguien, una sombra casi difusa. Era el reflejo de un chico. Quizá fuera deseo, la necesidad de ser querida. No sé a quién quise representar, pero allí había alguien, con una mano levantada, saludándome.

Como dicen, la luz al final del túnel. Lo sentí como una metáfora.

Advertí un movimiento con el rabillo del ojo y al volverme apareció mi tío por la puerta. Me sobresalté y me quité los cascos, que sonaban a todo volumen con *Sure Thing*.

—Pero ¿qué has hecho? ¿No me invitas? —preguntó bostezando. Con el cabello despeinado y los ojos achinados por la luz de la mañana, observaba perplejo desde la puerta todos mis útiles de pintura. Llevaba dos tazas grandes de café en la mano.

Lo miré y me eché a reír emocionada.

—¿Te gusta? —Señalé el lienzo.

Se acercó, me ofreció una de las tazas y asintió. Dio un sorbo a la suya, que humeaba, mientras admiraba cada detalle.

—Siempre he dicho que eres maravillosa. Has mejorado una barbaridad desde el último cuadro que me enseñaste.

Sonreí agradecida mientras cogía una silla y lo invité a que se sentara a mi lado dando palmaditas en el asiento. Lo noté ligeramente cabizbajo, momento ideal para preguntarle sobre lo ocurrido.

—Tío, una pregunta.

—Dime, cielo.

—¿Qué te pasó ayer?

Suspiró, creo que estaba escogiendo las palabras con detenimiento.

—Tuve un problema en el chiringuito en el que trabajáis vosotros, pero a lo largo de la mañana estará solucionado.

—Y… si no me equivoco, ese problema tiene que ver con mis padres, ¿verdad?

Se tensó en la silla y negó con la cabeza al constatar que me había enterado de la faena de mis progenitores.

—No te preocupes, no va a lograr nada con las tonterías que está haciendo. Lo tengo todo en orden. Hablé con tu madre y me puso al tanto de lo que me iban a pedir. —Volvió a suspirar profundamente.

—¿Hablaste con mamá?

—Sí, me llamó para avisarme. Sabes que tu madre no le discute y no pudo evitarlo. Era consciente de que algún día tu padre iba a hacer esto.

—¿De que iba a intentar fastidiarte porque tomé la decisión de hacer lo que me gusta? Me parece horrible.

—Efectivamente, pero hay más cosas que nos separan, no es solo lo que hiciste. —Tomó un sorbo de su café.

—No lo entiendo. Nunca he entendido vuestra rivalidad.

Se tocó de manera instintiva el pelo, enredado.

—Resulta difícil de explicar, Zoe. No se trata de rivalidad, tenemos visiones de la vida muy distintas. Nuestra primera diferencia notoria es la edad. Yo tengo treinta y siete, y tu padre, casi los cincuenta. Eso no debería suponer un problema, pero, entre nosotros, por desgracia lo es. Tu abuelo era un hombre muy duro y muy serio, bastante amargado y chapado a la antigua. Cuando la abuela lo dejó y se fue a Cádiz, se juntó con mi padre, que era muy distinto. No digo que fuera ni mejor ni peor, solo que mi padre no era tan estricto. La abuela, cuando vivía con tu abuelo, según me contó, era gris, tenía que vivir bajo su dominio. Era un patriarca en toda regla. Cuando se separó y rehízo su vida, decía que había vuelto a nacer. Me contaba que, a pesar de lo duro que había sido dejar a tu padre, se sintió liberada. Procuraba visitarlo con frecuencia, pero en muchas ocasiones tu abuelo se negó a que lo viera. Eso la deprimió muchísimo, y a tu padre me imagino que también lo frustró. Cuando yo nací, dijo que volvió a sonreír. Cuando crecí, mis padres me dejaron decidir mi vida. Juntos me dieron una crianza muy feliz y libre, muy distinta a la que vivió tu padre. Y eso es lo que nos diferencia. Tu padre es un gran tipo, solo que él no lo sabe —sonrió con ternura—. Nunca tuvo poder de elección, porque tu abuelo no se lo permitió.

Mi padre hablaba poco de mi tío en casa. Solo decía que era un vago y que lo único que hacía era dar dolores de cabeza a su madre con su desastrosa vida. Asentí con suavidad, asimilando todo lo que me estaba contando. Aunque había partes de esa historia que conocía, era la primera vez que mi tío me lo explicaba directamente a mí. Charló de forma distendida y, durante un buen rato, me narró un sinfín de episodios de su infancia. Hasta que regresamos al tema principal.

—Pues así es. Los chiringuitos solo funcionan desde finales de abril, que es cuando nos otorgaron el permiso y lo instalamos todo, pero hasta mayo es flojito, no hay mucho movimiento de gente. Luego, de junio a septiembre, es la temporada alta, cuando los turistas gastan bien y esta zona es tan buena que, trabajando esos meses, nos permite vivir cómodos el resto del año. Doy gracias a mis padres porque me obligaron a seguir adelante con mis estudios y a sacarme la carrera, porque sin ella no habría logrado todo esto.

—Pero pudiste elegir la carrera que quisiste.

—Todos tenemos que ser libres de elegir lo que queremos. No quiero decir que tus padres no te aconsejen bien. Seguro que quieren lo mejor para ti.

—Pero no es lo que yo quiero. No me veo detrás un escritorio, encerrada en una oficina.

—Ya… Quizá ellos quieran que te asegures un futuro.

—¿Siendo una infeliz?

—Ellos no lo ven así. No seas tan dura.

—Dime, ¿cuántos profesionales hay en el paro?

—Estudiar lo que quieres no te asegura el éxito, Zoe. Y sí, hay mucho profesional en el paro, pero que estudies lo que sueñas tampoco te garantiza que te vaya a ir bien.

—Quiero hacer lo que me gusta, tío. Vine con algunas dudas, pero cada día que pasa lo veo más claro. Quiero seguir el camino del primo Álex. Prefiero explotar mis habilidades y ser feliz a convertirme en alguien que cuando se mire en el espejo vea a una frustrada y que, cada mañana, se arrepienta de no haber sido valiente y haber luchado por sus sueños.

—Piensa con la cabeza, cielo. Eres muy joven. Vas a cometer muchos errores. Te lo digo por experiencia.

—Creo que he sacado tu lado artista y aventurero —le dije con orgullo tomando el último sorbo de café, que ya estaba casi frío—, y también el lado terco de mi padre.

—Un *mix* explosivo, sin duda —agregó.

—Estoy feliz, tío. De verdad. Y, en serio, gracias por ayudarme en todo. La matrícula, el trabajo de verano, la estancia, todo... Ya no solo es el tiempo que necesitaba para pensar, sino que también voy a poder ahorrar para estudiar la carrera de mis sueños. Cada día lo veo más claro.

—No me des las gracias, eres mi sobrina y te quiero como a una hija. Además, creo que vas a ayudarme mucho con Álex.

—¿Y eso? —No entendí muy bien a lo que se refería—. No lo entiendo, mi primo es un sol.

—Creo que eres la única persona que de verdad lo va a ayudar a salir de la mierda de los vicios. Sé que es buen chaval y que tiene un gran corazón. Yo, por más que no quería que cayera en esas cosas, no he sabido hacerlo bien. Y me arrepiento de no haber tenido mano dura con él desde que nació. Quise ser más el colega que el padre y, mira, ahora no sé qué hacer. No he sido el mejor ejemplo y nunca podría calificarme como un buen padre. Sé que me ve más como a un amigo o un hermano mayor.

—Tío, no tienes de qué arrepentirte. —Puse una mano sobre las suyas, que estaban entrelazadas. Su rostro reflejaba pesar—. Lo tuviste muy joven y eres padre soltero. No fue fácil, y lo has hecho lo mejor que has podido. Siéntete orgulloso de las cosas positivas: criaste a un niño con un corazón enorme, cariñoso, preocupado por su gente, sensible y un larguísimo etcétera. —Álex era un chico fantástico y merecía reconocimiento, y mi tío, aún más—. Yo lo veo, tío. Veo que te has esforzado, y aunque haya quien no reconozca tus logros, yo sí que lo hago. Me declaro tu fan.

Lo abracé para mostrarle que realmente admiraba su esfuerzo y dedicación.

—Mira, criaste a un niño cuando aún te estabas sacando la carrera por las mañanas mientras trabajabas de noche, y siempre ayudaste a tus padres. Saliste de Cádiz cuando Álex era muy peque. Has luchado toda la vida por intentar tener una relación con mi padre y él nunca ha querido. Te has reinventado una y otra vez para salir adelante y lo has logrado. Eres un luchador. Además, súmale a todo eso lo que pasaste con la abu el año pasado.

Se nos humedecieron los ojos a la vez.

Mi tío cuidó a la abuela con especial dedicación. Vaya, lo normal en un hijo. Pero es que años atrás había perdido también a su padre. Aquel había sido su primer gran golpe. Así que cuando enfermó la abuela quiso hacer todo lo que estuviese en su mano por ella. Fue un hijo ejemplar que atendió a su madre hasta su último aliento.

—Ella también estaba muy orgullosa de ti. No sabes cuántas veces me lo dijo. —Me abrazó con fuerza. Llevaba por dentro más de lo que parecía, y creo que acababa de ayudarlo más de lo que me imaginaba—. Gracias, Zoe, gracias por ser como eres.

—Buenos días. —Nos separamos y miramos a Álex, que apareció por la puerta con el pelo revuelto, estirando los largos brazos para desperezarse. Marley salió alegremente de la cabaña a su lado—. ¡Oh! Empezamos muy cariñosos por la mañana, por lo que veo.

Mi tío se secó los ojos con las manos y, para disimular, cogió al perro.

—Estás deseando unirte al abrazo, ven. —Le invité a que se sentara con nosotros ofreciéndole otra de las sillas que tenía a mi lado.

Álex aceptó encantado y se sentó entre los dos. Empezó a contarnos cómo le había ido la noche. No había nada interesante, el único detalle destacable era que no sabía cómo habían regresado Ivy y él al camping. Tampoco se había enterado de en qué momento su amiga había cogido la moto que tenía aparcada en la cabaña y había regresado a su casa. Nos dijo que hacía un rato había revisado el móvil y sabía que había llegado sana y salva a la urbanización donde se quedaba. Me pregunté si habría pasado algo entre ellos, aprovechando que yo no estaba. Pero no contó nada de eso, y menos con mi tío delante, para evitar el vacile.

Nos reímos bastante con sus anécdotas. Hablamos durante mucho rato; con ellos, el tiempo pasaba volando. También nos contó que un chico que estaba bastante borracho intentó saltar la hoguera haciendo un poco el gilipollas, se cayó encima y llamaron a una ambulancia para que lo atendieran. No fueron quemaduras muy graves, según dijeron los auxiliares, pero igualmente se lo llevaron al hospital.

—Hoy volvéis al tajo, ¿eh? —nos recordó el tío—. Desde las cinco hasta el cierre. ¿Qué tal lo llevas? —se dirigió a mí.

—Pues bastante bien, la verdad. Espero acordarme de todo. —Contraje la cara y me miraron los dos expectantes—. Solo espero que nadie venga a pedir en pelotas.

—Seguro aparece uno pidiendo tres cócteles. —Álex se cruzó de brazos con una sonrisa ladeada—. La pregunta es: ¿cómo cogerá el tercer vaso?

Me tapé la cara de vergüenza y los tres nos reímos imaginándonos la escenita.

## 15

## SHANE

## Un pieza difícil de superar

No dejaba de pensar ni un solo día en la chica pelirroja. Todo había sido un poco extraño aquella noche. Desde el principio, cuando la abracé involuntariamente, hasta que nos despedimos en el camping. No sabía dónde se alojaba con exactitud ni cuánto tiempo se quedaría. Ni si volveríamos a vernos. Era preciosa, pero supercargante y muy cambiante; en una frase era un encanto, y en otra, una quisquillosa. Me encantaba y necesitaba verla de nuevo. Había pasado una semana desde que la acompañé a donde se alojaba y, por desgracia, no habíamos vuelto a coincidir. No tenía su teléfono ni sabía su apellido para intentar buscarla en Instagram. Aquel día me había dicho que no tenía Snap, así que resultaría muy difícil dar con ella.

—Shane, volvemos a la cala a la que fuimos con las motos el otro día, ¿no? —Cody habló desde la proa, sacándome de mis pensamientos—. Es para avisar a las chicas.

Desde que habíamos llegado al puerto, habíamos salido con las chicas a las que conocimos la primera noche. La tercera fuimos a cenar con ellas a un restaurante italiano de la zona. Luego ellas quisieron salir de fiesta, pero en esa ocasión yo regresé al barco porque tenía un fuerte dolor de cabeza. Como a Cody le encantaba socializar, se fue con las dos rubias y la morena, y ellas enseguida le metieron en un grupo de verano para organizar las quedadas. Durante esa semana había vuelto a liarse con Brigitte mientras tonteaba a la vez con Sally. Cody era un pieza difícil de superar. En lo poquísimo que llevábamos allí, se había mimetizado con ellas.

Yo, en cambio, salí con los cuatro esa noche y los siguientes tres días había optado por hacer solo la ruta de senderismo por la costa que me habían recomendado el primer día. Cogí un «*pack* lineal *free*», como lo llamaba Jordi, uno de los guías que me había indicado la ruta del Camí de Ronda que debía seguir para recorrer cuarenta y tres kilómetros a pie en tres etapas. Solo necesitaba un mapa, un folleto explicativo, provisiones para tres días y las reservas de dos hoteles en los que debía pasar la noche. Aunque existían varias opciones para hacer dicha ruta en grupo, preferí hacerla solo, con la libertad de parar donde quisiera y fotografiar cada rincón de los increíbles parajes que me encontraba. Así que me eché al hombro una mochila con cuatro cambios de ropa, el neceser, el bolso con la cámara fotográfica y el objetivo gran angular, y le pedí a Cody que me llevara en un coche que había alquilado mi padre hasta Sant Feliu de Guíxols, donde iniciaría la ruta a pie. Regresaría haciendo el trayecto hasta el pueblo de Begur.

Comencé bordeando la costa, pasando por la cala Molí y una playa preciosa llamada Sant Pol. Con el sol a la espalda y el calor en el cuerpo, llegué a S'Agaró. Me pareció muy interesante descubrir que ese camino se había renovado y planificado a principios del siglo xx. Me resultó inevitable trasladarme mentalmente a la época e imaginarme cómo se las arreglarían entonces para hacer esas maravillas. Continué hasta Platja d'Aro, según me indicaba el mapa, y luego avancé por un largo paseo marítimo hasta Sant Antoni de Calonge. Me encontré con muchas personas que hacían aquel trayecto. Yo iba con la música a todo volumen en los cascos, disfrutando cada segundo, deteniéndome en cada tramo para empaparme de las vistas. Los sitios eran impresionantes, a cuál más bonito. Paré para comer unas barritas energéticas y descansar un poco en un lugar espectacular en el que Jordi había hecho mucho énfasis cuando me dio las indicaciones, y aproveché para hacer fotos. Se trataba de un sendero estrecho que serpenteaba por los acantilados y era alucinante: había calas prácticamente inaccesibles de aguas cristalinas.

Al finalizar el trayecto me alojé en un modesto hotel con todos los servicios necesarios para reponer fuerzas. Ese día acabé reventado. En mi país solía apuntarme a ese tipo de actividades y las compaginaba con los entrenos de alto rendimiento, pero hacía un tiempo, en una carrera, sufrí una grave lesión que me ocasionó una rotura de menisco y eso me apartó de las competiciones de triatlón. Ya había mejorado bastante. Cuando me recuperé me atreví a completar alguna ruta de cinco kilómetros, pero jamás una tan larga. Era un reto que necesitaba para estar de nuevo al cien por cien.

El segundo día comencé muy temprano y llegué a las ruinas del castillo de Sant Esteve. Todo el recorrido se hallaba marcado, como decía el folleto, por arquitectura tradicional mediterránea, y no paraban de venirme *flashes* de la pelirroja a la mente. ¿Qué sería de su vida?, ¿volvería a verla? Con ella no me habría importado hacer esa excursión; es más, me habría encantado.

Seguí el duro trayecto sintiendo la presión en la rodilla, pero no podía parar. Llegué hasta la playa de Castell, una de las únicas que quedan vírgenes en la Costa Brava. Retraté cada espacio y cada lugar por donde pasaba. Alcancé Calella de Palafrugell y acabé en el pueblo marinero de Llafranc, donde pasaría la segunda noche. Apenas comí, me duché y caí rendido a los pocos minutos de acostarme. Esa desconexión me daba la vida.

Ya el último día, subí hasta el faro más potente de la península, donde había una torre de vigilancia de origen medieval y restos de un poblado ibérico. El despejado cielo ofrecía unas vistas panorámicas inolvidables de la costa en el acantilado Salt de Romaboira. Atravesé senderos estrechos que discurrían por un bosque hasta llegar a la playa de Aiguablava. Mi última parada de aquel mágico viaje fue Begur.

Cody me buscó esa tarde. Desde que había llegado al barco, me había limitado a comer y a dormir. Me propuso que saliéramos a dar una vuelta a la mañana siguiente, y ya no podía negarme.

—Sí, claro, cuando quieras —le dije distraído desde mi flotador.

Por las dimensiones del catamarán, éramos la última embarcación del puerto y nuestra ubicación nos permitía poner las motos de agua a babor, cerca de la proa. Justo al lado, me encontraba tumbado en un hinchable gigante con forma de tucán que tenía atado por una cuerda al barco para que no me llevara la corriente. No era el mejor lugar para bañarse, pero sí para tomar el sol sin oír el bullicio del ir y venir de los que estaban en el barco.

Ese día mi padre quería fondear en las Medes con el catamarán, pero nosotros preferíamos regresar a la playa a la que habíamos ido con las motos de agua. Luego los alcanzaríamos.

—Ese «cuando quieras», ¿puede ser en diez minutos?

Me bajé las gafas de sol y él me observaba con el móvil en la oreja. Estaba hablando con alguien.

—¿En serio?

—Obviamente, espabila.

—Acabo de subirme al estúpido flotador no hace ni diez minutos, Cody.

—¿Y?

Eché la cabeza hacia atrás suspirando con aburrimiento.

—Revisa el combustible mientras busco las cosas —le respondí, y tiré de la cuerda para subir al barco por la plataforma de popa.

Me di una ducha rápida allí mismo, cogí una toalla y me sequé para entrar. Al poco tiempo vino Cody a buscar sus cosas. Al cabo de media hora, ya estábamos listos para salir. Las camisetas de cambio, carteras y toallas las metimos en una misma mochila que le dije a mi amigo que me negaba a llevar colgada a la espalda. Me quitó el bolso y se ofreció a guardarlo en un compartimento debajo del asiento de la moto.

Salimos de nuestros camarotes, subimos las escaleras y nos encontramos a nuestros padres jugando una partida de póquer con otros dos hombres, seguramente compañeros de negocios. Los cuatro ocupaban los asientos de la mesa redonda que estaba en la popa, cerca de la zona del minibar. Uno de los hombres era moreno, con el cabello ligeramente canoso, rasgos muy marcados y rostro duro, aunque con las gafas de sol no alcancé a verlo bien. Ni pestañeaba, con los ojos fijos en las cartas. Me llamó la atención la ropa que llevaba: una camisa con tablas de surf y palmeras muy coloridas, con el pantalón estampado a juego. Muy excéntrico, el tipo. El otro tenía el pelo completamente blanco, el cuerpo fornido y piloso. Iba un poco más formal, con pantalones cortos azul marino y polo de marca a juego con unos mocasines.

A mi padre no le gustaba que me inmiscuyera en sus asuntos, así que seguí mi camino sin saludar siquiera. Me fui a la proa junto a Cody, que se despidió tímidamente. Ninguno respondió.

—Son los hermanos Giordano —me susurró mi amigo cuando bordeábamos el barco.

—Como si me dices Los Peluca. ¡Yo qué sé quiénes son! —Me encogí de hombros. Tampoco me importaba mucho, porque mi padre nunca me hablaba de su trabajo.

—Son los que llevan la importación de productos mexicanos.

—Ajá, ¿y? —repliqué sin entender qué le preocupaba.

—Que estoy seguro de que no son trigo limpio.

—No puedes acusar a la gente sin base —dije, cansado de que Cody cada vez que veía a gente a la que no conocía bien soltara cosas al azar.

—No lo estoy haciendo sin base. Mira allí. —Señaló con disimulo a dos trajeados de seguridad que vigilaban el barco desde una lancha y a otros dos con el mismo aspecto en el puerto.

—Es normal que tengan protección, Cody, no seas coñazo. Nuestros padres llevan un negocio limpio —le resté importancia.

Aunque no supiera mucho de las empresas mi padre, siempre había sido un tío legal.

—Hazme caso, que a mí esa gente no me gusta.

—Los negocios de mi padre son cosa suya, yo no me meto, y tú deberías hacer lo mismo. No seas paranoico.

—Estamos en el mismo puto barco, Shane. Imagínate que son narcotraficantes, o que pertenecen a una banda y los están siguiendo y nos involucran en sus movidas.

—Cody, ¿qué movidas? Estás un poco raro, ¿o es que sabes algo que yo no sé?

—¡No, qué va! Es solo que esa gente no me gusta.

—Déjalo ya, en serio. Son contactos y negocios. Ellos sabrán lo que hacen.

—No me gusta esa gente, te lo repito —advirtió con el dedo levantado, y se subió a la moto.


Cuando llegamos a la playa, nos detuvimos en la orilla, junto a la zona de alquiler de tablas de pádel surf, y fuimos hasta donde estaban tomando el sol Helen, Brigitte y Sally con cara de pocos amigos.

Había mucha gente como dios la había traído al mundo. ¿Era una playa nudista? ¿Cómo no nos habíamos dado cuenta la primera vez que fuimos?

—¿Por qué habéis elegido esta playa? —nos espetó Helen en cuanto llegamos a la toalla. Su cara hablaba por sí sola.

—Tiene unas vistas increíbles —comentó Cody con media sonrisa, e hizo un recorrido panorámico descarado tras las gafas de sol.

—No sabíamos que era nudista —aclaré.

La primera vez habíamos llegado muy temprano y, si la memoria no me fallaba, solo había una pareja bañándose.

—No me gusta nada. Quiero tomar el sol y esas rocas hacen sombra en toda la cala —se quejó Sally mientras miraba a su alrededor con desdén.

—Uf, yo igual —gruñó Brigitte—. Y no me gusta nada ver gente así, sin ropa.

—Es vergonzoso —replicó Helen.

—¿Qué tiene de malo? —Cody se agarró la cinturilla del bañador e hizo amago de bajárselo. Las tres se giraron tapándose la cara y él soltó una carcajada—. Tranquilas, no os lo enseñaré tan fácilmente.

No pude evitar reírme. Cody era muy ocurrente, y las chicas, un tanto especiales. Daba igual la gente y su escasa ropa, lo importante era pasarlo bien.

—¿En qué habéis venido? —pregunté, cambiando de tema.

—En coche, y hemos aparcado muy lejos —bufó la morena con el ceño fruncido.

—¡Venga va! Tomamos algo y luego vamos a la playa de al lado, que podemos ir andando —les sugerí.

—Trae tú las bebidas —me ordenó Brigitte, y aunque el tono me incomodó, acepté con tal de perderlas de vista un rato. Apenas habíamos llegado y ya quería marcharme—. Yo no me muevo de aquí y no pienso desnudarme.

Las otras la secundaron. El bobo de Cody sonreía entre las dos rubias mientras le ponían bronceador.

—Quedaos aquí, entonces —dije con obstinación.

Les pregunté a todos qué querían beber y me dirigí al chiringuito. En la barra había un par de personas delante de mí, así que saqué el móvil y lo revisé rápidamente.

—Hola, ¿qué vas a querer? —Esa voz me llamó la atención y levanté la vista.

Y entonces la vi. Allí, tras la barra, estaba la misteriosa pelirroja atareada sirviendo lo que pedía una mujer mayor a mi lado. ¡Qué ganas tenía de verla! Aquello iba a ser divertido.

Estaba esperando pacientemente para que me atendiera ella, pero se acercó un chico alto, moreno y muy servicial.

—Hola.

Me hice el loco mirando el móvil; quería que me atendiera ella. Parecía a punto de acabar con la mujer, porque esta le entregó un billete de cincuenta euros para pagar dos botellas de agua y una cerveza, y Zoe caminó hasta la caja; solo le faltaba darle el cambio.

—Perdona, ¿qué vas a querer?

Levanté la vista hacia el chico que quería atenderme.

—¿Puedo pedirte algo que va a sonar un poco raro?

# 16

## ZOE

### Otra vez tú

—Zoe. —Álex me cogió del brazo para llamar mi atención.

—Dime.

—Déjame, que yo atiendo al siguiente. Ese chico me ha preguntado si podías atenderle tú.

Me guiñó el ojo, y no entendí por qué hasta que vi de quién se trataba.

—¿Y qué voy a hacer yo que no sepas hacer tú? —repliqué, nerviosa, cruzando la mirada con el guapísimo guiri. Me emocioné al verle, pero traté de disimular.

Álex se encogió de hombros y sonrió.

—Creo que tú puedes hacer muchas más cosas con él que yo. —Me hizo otro guiño y siguió con el Malibú con piña que estaba preparando yo.

Me acerqué a Shane, que estaba concentrado en el móvil. Apoyé las manos en la barra.

—Hola, ¿qué te sirvo? —pregunté seria, ocultando el temblor que invadía mi cuerpo.

Él alzó la cabeza lentamente con una sonrisa en la cara.

—Hooola —bajó la vista hacia la placa que tenía en

la solapa, en la que se leía mi nombre—, Zoe. Qué casualidades de la vida, nos volvemos a encontrar.

—Depende de cómo me hables, puede ser una casualidad encantadora o una tremenda desgracia. ¿Cómo has averiguado dónde trabajo? —pregunté un tanto borde.

—Pero si yo soy un encanto... Y déjame decirte que nunca revelo mis trucos.

—Ajá. ¿Qué quieres?

—Tu número de teléfono, Snapchat, Instagram o lo que tú quieras, Ginger.

—¿Vas a empezar ya con eso? Hasta hace tres minutos no recordabas mi nombre. Lo has leído antes de saludarme —me burlé.

Tenía que admitir que ese chico me hacía gracia. Intentaba mostrarme seria con él, pero a la vez no podía.

—Te iba a llamar Cóctel de Mango, pero aunque no me creas recordaba tu bonito nombre.

Quise meterle prisa, porque estaba formándose cola y empezaba a ponerme nerviosa. No sé si por tenerlo tan cerca o porque no quería hacer esperar a la gente y fallar en mi trabajo. Como me había dicho Álex, ya llevaba una semana y controlaba bastante bien el movimiento del lugar, pero aún me ponía nerviosa que la gente esperase. Era lo que peor llevaba.

—¿Eso es lo que quieres?

—Quiero muchas cosas, pero sí, empecemos por un cóctel de mango y dos piñas coladas. ¡Ah!, y dos cervezas.

Me di la vuelta para empezar a preparar las bebidas y lo oí hablar.

—¿Y cuánto tiempo vas a quedarte aquí? —me preguntó.

—¿Cómo sabes que no soy de aquí?

—¿Vives en un camping? Dudo que, si fueras de aquí, vivieras en ese sitio.

Resoplé nerviosa. Estuve a punto de equivocarme con la mezcla. Aún no recordaba con precisión todos los ingredientes, tenía que echar un ojo al libro de vez en cuando, y ese chico me alteraba.

—Vivo aquí solo en verano —respondí con rapidez.

—¿Y cuánto tiempo trabajas aquí?

—Todo el verano.

Oí una risa y me di la vuelta para mirarle. Era contagiosa.

—¿De qué te ríes?

—De que acabas de conocer a tu mejor cliente.

Puse los ojos en blanco, disimulando una sonrisa que inexplicablemente se abrió paso en mi cara.

—Si no te callas, me voy a equivocar.

—Por la torpeza con la que veo que haces las cosas, supongo que no llevas mucho tiempo trabajando aquí.

Moví la coctelera con fuerza hasta la otra mesa de trabajo y la dejé con cierta molestia. Álex se me acercó. Mi temperamento era muy volátil, y si estaba nerviosa más.

—¿Todo bien? —me susurró.

—Sí, no te preocupes. Es solamente que es muy pesado.

—Por cómo te está mirando, creo que sé por qué está siendo tan pesado.

—Álex, por favor, déjame hacer esto, que me vas a liar.

—No seas tan gruñona. Además, es guapo. —Se rio y se fue a seguir atendiendo.

Al fin lo terminé, volví a la barra y le puse el cóctel de mango delante. Abrí el arcón y saqué las dos cervezas, que destapé con rapidez. Solo me faltaban las piñas coladas.

—Son treinta euros —le dije mientras me disponía a preparar las últimas bebidas.

No habló, pero sentí su mirada en cada uno de mis movimientos. Terminé las bebidas y las coloqué justo al lado de su mano. Me dio cincuenta euros. Fui a buscar el cambio y, cuando volví, vi que tenía el ceño fruncido.

—¿Qué te pasa?

—No sé qué le falta a esto, pero le falta algo. —Me acercó la copa.

—Pues tú me dirás.

—Le falta… hum, ¿un poco de alegría?

Puse los ojos en blanco de nuevo, pero me sacó una sonrisa. No sé qué tenía ese chico, pero me inquietaba, quizá por ser tan atractivo. Lo observé mejor. Tenía el pelo ondulado y revuelto, los labios gruesos y la nariz perfilada, el rostro cuadrado. Sus ojos eran especialmente llamativos, rasgados y con pestañas pobladas; la tonalidad miel resaltaba con el moreno de su piel. Seguro que había tomado el sol esos días. Me recordó a cómo me había imaginado al chico del dibujo y me entraron unas ganas rarísimas e incomprensibles de abrazarlo. En ese instante me acordé de que no era más que el guiri raro que me había tirado un cóctel encima y me había acompañado gentilmente al camping. Nada podía pasar. ¿O sí?

—Hay gente esperando, ya te he servido —solté con seriedad recuperando el pulso. Tenerlo tan cerca me aceleraba el corazón.

—Quédate con el cambio —me dijo con una bonita sonrisa.

Eran veinte euros de propina. No podía aceptarlo.

—Es mucho, no puedo aceptarlo.

Hizo oídos sordos cogiendo las tres copas con una mano y los dos botellines con la otra.

—Me voy, pero te aseguro que volveré.

—Obviamente, tienes que devolver las copas. —Señalé lo que llevaba.

Me reí, porque parecía que se le iba a caer todo. Como respuesta me guiñó un ojo, se dio media vuelta y se fue.

Me mordí el labio inferior y lo miré mientras caminaba entre la gente. Mi vista no se separó de su magnífico cuerpo y mi mente se perdió en su trabajada espalda. «Joder, el guiri, ¡qué bueno está!».

# 17

## SHANE

## Ni en tus mejores sueños

Llegué a las toallas con una gran sonrisa. Cody estaba saliendo del agua junto a las dos rubias, así que me senté al lado de Helen.

—Toma. —Le di una de las piñas coladas.

—¿Y esa sonrisa tan bonita? ¿A qué se debe? —preguntó mirando por encima de las gafas de sol.

—A nada —corté la conversación. Perdí el buen humor que me había producido la pelirroja, y esperé a que Cody llegara hasta la toalla con sus amigas. Me sentía un poco incómodo. O quizá tenía muchas ganas de volver a ver a Zoe.

—Graciasss —respondió con alegría y cogió la piña colada.

—¿Os incomodaba la playa pero habéis ido a bañaros? —pregunté en cuanto se acercaron los tres. Les di sus bebidas y me levanté de la arena.

—Le hemos dicho a Cody que nos fuésemos, pero él quería esperarte y yo me moría de calor —dijo la sencilla Sally, que había resultado no ser tan sencilla como pintaba la primera noche. Esa sería su carta de presentación, porque estaba indispuesta. La siguiente ocasión que la vimos en la cena resultó ser peor que sus amigas, mucho más vanidosa y superficial. La verdad, no entendía lo que veía Cody en las trillizas, pues desde que llegamos al puerto no quería separarse de ellas y resultaba un poco cansino.

—Ahora vengo, voy a por una botella de agua —solté, y me alejé del cuarteto.

La verdad, no me apetecía mucho el cóctel, lo había pedido más por la coña con Zoe que por otra cosa. Se lo di a Cody, que seguro que se lo tomaría.

Llegué de nuevo al chiringuito. Había una persona delante de mí e iba a atenderme otra vez el chico que se llamaba Álex, pero cuando me vio asintió con la cabeza riéndose. Zoe atendía a una familia de dos adultos de unos cuarenta años con dos niños pequeños. Mientras esperaba pude fijarme un poco más en ella: en sus ojos entrecerrados, concentrada en lo que hacía, las cejas tan fruncidas que parecían una sola y ese tic que le hacía morderse la puntita de la lengua. No se había dado cuenta de que la miraba. Al terminar el pedido de la mujer, me hizo gracia comprobar que parecía estresada al ver la barra desordenada. Recogió las cosas y empezó a limpiar cuando el amigo de pelo rizado le quitó el paño y ella se giró hacia mí. La saludé con la mano y Zoe se puso a mover los brazos hacia su compañero, seguramente quejándose.

Vino hacia mí. Yo estaba con un brazo apoyado en la barra y con una mano sujetándome la cabeza.

—Uy, ¿y eso de que al cliente siempre hay que mostrarle una bonita sonrisa?

—Eso a quien me apetezca. ¿Qué quieres?

—Un beso tuyo —me salió de repente.

—Ni en tus mejores sueños, guapo —contestó ella.

—Es la segunda vez que me llamas «guapo». Es un avance. —Me incorporé.

—Es ironía —dijo poniéndose colorada.

—Tu cara está del color de tu pelo —comenté, y alargué el brazo para tocarle el mechón rebelde que decoraba su cara.

—Eres muy pesado —soltó mientras se apartaba el mechón y se alejaba ligeramente de mi mano.

—Así no estás atendiendo bien a tu cliente, Zoe.

—Ya te he preguntado qué querías y no me has contestado.

—Eeeh, sí te he contestado, pero no has querido hacerme caso.

—Porque no escucho las estupideces.

—Estás teniendo un cliente agradable, es mi segunda advertencia. A la tercera vas a desear no haber conocido al Shane malhumorado.

—¿Me estás amenazando? —Alzó las cejas con enfado.

—Te estoy advirtiendo, que es distinto.

Me fijé en su cara; pude verle más detenidamente las pecas, las pobladas cejas castañas cobrizas, los ojos verdes de mirada penetrante, el rubor natural, los labios finos. Era como una muñeca de porcelana. Iba vestida con delantal. Nos habíamos quedado en silencio un rato.

—Bueno, a ver, ¿qué quieres? Hay más gente en la cola. —Apartó la vista de inmediato y empezó a pasarse las manos por el delantal de manera nerviosa.

—Y más camareros también —rebatí.

—O me dices en menos de tres segundos lo que quieres sin vaciles o te va a atender él. —Señaló al chico que me había ayudado antes.

—Un agua no muy fría ni muy caliente.

—La próxima vez la pides del tiempo —gruñó molesta.

La miré expectante y puso la botella en la barra con fuerza.

—Invita la casa.

Se dio media vuelta y me dejó con la palabra en la boca.

# 18

## ZOE

### Pensamientos peligrosos

Ya estaba anocheciendo. Oscurecía a las diez y cerrábamos a las doce, aunque la norma era quedarse hasta que se marchara el último cliente. Según mi primo, nos iríamos pronto, porque apenas quedaba gente en la playa.

El guiri regresó cuatro veces más a lo largo de esa tarde, pero como estábamos hasta arriba de trabajo y había venido otra camarera de refuerzo, no me tocó atenderlo. En una ocasión salí al baño y lo vi a lo lejos con un chico y tres chicas en la playa. Esos dos tenían pinta de lanzarse a por todas las mujeres con las que se tropezaban. Volver a ver a Shane me emocionaba, y a la vez me asustaba la sensación de angustia que me generaba.

Era mi noveno día de trabajo y había sido excelente. Se me daba bien, y hasta el momento nadie había ido a pedir desnudo.

Sinceramente, estaba agotada; la hostelería era un trabajo muy duro y cansado. Con Álex y la compañera me había divertido, las horas pasaron rápido y apenas me di cuenta. Nos pusimos a recoger las mesas y las sillas, a limpiar, reponer y dejarlo todo preparado para el día siguiente. Apenas quedaban tres personas. Como era entre semana, y mediados de julio, no había mucha gente. Álex me comentó que de mitad de junio a principios de septiembre la temporada era un caos, pero las mañanas entre semana eran más relajadas.

Cerramos el chiringuito y fuimos caminando hasta el parking, donde nos esperaba el coche para regresar al camping. Al poco tiempo, llegamos a casa. Creo que di una cabezadita porque el camino me pareció más corto de lo habitual. Estábamos tan pero tan cansados que nos dimos una ducha, comimos unos bocadillos, jugamos un poco con Marley y nos fuimos cada uno a su habitación. El tío estaba dormido porque, aun con la puerta cerrada, se oían sus ronquidos.

Ya en la cama, era incapaz de conciliar el sueño. Después del día que habíamos tenido, estaba agotada físicamente, pero mi cabeza no quería parar de pensar. Así que me levanté y fui a la terraza a ver la luna y el estrellado cielo. Marley, que estaba durmiendo en la alfombra del salón, se levantó en cuanto advirtió que salía de la habitación, me acompañó y se tumbó a mi lado en el suelo. Le acaricié abstraída. No mentiré, estaba recordando la aparición del guiri. No sé por qué me costaba llamarlo por su nombre, pero me gustaba pensar en él. Era raro pensar en un desconocido. Había sido tan dulce y divertido… A la vez me retaba, cosa que me atrajo, y había captado completamente mi atención. Sumida en esas ideas que colisionaban unas con otras a la velocidad de la luz, vi pasar una estrella fugaz, al tiempo que me recreaba en una escena de alto voltaje con ese chico. Durante unos segundos imaginé que regresaba a la playa solo, sin las amigas ni el chico que lo acompañaban, y que hacía lo mismo que los bañistas. Quedarse en pelotas para que disfrutara de la visión de su cuerpo. Me ruboricé. ¿Qué me pasaba con el guiri? Nunca había tenido esos pensamientos con nadie.

Entre la fría noche admirando el cielo, mi lascivia en torno al irlandés y el silencio del lugar, no pasaron ni veinte minutos y ya me estaba durmiendo en la incómoda silla, así que me fui a la cama y caí rendida a los minutos de apoyar la cabeza en la almohada.

# 19

## SHANE

## Excusas embriagadas

Me desperté feliz. Era muy temprano y la suave luz del sol bañaba la habitación. Aquella tarde no pude volver a hablar con Zoe, aunque no me preocupó; ya sabía dónde iba a trabajar todo el verano y dónde podría encontrarla de nuevo. Solo me faltaba conocer su horario.

¿Qué me había llamado la atención de ella? Esa pregunta me rondaba la cabeza constantemente. Recordé su carácter fuerte y poco agradable con el que trataba de ocultar las sonrisas que conseguí sacarle en un par de ocasiones. Me había encantado que no me devolviera las sonrisas de buenas a primeras, sino que me pusiera los ojos en blanco a modo de respuesta. ¿Me llamó la atención solo por ser gruñona? No. Había que sumar a lo de gruñona que parecía una muñeca, con su pelo rojizo, sus pecas. La encontraba muy tierna. Me vi con una sonrisa pegada a la boca al recordar cómo intentaba ponerse seria después de algún comentario mío. Quería conocerla, y eso me preocupaba, porque pondría en peligro mi promesa con Cody. Nunca me había enamorado, pero lo cierto es que nadie me había llamado nunca la atención como ella. Ese día por la tarde me acercaría a la playa nudista. Necesitaba verla otra vez.

Estaba andando por el costado estribor del catamarán en busca de algo de comida y un libro para tumbarme en la proa y me crucé con mi padre de camino.

—Hijo, ¿puedes venir un momento? —preguntó.

Estaba sentado, desayunando, solo. Miraba el móvil mientras me hablaba.

—Sí, claro, déjame coger unas cosas. —Me apetecía entre poco y absolutamente nada, pero tenía que hacerlo.

Encontré el libro, cogí un café y Logan me sirvió unas tortitas con sirope y nata. Se lo agradecí y subí al comedor.

Mi padre seguía concentrado en el teléfono mientras yo me sentaba a su lado.

—Quería hablar contigo y ahora creo que es el momento ideal. —No apartó la vista del móvil.

—Si dejases el móvil un rato sería más sencillo, ¿no crees? —bufé.

Me observó, bloqueó el teléfono y comenzó a hablar. Noté cierta preocupación en su castigado rostro y me extrañó bastante.

Mi padre siempre había sido un hombre fuerte y jovial, pero hacía un tiempo que lo notaba más delgado y muy envejecido. Siempre se lo había achacado a su acelerado estilo de vida. Cuando mi madre murió, quedó destruido, según me contaron, yo no lo recuerdo. Desde que tengo uso de razón, vivía viajando por el mundo y coincidíamos pocos días al mes. Nunca le conocí una pareja estable y, desde un par de años antes, cambiaba de mujer casi tanto como de calzoncillos. Eso, quisiera o no, le había pasado factura. En Irlanda había sido portada de revistas importantes años atrás como un gran empresario de referencia para el país, pero su prestigio se había derrumbado cuando se hizo viral el año anterior en varias redes sociales con unos vídeos en los que se le veía saliendo de un hotel en condiciones lamentables. Sin embargo, aquella polémica, lejos de avergonzarlo, parecía que lo había incitado a seguir su propia destrucción y a que no le importaran las habladurías. Habíamos mantenido muchas discusiones por eso. Jamás entendí por qué no podía ser un padre normal. Para él, ser padre se reducía a llenar la cuenta bancaria para que yo gastara libremente sin preguntar y soltarme unas cuantas charlas de vez en cuando.

—Este año te independizas, Shane, ya eres mayor. —Habló con solemnidad de película de Hollywood—. Estoy muy orgulloso de ti. Me acuerdo como si fuera ayer de cuando naciste, hijo, fue el día más feliz de mi vida.

Solté una risa amarga.

—¿Qué pasa? ¿De qué te ríes? —preguntó mirándome con detenimiento.

—Da igual. —Con tan solo un par de palabras me había arruinado el buen humor que me producía pensar en Zoe. ¡Qué bien se le daba!

—No da igual.

—Papá, no voy a discutir contigo, simplemente déjalo estar.

Pinché la tortita con el tenedor y comencé a cortarla. Respiré hondo y comí el primer bocado.

—Por esto mismo quería hablar contigo. Me gustaría que nos acercáramos un poco más estos días. Si te aceptan en el MIT, vivirás en otro continente, y te veré pocas veces al año.

—Ya me ves pocas veces al año, papá. No te preocupes, te aseguro que no notaremos que estamos a cinco mil kilómetros —hablé tan fríamente que hasta a mí me dolió.

Hubo un silencio incómodo unos segundos y me sentí fatal por mi comentario. Por mal que lo hubiera pasado en soledad durante todos esos años, le quería. Era mi padre.

—Entiendo tus palabras. Nunca me has dejado darte una explicación.

—Tampoco me la has ofrecido —solté con ironía.

—No me siento feliz de que mi trabajo me tenga viajando por el mundo constantemente. Sé que en su momento debería haber buscado la forma de estar más cerca de ti, pero creo que lo importante de haber cometido un error es darte cuenta y tener iniciativa para remediarlo.

—Nunca lo has hecho, papá. Ahora, con diecinueve años, me parece un poco absurdo. Te necesitaba cuando tenía diez o quince, ahora ya no.

No sé por qué me salían expresiones tan hirientes, aunque sí, llevaba demasiado tiempo guardándomelas. Quien hablaba no era el Shane de la actualidad, sino el Shane de diez años que lloraba por las noches, sintiendo el vacío por no tener a una madre a la que abrazar y deseando contar con un padre presente.

—Yo solo quería decirte que… lo siento. Lo siento, hijo. Sinceramente, no supe llevar la situación. Aun a día de hoy no sé cómo hacerlo. —Agachó la cabeza y se enjugó una lágrima.

—¿Qué situación dices? —pregunté.

—La vida sin tu madre, Shane. Hoy es el aniversario de su muerte, hijo.

Esas palabras fueron como puñaladas en mi corazón. Se me había olvidado por completo. Estaba tan ocupado y con la mente en tantas cosas que se me había pasado. Por eso veía a mi padre tan sentimental aquella mañana. No era habitual en él, y cada año en esa fecha se ablandaba. Además, el día anterior había oído que ese último negocio tan importante que se traía entre manos pendía de un hilo y lo notaba muy reflexivo, quizá preocupado. Me acordé de Cody y de sus dudas acerca de los tipos que jugaron al póquer con él y con Marc, pero no era el mejor momento para indagar.

—Después de que tu madre se fuera, entré en una etapa

de depresión muy fuerte y tremendamente dolorosa. Verte a ti era ver su reflejo, y no sabes lo que me costaba seguir adelante.

—Eso no es excusa, papá. —Me pregunté si esa mañana también habría desayunado un whisky con hielo. Me preocupaba su estado anímico, me parecía realmente afectado. Le temblaba la barbilla.

—En absoluto pretendo excusarme, hijo. Solo quiero darte mi versión. Sé que a veces no soy un ejemplo de padre afectivo y cercano. Tú eres mejor que yo con diferencia. Créeme que eres mi mayor orgullo, hijo, y no sabes cómo me duele ver la desaprobación en tus ojos.

—No eres el mejor ejemplo, no, pero eres mi padre. Soy incapaz de despreciarte. Tampoco me considero mejor que nadie —me sinceré.

Asintió pensativo. Y me inquieté aún más, porque no entendía ese repentino cambio de actitud. «¿Será que está enfermo?».

—Después de lo que le ocurrió a tu madre, no logré levantar cabeza nunca, nada me llenaba. No encontré a nadie como ella y sé que nunca lo haré. Odio acercarme a las personas y tener sentimientos por miedo a revivir aquello. Me obligo a ser superficial. Hijo, de verdad, por favor...

Se lamentaba con desesperación. Reconozco que desconocía esa versión de mi padre y me sorprendió.

—Espero que algún día me perdones por estar tan ausente en tu vida, porque ahora no soporto lo ausente que estás tú en la mía —dijo con la respiración acelerada y lágrimas en los ojos.

Se acercó para abrazarme y yo le correspondí confundido. Había tocado profundamente mi corazón; verlo en ese estado tan depresivo me preocupaba y mucho. Anthony O'Brian era un tío fuerte, pero esa mañana en que se cumplía otro aniversario de la muerte de mi madre, no había ni rastro del hombre altivo, vanidoso y déspota que siempre se mostraba superior a los demás. Era tan raro ver a mi padre así que llegaba a ser triste. Algo le sucedía más allá del doloroso aniversario y tenía que averiguar qué.

Decidí cambiar de planes. Ya sabía que Zoe trabajaba en el chiringuito de la playa nudista y que pasaría todo el verano allí. Si no era ese día, podía ir al siguiente. Así que pensé en pasar el día con mi padre para intentar descubrir el motivo de su misteriosa transformación. Aunque no entendía su bipolaridad, tenía razón. Si me aceptaban en Cambridge, ya no lo vería una o dos veces al mes, sino que, con suerte, sería una vez al año. Le propuse que fuéramos juntos a Barcelona, a conocer la ciudad. Marc y Cody se apuntaron también.

# 20

## ZOE

### Dibujando en la tormenta

El reloj que colgaba en una esquina del chiringuito marcaba las dieciséis y cincuenta. Ya estábamos en la playa, listos para comenzar nuestro turno. La mañana había sido bastante tranquila en el camping. Mi tío, Álex y yo estuvimos cocinando, limpiando, hablando, riendo y comentando absolutamente todo lo ocurrido los días anteriores. La inspección de Hacienda que le mandó mi padre al tío no alcanzó su objetivo. Los inspectores fueron tres días seguidos al establecimiento pidiendo cientos de papeles que mi tío les entregaba uno a uno con una gran sonrisa. Los tenía todos ordenados gracias a la advertencia de mi madre. Comprobaron que el local estaba en regla y al día en los pagos. Validaron los documentos y dieron por finalizada la visita, aprobando su continuidad.

También hablamos de Ivone y de que no la veía desde la fiesta donde Shane me había tirado el cóctel. Había regresado a su casa en Barcelona con sus padres porque había tenido problemas gordos, según Álex, pero tampoco nos dio muchos detalles. Pronto la vería y me lo contaría ella, porque mi primo no soltaba prenda. Al guiri tampoco lo había visto desde el día que le serví las bebidas y sentía que lo extrañaba. Me arrepentí de no haberle dado mi Instagram aquel día. Era tan desconfiada que a veces rayaba en lo estúpido. Si el irlandés no regresaba a la playa, ¿cómo volvería a coincidir con él?

Al que tampoco había visto era a Mauro el Sonrisas ni a sus amigos.

No todo podía ser fiesta, como nos recordaba mi tío Martín cada tanto. No estábamos allí de vacaciones, así que era normal que la jornada laboral no nos dejara mucho margen para la diversión. Por las mañanas dormíamos hasta tarde, y cuando nos dábamos cuenta ya estábamos trabajando hasta el cierre, llegábamos a la cabaña de madrugada, cenábamos y nos vencía el sueño por el cansancio. Y al día siguiente vuelta a empezar. Así llevaba catorce días. Álex y yo solo habíamos descansado dos días desde que llegué y esos dos días de desconexión los aprovechamos para dormir y tomar el sol en la playa al lado del camping.

En cambio, el tío no paraba de trabajar nunca. Si no estaba en un chiringuito, estaba en el otro y, si no, controlando inventario, haciendo pedidos, sustituyendo a los empleados que ponían cualquier excusa para no ir. Estos días habían sido un caos. Martín era incansable y muy responsable. No le gustaba delegar. Decía que si al año le tocaba trabajar cuatro meses y medio, iban a ser sin descanso. Y vaya si lo cumplía. Desde que le habían asignado los chiringuitos ese año, no había dejado de hacer la ronda ni un solo día. Apenas dormía cinco horas, y cuando se levantaba desayunaba muy poco y delante del ordenador para controlar las cámaras de vigilancia de los establecimientos. Ante cualquier incidencia, salía con la moto de los recados, como él la llamaba. Y a última hora siempre hacía una ronda final por todos los chiringuitos, exceptuando el nuestro, para comprobar que todo estuviera limpio y en orden. Mi tío Martín era un currante ejemplar. Si mi padre lo hubiese visto, habría alucinado con las horas que echaba al negocio y se habría dado cuenta de lo equivocado que estaba al decir que mi tío era un vago. Aquello distaba mucho de la realidad.

El reloj anunció las diecisiete horas y Álex tomó el control de la música. De fondo y con el volumen suave, comenzó a sonar *I'm Not the Only One*, la melodía perfecta para iniciar la jornada. El mar se veía turbio y con oleaje, diferente a la calma habitual, así que en la playa había poca gente y el chiringuito permanecía vacío. El cielo estaba nublado, con el gris en degradación; sonaban truenos a lo lejos y se veía a la perfección cómo los rayos tocaban el mar. Se aproximaba, según mi primo, una tormenta de verano. En las noticias habían avisado de que habría rachas de viento de entre ochenta y dos y noventa kilómetros por hora, así que el tío nos había dicho antes de salir de la cabaña que, si veíamos que se nos complicaba la situación, cerráramos el chiringuito y nos fuéramos a casa. Los chicos del turno de mañana se despidieron. Yo cogí un delantal y me senté al lado de Álex, en los taburetes altos tras la barra, viendo el horizonte. Mi primo se liaba un porro, mis ojos expresivos le reprocharon en silencio, y él no me hizo ni caso.

—¿Hasta cuándo? —decidí hablar. Necesitaba soltar lo que sentía cuando lo veía así, liando su propia destrucción en papel de fumar.

—Prima, esto me ayuda.

—¿A qué? A explotar las pocas neuronas que te quedan —le reñí alzando las manos.

—Te prometo que lo voy a dejar.

—No te engañes, eres como tu padre. «Lo voy a dejar, lo voy a dejar» —remedaba torciendo la boca, mientras le sermoneaba—, y cada día sois peores. ¿Sabes las vacaciones que te pegarías si ahorraras lo que te gastas en esas mierdas?

—No es fácil.

—Ya… Si seguís así, vais a acabar fatal. No tenéis ni idea de lo mal que os veis cuando fumáis esa porquería. Tuerces los ojos, se te ponen rojos, dices estupideces, en fin…

—Joder, hoy tienes ganas de atormentarme. —Se pasó las manos por la cara con clara desesperación.

—No. —Me acomodé en el banco alto apoyando los codos en la barra y fijé la vista en sus tiernos ojos que se achinaban suplicando que no siguiera dándole la chapa—. Desde que llegué he tenido ganas de decíroslo a los dos, porque con Ivy no tengo la confianza aún, pero ten por seguro que también lo haré. No sé qué le veis de bueno a eso.

—Quizá desconectamos de nuestra realidad. Deberías probarlo. —Me enseñó los dientes y expulsó el humo en círculos.

—No soy tan gilipollas —negué con rotundidad—. ¿Crees que es la manera correcta? Álex, tienes una buena vida, ¿de qué puedes quejarte?

—Todos tenemos problemas, Zoe, aunque a ti te parezca que no.

—¿Y por eso vas a empeorarlos? Yo también los tengo y no me hundo más con esos vicios que no os llevan a nada y os destruyen. Te vas a quedar sin un puto espermatozoide.

—Uf —se atusó el pelo, desesperándose—, ¿por qué no cambiamos de tema, anda? No vamos a discutir por esto.

Tiró el porro casi entero al suelo y lo pisó con sus Converse desgastadas, no sin antes darle dos caladas más y soltar el humo al lado contrario de mi cara, dejando el olor a hierba por todas partes. Menos mal que el lugar era abierto y no teníamos clientes.

—Aquí todo apesta. —Saqué un paquete de chicles de mi bolso y se lo di. Lo aceptó sin rechistar—. Voy a encender incienso y velas, a ver si disimulamos el olor.

—Entonces la gente creerá que hacemos brujería —exclamó con una gran sonrisa y me abrazó cogiéndome por el hombro—. ¡Eres una exagerada!

Juntos entramos en el almacén para buscar los ambientadores.

—Prefiero que nos vean como brujos, y no que los clientes piensen que es el chiringuito de los fumados.

—¿Le vas a prohibir a la gente de la playa que fume?

—En el espacio del chiringuito, sí, y eso te incluye a ti —le advertí—. Como nos pille una inspección, menuda multa nos cae. Es más, pienso pintar un cartel bien grande que diga Playa libre de humos.

Se burló abriendo unos ojos como platos.

—Nadie se lo va a creer, si no es una prohibición debidamente señalada por el ayuntamiento. —Restaba importancia a mis palabras y, para tocarme la moral, apuntó—: Si sigues tan tiquismiquis, será mejor que te vuelvas a Lleida.

—Mira, listo —me detuve frente a él con los brazos en jarra, muy segura de mí, porque sus palabras no me iban a amedrentar, todo lo contrario—, no me amenaces. Aún queda mucho verano. Me vas a aguantar y te aseguro que vas a dejar los putos vicios. Eso como que me llamo Zoe. Ah, y te recuerdo que cuando acabe el verano seguirás viviendo conmigo, así que ajo y agua. Bueno, si el tío no se niega —me quedé pensativa y lo miré con cara de lamento— y tú no te vas a negar, porque soy tu prima favorita del mundo. —Le toqué el hombro en un gesto de cariño—. ¿Verdad?

Resopló con desgana, pero no me rebatió. Tampoco me contestó. Se separó de mi lado y caminó por todo el local rociando un exquisito olor a coco.

Mis fosas nasales se impregnaron del aroma y sonreí complacida.

—Mucho mejor —le agradecí mirándole a los ojos.

Cogí varias cajas de colores con inciensos y me decanté por los de vainilla. Los fui colocando en cada mesa. Mi primo caminó hacia la barra y se sentó. Cuando dejé la última varilla, me acerqué y me situé frente a él, al otro lado de la barra. Sentí la necesidad de transmitirle mis sentimientos.

—Álex… —Le cogí la mano y le obligué a mirarme.

—Dime. —Suspiró poniendo los ojos en blanco.

Pensé que quizá no debía insistirle en algo que le llevaría tiempo dejar.

Álex había tenido una vida genial, comparada con la de la gran mayoría de los mortales. Mi tío se había dejado la piel por su hijo. Era atolondrado y quizá no muy ejemplar, pero lo que nunca se podría negar era que había sacado adelante solo a su hijo, a quien, a pesar de las dificultades económicas, le sobraron el amor, la atención y la consideración de un padre que lo daba todo por él. ¿Que Álex había sufrido por no tener a su madre? Sí, y mucho, porque todas las personas necesitamos tener los dos referentes en nuestra vida. Pero Martín había sido un padre y una madre en las buenas y en las malas. Un padrazo en toda regla.

Cuando Álex quiso apuntarse a fútbol, ahí estaba mi tío para comprarle la equipación y animarlo. Gritaba desde las gradas, eufórico, porque Martín siempre era muy pasional y no dejó de ir a ningún encuentro, hasta que en la adolescencia mi primo quiso dejar el deporte. Decidió centrarse más en lo artístico y empezó clases de pintura y guitarra. Su padre era el primero en buscarle todo lo necesario para satisfacer sus aficiones y gustos. Habría dado la vida por mi primo, de ser necesario. El problema de Álex no era mi tío, eso lo tenía claro, aunque a veces se llevaran a matar, el problema era que ocultaba más tristezas de las que decía, y eso me preocupaba.

—Te quiero. —Suspiró aliviado con mis palabras—. Soy tu prima, tu amiga, tu hermana, y quiero que sepas que me lo puedes contar todo, que te quiero con locura y quiero lo mejor para ti...

—Yo también te quiero, pesada.

—Y... —Chasqueé la lengua y cogí mi mochila, que estaba encima de una de las mesas.

—¿Y? —Arqueó una ceja con seriedad.

—Vamos a hacer lo que mejor se nos da.

Saqué los cascos y el cuaderno de dibujo, que me llevaba a todos lados. Era un bloc con espiral tamaño A3 con papel de esbozar en blanco natural. Las tapas eran de cuero negro y comenzaban a desgastarse en los bordes. Álex mostró una gran sonrisa e imitó mi gesto cogiendo su bolso.

Como no había mucho trabajo, planteó un reto. Consistía en hacer un dibujo aleatorio y, cada cinco minutos, enseñarlo. Su libreta tenía muchas caricaturas en las cubiertas, era una especie de cómic. No comprendía el significado, porque estaba a medias y le quedaban muchos cuadros en blanco.

—¿Está incompleto? —pregunté.

—Sí. Lo dibujo a diario.

—¿En serio? —La intriga se intensificó—. ¿Y qué representa?

—La historia de mi vida.

—Ostras, ¿como un diario?

—Algo así —respondió orgulloso.

—¡Qué guay! —Me interesé, observando cada dibujo.

—Es un ejercicio que nos propusieron en el primer cuatrimestre de la carrera, pero yo quise continuarlo, me parecía adoptable.

—¿Adoptable? ¿Como un niño o un perro?

—No —se burló —. No solo puedes adoptar a un niño o un animal, también puedes adquirir un hábito. Y este me parecía algo interesante que con los años me haría recordar cosas que solemos olvidar.

—Madre mía, qué profundo estás. ¿Ves por qué debes dejar la hierba? —reproché una vez más.

—¿Vas a seguir?

—Vale, vale. —Levanté las manos disculpándome—. Solo era una broma.

Dirigí la vista hacia su libreta y contemplé con absoluta devoción sus elaboradas caricaturas comprendiendo poco a poco cada viñeta que dibujaba con rotulador de punta fina.

—Esta libreta la empecé cuando fuimos a buscarte a tu casa.

En efecto, la primera era un coche con tres personas. En los asientos delanteros iban dos chicos expulsando humo por las ventanas. Claramente eran él y mi tío. En el asiento trasero, una chica aparecía recostada en la ventanilla, con cascos y notas musicales en el aire, como si estuviera cantando. Las viñetas representaban con exactitud los días que yo llevaba allí, y me emocionaba que mi primo los fuera recreando según su perspectiva. Era perfecto: en la siguiente estábamos jugando con Marley en la playa. En la otra había una chica que se parecía a mí, con un moño en lo alto de la cabeza mientras limpiaba la cabaña. En la siguiente salíamos Álex, mi tío, Ivy y yo sentados en la terraza jugando a las cartas con amplias sonrisas. Una viñeta reflejaba cuando Mery me leyó la mano y mi gesto de sorpresa, atenta a sus falsas predicciones. Otra mostraba el chiringuito con mi cara asustada al ver que era una playa nudista. En otra había una chica tras la barra, con varios vasos delante de ella —se deducía que era yo—, y al otro lado de la barra pedía un chico, y mi mente caprichosa recordó a Shane cuando vino a la playa. Se me contrajo el estómago. Habían pasado varios días desde la última vez que coincidimos. Tenía muchas ganas de verle de nuevo.

Álex retrataba cada día, era alucinante.

—¡Me encanta! —exclamé emocionada.

—Esta libreta será para ti. Así que dame detalles de tus dramas para recrearlos.

—¡Serás cotilla!

—Es una forma de espionaje. —Su bonita sonrisa pícara lo delataba.

—Quiero ver las libretas anteriores —exigí cruzándome de brazos con el ceño fruncido.

—Esas son privadas y están bajo llave.

—Pues si no me las enseñas, no te cuento nada.

—Tranquila, tengo mis recursos. —Me guiñó un ojo y me obsequió con una sonrisa maliciosa abriendo la libreta.

—Las conseguiré —le advertí—. Sería muy interesante ver tus libretas anteriores tonteando con Ivy. —Se sonrojó y soltó una carcajada—. Procura tragarte la llave.

Nos pusimos a jugar y comenzó una tímida lluvia que se intensificaba a medida que pasaban los minutos. Mientras tanto, vimos cómo la poca gente que había en la playa recogía sus cosas y se marchaba por el sendero. El arenal se quedaba completamente vacío. Así estuvimos un buen rato entre risas y dibujos. En el último, Álex eligió un paisaje de montaña y dibujó un bosque con tonalidades desde el verde abeto pasando por el menta hasta llegar al verde primavera. Sus trazos eran increíbles: te metías tanto en la imagen que te hacían sentir la suave brisa del lugar. Yo en cambio escogí recrear la playa nudista en plan cachondeo, con varios bañistas con sus esculturales y reales cuerpos.

—¡Oye! A ese le has dibujado la picha bien gorda —habló con una sonrisa ladeada, y yo solté una carcajada—, y a la mujer con las tetas caídas.

—No, querido —aclaré—, estoy haciendo cuerpos reales y normativos. La revolución *curvy*. Esto no es Photoshop. Es la vida misma.

—Joder. —Señaló la hoja poniéndome nerviosa—. Yo se la levantaría un poco y es claramente una imagen muy sexual. —Se tronchaba de risa, y me contagió su buen humor.

Alzamos la vista al cuando una gran luz iluminó la oscura tarde, seguida de un sonoro trueno.

—¡Mierda! —exclamamos a dúo cuando retumbó el chiringuito entero.

Nos miramos escandalizados, y mi primo giró la cabeza buscando algo.

—¿Eso no es el sonido de una moto de agua? —Me miró incrédulo.

—Dudo muchísimo que con esta tormenta alguien en su sano juicio haya decidido subirse a una moto.

Pero sí, alguien llegaba a gran velocidad a la orilla. Se bajó con tranquilidad, como si hiciera un sol radiante.

—¡No jodas! ¡Es el guiri! —exclamó perplejo Álex.

—Este tío está de coña —dije mientras vi que caminaba en nuestra dirección bajo un diluvio de película.

Empezó a saludar emocionado, como un niño que ve a sus padres a la salida de la guardería.

—Qué bien me cae este tío —soltó Álex, que le devolvió el saludo alzando la mano—. Parece de fiar.

Miré a mi primo con incomprensión. ¿Cómo podía saber si era de fiar si apenas lo había visto? Pero, claro, Álex era tan bueno que se fiaba de todo el mundo, por eso siempre se aprovechaban de él.

El sonriente Shane llegó hasta donde estábamos.

—¡Holaaa! —saludó y se sentó en un taburete al otro lado de la barra, totalmente empapado. Se sacudía el pelo e intentaba secarse la cara con las manos. El tío estaba impresionante, y una extraña sensación me recorrió el cuerpo—. Tenéis pocos clientes, por lo que veo.

—Sí, la verdad es que con la tormenta que está cayendo a la gente no le entusiasma venir a meterse en el agua con esos preciosos rayos y acabar como pollo frito —comenté con sarcasmo.

—Pues qué mal, a mí me encanta el pollo frito —respondió el guiri, y Álex se echó a reír.

—Ya nos ha quedado bastante claro —ironicé, y para disimular el escaneo al que le estaba sometiendo, me bajé de la silla y me agaché para coger un agua del tiempo.

La destapé, le di un sorbo y mis caprichosos ojos se deslizaron por su magnífico cuerpo mientras él se quitaba la camiseta blanca empapada y dejaba a la vista su perfecto torso definido. La escurrió y la puso en el respaldo de la silla. Giró lentamente el cuerpo, permitiendo que me deleitara en su figura. Su estampa era muy a lo Kyle Allen. Impresionante.

—Alegra esa cara, que acaba de llegar tu persona favorita a saludarte. —Sonrió dulcemente—. Mi amigo no ha querido acompañarme por la tormenta, pero aquí estoy. —Se tocó el pecho.

Bebí otro sorbo de agua para calmar la repentina angustia que me produjo tenerlo cerca.

Recordé cuando había visto la estrella fugaz y pensé en volver a verlo, solo, sin los acompañantes del otro día. Y mi traicionera mente me llevó al siguiente episodio de aquella solitaria noche entre la luna y las estrellas, cuando lo imaginé desnudo en la playa. Me atraganté con mis pensamientos y escupí el agua. Tosí y mi primo me dio en la espalda tratando de ayudarme. Le aparté la mano y sonreí, recuperando el tipo. Ambos me observaban con preocupación.

—Agradezco que hayas estado a punto de morir electrocutado en el agua por venir a saludarme —contesté con una sonrisa fingida para evitar que me leyeran la mente.

—Mira, estoy avanzando, hasta me ha sonreído. —Le habló a mi primo como si yo no estuviera delante.

—Cuando la conoces, a veces llega a ser hasta maja —le secundó Álex, y yo le propiné un puñetazo suave en el hombro.

—La conocí echándole un cóctel encima y aún no me ha perdonado. —Torció la boca con falsa indignación.

—Me arruinaste un top blanco nuevo —imité su gesto para burlarme.

Me iba a contestar cuando el gran estallido de un trueno hizo que guardase silencio y me cubriera con miedo, tapándome los oídos hasta que terminó.

—Creo que Zeus pretende destruir el planeta —comentó Shane en tono burlón—. Ahora no puedo irme, ¿qué hago con la moto? ¿Será que puedo dejarla ahí? Llamaré a un taxi.

—No creo que venga un taxi con la que se avecina. No sé si ya dar por cerrado el chiringuito. Dudo que hoy tengamos muchos clientes, Zoe. Además, el tiempo está desagradable. Con la que está cayendo, y no tenemos a Noé. Tú eliges —sugirió Álex, un claro «Nos largamos».

—No sé, Álex. No hay nadie. No quería cerrar, pero es que no nos va a quedar opción.

—Yo soy un cliente, llevo aquí cinco minutos y no me habéis preguntado qué quiero —interrumpió Shane.

Lo miré con los ojos entrecerrados.

—¿En serio? —pregunté dudando de si se burlaba de nosotros o hablaba en serio.

—Pues claro, estoy muy lejos de mi alojamiento y no podéis dejarme aquí solo.

Álex asintió, se dirigió a la nevera y sacó tres botellines de cerveza. Nos los ofreció con una sonrisa divertida. Sabía que el guiri me gustaba y quería allanarle el terreno conmigo. Lo conocía muy bien.

—Invita la casa.

—Oh, ¡qué bien! —agradeció Shane.

Lo tenía justo enfrente, solo nos separaba la barra. Vi cómo caían las gotas por su musculado pecho y me inquietaron mientras se deshacían en el recorrido. Él hablaba distendidamente con mi primo sin percatarse de que me alteraba, y mucho. Contuve la respiración y tragué con dificultad. ¿Qué me pasaba con ese hombre? Me acabé la cerveza de dos sorbos.

Estaba en modo oyente, perdida en mis pensamientos.

—¿Tienes prisa? —preguntó Álex, y me devolvió a la tierra con otro gran trueno, que esta vez cayó más cerca.

—Si cerráis, no sé qué voy a hacer ahora —dijo Shane. Se rascó la frente con cierta preocupación.

—¿Dónde te alojas? —quise cotillear.

—Muy interesada te veo. —Me guiñó un ojo y me ruboricé rápidamente.

Aparté la vista y recogí mis cosas, intentando disimular.

—Bueno, ¿dónde te alojas? —insistió Álex.

—En el puerto, en un barco —agregó finalmente—, y estáis invitados cuando queráis.

Me dispuse a bajar las puertas de madera que cerraban la barra, pasé los candados ignorando los nervios que se me acumulaban por todas las células del cuerpo teniendo a ese chico delante. Álex y él seguían hablando de trivialidades mientras yo lo recogía todo. Decidí dejar el bolso con las pinturas y las libretas de dibujo en el almacén, donde guardábamos la mercancía. A los pocos minutos, la lluvia se intensificó aún más y el viento se levantó, moviendo las sillas de la terraza. Entre Álex y Shane apilaron las mesas y las sillas, y les pasaron cadenas para evitar que salieran volando.

—Bueno, ¿qué? ¿Nos vamos? —le pregunté a mi primo.

—Sí, claro —afirmó observándome, y volvió a mirar a Shane—. Entonces ¿nos vemos en la fiesta?

Shane fijó sus ojos en los míos unos segundos, totalmente serio, y asintió sin apartar la mirada.

—Obviamente, cuenta conmigo. —Me guiñó el ojo y tendió la mano a mi primo—. Bueno, nos vemos, que tengo que irme ya para poder llegar bien al barco. ¡Hasta mañana!

Cuando iba a darse la vuelta, mi primo lo evitó.

—¡Estás de coña! No vas a volver a tocar esa moto con esta lluvia —soltó inmediatamente, y negó con la cabeza.

—No tengo otra forma de regresar —se lamentó Shane encogiéndose de hombros.

—Nosotros te llevamos, no te rayes. Ni de coña vas a coger la moto de agua, que te vas a electrocutar por ahí —insistió mi primo.

—¿Qué es «elocutrucar»? —preguntó Shane.

—«Electrocutar» —le corregí—, y quiere decir que vas a quedar como pollo frito si te vas en la moto —afirmé, e hice una mueca como si me estuviera muriendo, sacando la legua y cerrando los ojos.

—¿Estáis seguros de que no tenéis problema? —dijo con dudas.

—Claro que no. ¿Has dicho que te alojabas en el puerto? —preguntó el muy cotilla de mi primo.

—Sí —asintió—, mañana le pediré a alguien de la tripulación que venga a buscar la moto de agua.

—Pues *let's go* —nos animó Álex y salió el primero con una carrerilla graciosa.

Le seguimos, corrimos hasta la cueva que teníamos a medio camino y nos resguardamos unos minutos esperando a que escampara, cosa que no sucedió. Los tres estábamos completamente empapados. Me recogí el pelo en un moño alto y el guiri siguió con la vista cada movimiento. Intenté ignorarlo, mirando la lluvia, que no solo no paraba, sino que iba a más. Vencidos de tanto esperar, continuamos hasta el coche. Yo llevaba los zapatos en la mano e intentaba taparme la cabeza con el pequeño bolso donde guardaba la documentación. Llegamos al coche y Shane se sentó en el asiento trasero, detrás de Álex.

Mojamos el coche y Álex, como siempre, le restó importancia cuando el guiri se disculpó. El chico era muy educado, había que decirlo. Se iba lamentando todo el camino por cómo estaba mojando el asiento y Álex ni caso, no le importaban las cosas materiales; siempre decía: «Las cosas que tienen solución no deben preocuparte. Solo ocúpate de buscar la solución». Mi primo era la sencillez personificada y contrastaba con ese chico, que no apartaba la vista de mi nuca. Lo notaba, y eso me generaba una emoción indescriptible. Shane parecía de esos chicos de revista, con coche perfecto y pulcro, vestido de marca de pies a cabeza, un modelo al que no le faltaba nada, pero tras aquella magnífica sonrisa sus ojos escondían tristeza. Comenzó a hablarnos un poco sobre su vida, nos dijo que estudiaba Arquitectura y que estaba viaje con su padre y el mejor amigo de este y su hijo, que habían venido desde Irlanda en catamarán, que solían recorrer mundo en verano y que ese año se independizaría de su familia.

—Qué guay, ¿y cuánto tiempo os vais a quedar aquí? —preguntó mi primo.

—Aunque es un viaje familiar, también depende del trabajo de mi padre. Puede que nos quedemos un mes o dos.

Me interesó su comentario.

—Qué bien, a mí me encantaría poder viajar en barco algún día —dije.

—Cuando quieras estás invitada. Bueno, los dos —me contestó Shane y sentí que su mirada buscaba la mía.

Giré la cabeza para verlo y nuestros ojos conectaron, y juro que fue como un chispazo de calor que recorrió todo mi cuerpo. Se me escapó una tímida sonrisa.

—Muchas gracias —sentencié volviendo a centrarme en la carretera.

—¿Solo «muchas gracias»? Eso suena a promesa vacía —contestó.

—Muchas gracias, lo tendré en cuenta. —Me volví de nuevo. No sabría explicar ese magnetismo que me generaba.

—¡Olé, ya tenemos fiesta en un barco, Zoe! —dijo Álex levantando un brazo con emoción.

Aumentaba la intensidad de las gotas que golpeaban el cristal del coche. Esa lluvia era más que una tormenta de verano. La brisa era fuerte; las copas de los árboles se movían muchísimo. Me armé de valor y me giré en el asiento para mirar a Shane mientras narraba las aventuras de los viajes que hacía desde niño. El chico conocía medio mundo. Y así, entre risas, cosquillas en la barriga, coqueteo involuntario, sonrisas tímidas y anécdotas divertidas, llegamos al puerto.

—Es ahí —señaló, y se sacó el móvil del bolsillo trasero. Debía de ser de ultimísima generación, porque no le importó que fuera a mojarse—. Muchísimas gracias por traerme.

Volví a la postura que tenía al montarme en el coche y me detuve a observar las embarcaciones por la ventanilla del acompañante. Cada una que veía me parecía más grande y más bonita que la anterior. Me pregunté cuál sería la suya. La banderas de los barcos ondeaban muy horizontales, pues la brisa no cesaba, y me angustiaba que la tormenta fuera a más.

—No tienes que dar las gracias, son cincuenta euros. —Mi primo se giró y le miró muy serio. Nos quedamos en un silencio tenso, solo se oía el fuerte repiqueteo de las gotas en el cristal.

Miré a Shane, que comenzó a palparse los bolsillos en busca de la cartera con los ojos desorbitados. Y mi primo dejó escapar una risa descontrolada a la que me sumé.

—No le hagas caso, Shane, se está metiendo contigo —le dije al tiempo que empujaba el brazo de mi primo.

El guiri estaba un poco confundido y arrugó la frente con cara de no entender nada.

—Bueno, voy a fumar, ahora vuelvo —sentenció Álex. Se bajó del coche y se resguardó de la lluvia en una caseta que teníamos al lado.

Puse los ojos en blanco, pensando en que nunca iba a dejar el vicio. Menos mal que no le dio por liar maría.

—¿Tú fumas? —pregunté sin venir a cuento.

—No.

—Bien... —susurré en voz baja.

—¿Y tú?

—No, tampoco.

—Bien... —imitó mi susurro y me giré levemente—. Eh... creo que será mejor que me vaya. Hasta dentro de muy poco, pelirroja. —Se acercó a mi asiento y, sin darme tiempo a reaccionar, me besó en la mejilla.

Rápidamente apareció una corriente eléctrica que recorrió cada parte de mi cuerpo. Era un hormigueo extraño que nunca había sentido.

Clavé mis ojos en los suyos y contesté:

—Hasta pronto, Shane.

Una amplia y brillante sonrisa iluminó su rostro, y se recolocó el pelo, liso y mojado, que le caía distraído por la frente.

Mi primo me observaba atento desde el exterior, con los ojos casi fuera de las cuencas. Soltó el humo por la boca con una mueca burlona.

—Bueno, me voy —dijo el chico que desestabilizaba mi paz interior. Salió del coche, se despidió de Álex y se fue caminando sin importarle la que estaba cayendo hasta la entrada del pantalán, donde tendrían amarrado el barco.

Era un diluvio en toda regla, y en ese instante fantaseé con que bailaba bajo la lluvia con ese chico. Su movimiento al andar me abdujo y recreé un beso imaginario. Sus brazos me rodeaban, y nuestros cuerpos, pegados, nos regalaban caricias. Era mágico, idílico, irreal... Lo seguí con la mirada hasta que se perdió de vista en el muelle. No se giró, y eso me generó cierta tristeza. Quise seguir fantaseando con él, pero Álex subió al coche y la puerta se cerró de golpe. Salté asustada en el asiento, como si fuese a entrar en mis pensamientos.

Lo primero que se me ocurrió para disimular fue preguntarle:

—¿Me puedes explicar a qué fiesta has invitado al guiri? —Mi primo que estaba con los brazos cruzados en el pecho y me miró de forma reprobatoria—. ¿Qué?

—A la del fin de semana. Por cierto, estás siendo muy borde y él un encanto, por eso le he invitado.

—Yo no soy borde.

—¿Crees que ha venido en esa moto de agua a la playa, con esta tormenta, para tomar algo? ¿Además solo? —inquirió mi primo—. Te da pánico enamorarte, Zanahoria, reconócelo.

—Habló el que no tiene el valor de hablar con Ivy...

—La has *cagao*, Zoe. No vayas por ahí.

Iba a hablar, pero preferí cerrar la boca. Tenía razón, mi cometario no había sido muy acertado.

No hubo más palabras. Llegamos al camping, y únicamente se oía la suave música de la radio. Yo estaba sumida en mis pensamientos mirando por la ventana, reflexionando sobre lo que me había dicho mi primo. No estaba siendo borde, hasta tonteamos con las miradas y las sonrisas... ¿Estaba siendo mala persona? ¿No me daba cuenta o no quería darme cuenta de lo que ocurría? Y encima había hablado de más, juzgando a Álex por su relación con Ivy. Me sentía mal y no sabía cómo decirle que lo sentía. Su cara de enfado me dejaba muda.

Entramos en la cabaña y seguía el silencio. Marley nos recibió con alegría, en busca de mimos. Yo dejé las cosas en la mesa y me senté en el suelo a achucharlo. Era lo que quería en ese instante, mimar a Marley. Se escabulló de mis brazos para jugar y me dio un par de mordiscos suaves, luego buscó una pelota debajo del sofá, meneando la cola mientras la alcanzaba. Se sentó delante de mí con ella en la boca y me puso una pata en la pierna. Me eché a reír, porque se comportaba como una persona.

Álex miraba el móvil tumbado en el sofá, haciendo caso omiso de todo a su alrededor o, mejor dicho, ignorándome a mí. Marley intentaba captar también su atención y él le acariciaba la cabeza de manera mecánica, sin fijarse siquiera en lo que hacía. Aproveché que el perro se le subió al regazo y me levanté para ir a mi habitación. Antes de entrar, su voz me detuvo.

—Mañana hacemos el turno de mañana.

Asentí con un leve movimiento de cabeza. Iba a decirle que lo sentía, pero su mirada, clavada en la pantalla del móvil, me indicó que quizá no fuera el momento oportuno. Opté por guardar silencio y seguí a lo mío. Cogí ropa limpia y me metí en la ducha rápido, antes de pillar un resfriado. Al regresar a la habitación, vi que Álex ya no seguía en el sofá y que la puerta de su habitación estaba cerrada. Su modo «Ignoremos a Zoe» me angustiaba, y sabía que me lo merecía por meterme donde no me correspondía. Conocía a mi primo y sus debilidades. No era el típico casanova que se tiraba a todo lo que se movía, y eso que era guapo a rabiar. Era alto, delgado, de complexión atlética por naturaleza. Un culo inquieto que no paraba. No hacía deporte de manera oficial, pero tenía destreza en todos. Con el cabello castaño medio rizado y despeinado, aquellos ojos color café y una gran sonrisa siempre en los labios, enamoraba a más de una. Era divertido, leal y fiel. Tenía todos los calificativos para ser el novio ideal. No se liaba con cualquiera. En su vida solo había tenido dos novias: una con catorce años, que le duró dos y le rompió el corazón, y otra con diecisiete, con la que no llegó al año y que también lo dejó destrozado, porque le engañó con el malote de la clase. Eso le creó cierto complejo que poco a poco fue superando, cuando entró en la universidad. Creo que Ivy era esa pieza fundamental en su vida. Sabía que tarde o temprano acabaría con ella, pero necesitaba tiempo para hacerlo bien y no dañar su amistad. En respuesta a su comentario sin mala intención, yo en pocas palabras le había llamado «cobarde». Me merecía su indiferencia por impulsiva. Al día siguiente buscaría el mejor momento para disculparme.

Pensé en ponerme al día con mi antigua vida. Saqué el móvil del cajón del armario y lo encendí. Me llegaron un montón de mensajes, pero pasé de ellos y revisé mis redes sociales. No había muchas cosas nuevas, así que decidí enfrentarme a los mensajes, entre los que tenía…

3 mensajes de Papá

Mi padre básicamente seguía insistiendo en que volviera a casa; era de esperar. Me molestaba que fuese tan cerrado y tozudo. Que no se parase a pensar en mi felicidad. Que intentara ser un patriarca intransigente como mi abuelo. Que no valorara ni un segundo mi decisión de estudiar Bellas Artes por el simple hecho de que no era lo que él quería. Que intentara hacer daño al tío por haberme ayudado sin importarle las consecuencias. No era justo. Mi tío era su hermano, el único que tenía. ¿Cuándo se daría cuenta de que ambos se necesitaban y de que si fuese un poco más tolerante sería más feliz? Porque sabía que Martín lo adoraba. Mantenía el control solo por no discutir con él. Siempre lo justificaba y trataba en todo momento de entenderlo. «Ojalá algún día mi padre se dé cuenta, recapacite y no sea demasiado tarde».

2 mensajes de Mamá

Mi madre me escribía en tono conciliador, como siempre. Me decía que tuviera paciencia con papá, que ella lo conocía bien y sabía que necesitaba tiempo para aceptar que me estaba haciendo mayor. Estaba tratando de hacerle entender que mi decisión era buena, a lo que respondí:

> Gracias, mamá. Y gracias por ayudar al tío.
> Solo quiero que sepas que estoy bien y que os quiero muchísimo.
> Ojalá algún día papá lo acepte.
> Así seré completamente feliz

A los pocos segundos me contestó:

> Te quiero, hija. Todo va a ir bien

Eran las palabras que necesitaba para coger más impulso, para sentir que mi sueño era alcanzable. Para rematar el día, entre en mi grupo de amigas…

659 mensajes de Tropa

En lugar de escribir, les hice una videollamada grupal.

# 21

## ZOE

## No eres el mejor ejemplo

Me desperté con el sonido de la alarma del móvil, que tenía programada con el horario del instituto. Como tenía el móvil apagado, los días previos no había sonado, pero la noche anterior me había quedado hablando hasta tarde con mis amigas y se me olvidó apagarla. Eran las seis y media de la mañana. Lo apagué y seguí durmiendo un rato más, hasta que me llegó el olor a café, que me animó a despertarme. Me levanté e inicié mi rutina de hacer la cama y arreglar la habitación. Cuando salí, vi que el reloj del salón marcaba las ocho. Me dirigí al baño y me lavé la cara y los dientes. Al cruzar el salón, se me escapó una sonrisa al escuchar a Álex hablando con Ivy en la terraza.

—Es que me cago en todo, tío. Qué puta mala suerte, justo ese día le dio por limpiar mi habitación —se quejó levantando los brazos.

—Vaya, supongo que buenos días —interrumpí abriendo la puerta con una tímida sonrisa.

Ivy era tan basta hablando que me hacía gracia, y me alegraba verla después de tantos días. Álex hizo un amago de saludo, un simple movimiento de cabeza, lo que indicaba que seguía cabreado conmigo.

No solo estaban Ivy y Álex. El tío, cómo no, tecleaba al ordenador en la mesa al tiempo que se sostenía el teléfono en la oreja. No sabía si estaba en llamada o escuchando un audio, porque no hablaba. Le toqué el hombro, ya que se encontraba de espaldas a mí, le di un beso y me senté a su lado.

—Hola, Zoe, ¿qué tal? —Ivy me saludó con alegría.

—Será: ¿qué tal tú, la desaparecida? ¿Y qué haces aquí a estas horas? —reclamé con gesto interrogativo—. Por cierto, qué guapa con las trenzas, me encanta. —Le acaricié el pelo, perfectamente trenzado.

—Pues bueno, aquí estamos, que no es poco. Regresé anoche de Barcelona y tenía muchas ganas de veros.

—¿Qué te ha pasado? Si se puede saber, claro.

—Peleas con mis padres. Mi madre, limpiando mi habitación, encontró tabaco y otras sustancias poco saludables, y la que me montaron, madre mía. —Se llevó las manos a la cara con fastidio.

—Es normal, están preocupados —comentó mi tío al tiempo que dejaba el móvil en la mesa. Jugaba con un mechero naranja entre los dedos. Iba a encenderse un cigarrillo, pero, milagrosamente, en lugar de eso se lo colocó detrás de la oreja.

—Pero ¿tanto? —exclamó Ivy.

—Sí —respondió Álex—. Entre tú y yo, reconoce que eres la peor.

—Ah, bueno, muchas gracias —soltó claramente molesta—. Como tu padre te apoya, pues vamos a molestar a Ivy, ¿verdad?

—No te flipes, guapa. Yo no apruebo que Álex fume. —Martín meneó un dedo en señal de negación.

—Pues buen ejemplo no le das precisamente —rebatió ella claramente molesta.

—Vale, no voy a discutir esto. —Mi tío dejó escapar un

largo suspiro, se levantó de la silla y entró en la cabaña, zanjando el asunto.

Había tanta tensión que decidí guardar silencio. No era el mejor momento para expresar mi desacuerdo con sus vicios. Ivone no se daba cuenta de que era más grave de lo que pensaba. Con diecinueve años fumaba una cajetilla diaria y había empezado a los trece, según me contó Álex. Yo no iba a dar mi opinión, no éramos tan íntimas como para tener una charla reflexiva sobre el tema. Y de la marihuana mejor ni hablar. Eso era más delicado. Aunque ella se excusaba diciendo que solo fumaba de vez en cuando, la verdad es que era más frecuente de lo que decía.

—Pues qué bonito día hace hoy —solté observando el cielo despejado.

No era la mejor cambiando de conversación, pero resultó.

—Es hora de irnos. —Álex me hablaba a mí.

—¿Puedo ir con vosotros? —le preguntó Ivy.

—Sí, pero tenemos que irnos ya. —Mi primo se levantó y entró en el bungalow con seriedad.

—Yo también voy a arreglarme, que si no llegaremos tarde —añadí.

A los quince minutos ya estaba duchada y vestida. Álex me esperaba en el coche, con Ivy sentada a su lado.

El horario oficial de apertura eran las nueve, así que íbamos justos de tiempo. Volvimos a hacer el trayecto del camping a la playa en silencio. Sabía que Álex seguía enfadado conmigo y tenía que disculparme por mi comentario.

Al llegar al chiringuito abrimos todas las puertas y organizamos las mesas y las sillas. Comprobamos si había desperfectos tras la tormenta. Habían estallado varias bombillas, seguramente por el viento. Tres sombrillas habían volado y solo quedaba rastro de una; las otras dos, por más que las buscamos, habían desaparecido. Barrí la arena que cubría todo el suelo de la caseta mientras Álex colocaba las botellas en la gran encimera central. Mi pensamiento se fue a Shane y a la extraña necesidad que sentía de volver a verlo. Nuestros encuentros habían sido muy breves pero intensos, de esos que te dejan con ganas, y de nuevo me quedaba a la espera de que apareciera, porque no podía buscarlo ni por Instagram. Sería como buscar una aguja en un pajar.

Cuando ya estaba todo listo, nos sentamos a esperar a los clientes. Nuestra mirada iba en la misma dirección, el infinito, en el más absoluto silencio. Nosotros estábamos dentro de la barra, e Ivy hablaba por teléfono batiendo con enfado las manos de un lado para otro en la orilla de la solitaria playa. La moto de agua del guiri ya no estaba, y recordé que nos había dicho que mandaría a alguien a buscarla a primera hora. Cosas de gente rica. Me centré en lo que tanto me preocupaba, mi primo, y rompí el hielo.

—Lo siento, Álex.

—Yo también lo siento —se lamentó tocándose el pelo.

—Yo más, te lo aseguro.

—No lo hice con mala intención, Zoe. Te vi tontear con el guiri y pensé que podrías pasártelo bien con él. Parece buen tío y, no sé, hacéis buena pareja.

—Y tú con Ivy. Por eso te lo dije, pero reconozco que me pasé.

—Últimamente no sé qué me pasa. Llevo toda la semana pensando en ella, y luego tú dices eso.

—¿Por eso me aplicaste la ley del hielo?

—¿Qué dices? Fuiste tú la que no me habló, como si no existiera. Solo jugabas con Marley.

—No te estaba ignorando. —Me reí sin entender nada—. Simplemente me quedé pensando en tus palabras y sé que Marley lee la mente. Sabía que la había cagado, pero no tuve el valor de disculparme.

—A veces no entiendo tus silencios, Zanahoria. —Se encogió de hombros.

—Ni yo los tuyos. —Le cogí el brazo con cariño—. Reconozco que ayer necesitaba tiempo para reflexionar. Me centré en tus palabras, y te juro que agradezco tus consejos. Quizá a veces sea muy gruñona. Quizá sea muy desconfiada. No sé… Te vi centrado en el móvil y pensé que tú también necesitabas tu momento de soledad. No quise interrumpir ni ponerme pesada preguntándote por tus sentimientos, más que evidentes. —Sonreí mirando a Ivy, que seguía caminando por la playa—. No la presiones, esa chica se muere por ti, y tarde o temprano os veré juntos. Soy adivina, aunque no lea la mano. —Nos reímos y nos abrazamos—. Y una cosa… —me separé de sus cálidos brazos y le revolví el pelo—, no necesito que hagas de celestina con el guiri, creo que me las apañaré sola. —Guiñé un ojo con complicidad.

Me sentía más tranquila, y feliz a la vez, porque volvía el buen rollo entre mi primo y yo. Tenía que dejar de ser tan impulsiva y entender su sensibilidad.

Ivone se acercó a la barra y se sentó en un taburete.

—Ale, ya está, arreglado. No sé por qué, cuando les digo a mis padres que estoy contigo, automáticamente se quedan tranquilos, y resulta que eres peor que yo —se burló, puso los ojos en blanco y expulsó el humo por la boca.

—Porque tus padres me adoran incluso hasta más que tú —se mofó mi primo picando a nuestra amiga.

Álex era extremadamente sensible y se fijaba en los estados de ánimo de todas las personas que le rodeaban y que le importaban. No descansaba hasta ver a todo el mundo sonriendo y feliz.

—Creo que piensan que somos pareja y todo. —Ivy suspiró con los ojos clavados en Álex.

—Sería tu novio ideal para ellos, no me cabe duda —añadí, y ambos se rieron deseándose con los ojos.

Yo observaba a los dos tontos como en un partido de ping-pong, tirándose indirectas cuando se tenían unas ganas evidentes.

—Yo creo que hacéis buena pareja, y cualquiera que os vea lo pensaría —seguí chinchando.

—Creo que somos tan iguales que sería imposible —soltó rápidamente Ivy ruborizada.

—Pues yo creo que hasta nos iría bien. —Álex le guiñó un ojo.

—Bájate de esa nube, flipado. —Esa chica no sabía disimular.

—Te bajo lo que quieras —habló el conquistador, totalmente confiado, y la mandíbula de Ivy estuvo a punto de rozar el suelo.

—Pero ¿qué dices, tío? Madre mía, ¿qué te crees? ¿Brad Pitt?

—Creo que soy Álex y que soy mucho mejor. Brad Pitt es inalcanzable. A mí puedes tocarme lo que quieras. Yo te dejo.

—¿Me dais ya algo para no quemarme con las velitas que os estoy sujetando? —intervine con ironía al ver las directas de ambos lados.

Álex cogió dos servilletas y me las puso en la mano que yo tenía extendida.

—Ahora ya no te vas a quemar, ya verás.

—Ja, ja, ja —reí sarcásticamente y torcí los ojos.

—Mira, prima, ahí viene el guiri.

Me giré emocionada buscando a Shane.

—¿Dónde? —pregunté mientras mis ojos hacían una panorámica a la playa.

—¿Qué guiri? —Ivy frunció el ceño.

—Has picado —se burló Álex y le empujé el brazo—. Nada, un enamorado que tiene la prima.

—No me has contado nada —reclamó llevándose las manos a la cintura.

Le resumí brevemente cómo había conocido a Shane cuando me derramó el cóctel y las pocas veces que habíamos coincidido. No le di detalles de lo que me gustaba el irlandés. Eso era abrir demasiado mi corazón.

Álex desprendía una actitud diferente. Volvió a observar detenidamente el rostro de Ivy y las miradas quemaban. Hasta que Ivone no apartara los ojos, seguiría el duelo intenso que provocaba mi primo. Yo me hice la loca y cogí mi libreta para abstraerme. Estaba segura de que entre ellos iba a pasar algo, y más pronto que tarde. Lo presentía.

Él estaba con los brazos cruzados apoyado en la barra, y ella, al otro lado, en la misma postura. Me puse los cascos con la música a tope y comencé a hacer un boceto de ellos. Estaban posando para mí y no se daban cuenta. Los trazos distraídos poco a poco conformaron una imagen abstracta. En quince minutos, mientras ellos charlaban y reían sin dejar de mirarse, terminé el dibujo. Habían cambiado de posición, se veía a Álex ligeramente de espaldas, con su perfecto perfil, y a Ivy con la cabeza levantada y los ojos conectados con los de mi primo. Me gustó bastante el resultado. Estaba ultimando los detalles cuando me quitaron un auricular.

—¿Me puedes regalar ese dibujo? —preguntó Álex con los ojos muy abiertos.

—Son cincuenta euros —extendí la mano sin mirarlo.

—Y una hostia también, mejor que sean cinco.

—Por el culo te la...

—Buenos días, ¿ya estáis abiertos?

Un cliente llegó y me cortó la rima.

—Claro, dime qué te sirvo.

Álex se adelantó y se ofreció a atenderlo.

Pasaron las horas. Poco a poco se fue llenando la playa y aumentó notablemente la cantidad de consumidores. El sol brillaba sin una nube a la vista, invitaba a estar en la playa, y el calor húmedo era cada vez más soportable, o me empezaba a acostumbrar. Ya era muy ágil y rápida a la hora de preparar los pedidos. Sentía más confianza y me movía con total soltura. Nunca había trabajado en nada y me gustaba lo que hacía. Me demostré a mí misma que era capaz de atender una barra llena de turistas sin pestañear. Estaba orgullosa.

Tuvimos muchísimo jaleo toda la mañana, hasta Ivy se coló tras la barra y durante un rato nos ayudó cargando los lavavajillas y sirviendo en las mesas mientras Álex y yo preparábamos los pedidos. Me limpiaba frecuentemente el sudor de la frente, y hubo un momento en que tuve que parar porque me mareé. Volví al lío cuando me sentí mejor gracias a que Álex trajo un maravilloso ventilador que pulverizaba agua y refrescaba el ambiente.

A las cinco de la tarde hicimos el cambio de turno. Terminó la jornada laboral sin grandes incidentes, solo que uno de los niños «del grupo que saltaba las piedras» se acercó y me enseñó su identificación mostrándome una foto del móvil. Casi le doy el pedido, pero Álex se dio cuenta, se acercó y le pidió identificación física; el niño empalideció y se fue corriendo. Se dirigió a mí y dijo: «Solo aceptamos DNI físico, es muy importante, porque en foto lo editan para poner que son mayores de edad». Los inspectores andaban de paisano y, si nos veían sirviendo alcohol a menores, la multa sería impresionante. Me sentí mal por no estar al cien por cien. Era un detalle que no se me podía volver a escapar.

«¡Niñatos!».

Volvimos a casa, donde mi tío nos esperaba con una gran paella que había preparado en la barbacoa. Después de la siesta de costumbre de mi primo, nos fuimos a la playa. Disfrutamos muchísimo el resto del día. Alquilamos unas tablas de pádel surf. Pasaron al menos dos horas hasta que conseguí sostenerme en pie sobre una. Puedo decir que logré ponerme de rodillas después de muchas caídas; de pie estuve, como mucho, dos minutos remando. Álex era un experto en todo lo que a deporte se refería, se le daba de lujo practicarlo, pero no enseñarlo. Por más que lo intentó conmigo, no lo consiguió, y reconozco que eso me frustró. Ivy se pasó el rato haciendo *snorkel*, decía que subirse a la tabla no era lo suyo. Mi tío nos acompañó apenas media hora, luego se marchó hacer su ronda de supervisión hasta el cierre.

En cuanto oscureció nos fuimos a casa. Me duché y me metí pronto en cama. Estaba muy cansada y necesitaba recuperar fuerzas. Deseaba que llegara pronto el día de la fiesta para ver de nuevo a Shane y su magnífico cuerpo. Ese chico alteraba mis hormonas de un modo inexplicable. Creo que lo primero que iba a hacer la siguiente vez que lo viera, antes de saludarle, era pedirle el Instagram, así contactaría con él. Me prometí intentar acercarme al que ya no era tan desconocido y me encantaba, porque mis ojos lo buscaron durante toda la jornada laboral, pero lamentablemente no apareció.

# 22

## SHANE

### Vive como una mosca

—¿Quién te invitó? —me preguntó Cody mientras se desabrochaba los primeros botones de la camisa blanca de lino que llevaba y se miraba en el espejo del parasol del acompañante.

Nuestros padres habían alquilado dos coches para movernos a donde quisiéramos, y aunque yo tenía la moto alquilada también prefería el coche. Mi padre y yo habíamos experimentado cierto acercamiento desde nuestra última conversación. A pesar de nuestras diferencias, enterramos el hacha de guerra y nos propusimos intentar llevarnos mejor. Mi padre me prometió que estaría en mis momentos más importantes, que no faltaría a ninguna competición si algún día retomaba el deporte, que me apoyaría en mi decisión, y que me visitaría si me aceptaban en el MIT. Me dijo que se sentiría muy orgulloso de mí cuando llegara a ser un gran arquitecto, y que mi primer trabajo al graduarme sería diseñarle la mejor casa. Por otro lado, se comprometió a respetar las zonas comunes donde vivíamos y a no airear su intimidad. Que llevaría una mejor vida tanto por él como por mí.

No sé cuánto duraría la tregua, lo que sí tenía claro era

que era mi padre, e hiciera lo que hiciese nunca podría fallarle. Quizá me había tocado madurar antes de tiempo, quizá su depresión lo había llevado al límite, pero ¿quién era yo para juzgar su mala vida? Solo me quedaba apoyarlo y no cometer lo que yo consideraba errores graves que un tipo adulto y supuestamente responsable no podía cometer.

Todo comenzó cuando fuimos a Barcelona. Esos días lo pasamos tan bien que creo que fueron de los pocos días en mi vida en los que me había sentido a gusto con él e incluso con Marc y Cody. Nuestra idea inicial era pasar el día allí, pero al final dedicamos cuatro días y tres noches a conocer esa variopinta ciudad. Mi padre incluso promovió la visita a todos los sitios que sabía que eran de mi interés por mi carrera y mi gusto por la arquitectura. El recorrido empezó en el paseo de Gracia y visitamos los cinco edificios clave del modernismo catalán: comenzamos por la Casa Lleó i Morera, de Domènech i Montaner, seguimos con la Casa Mulleras, de Sagnier; y luego estuvimos en la Casa Bonet, de Coquillat; en la Casa Amatller, de Puig i Cadafalch, y acabamos justo al lado, en la Casa Batlló. Se denominaba Isla de la Discordia por la rivalidad que existía entre los arquitectos. Era la esencia arquitectónica de la ciudad. Por último llegamos a La Pedrera-Casa Milà para concluir el recorrido con mi arquitecto favorito, Antoni Gaudí. Los días posteriores continuamos visitando otras de sus obras más emblemáticas, desde el parque Güell hasta la majestuosa basílica de la Sagrada Familia, recorriendo las calles y los lugares más importantes. Compartimos unos días que no olvidaré y que me hicieron creer en la posibilidad de llevarme mejor con mi padre, porque dejó aparcados su trabajo y sus obligaciones, y hasta se interesó por conocer mis gustos. Fue la primera vez después de muchos años que pensé que podríamos limar asperezas. «Ojalá sea así y no acabe siendo una ilusión óptica».

Cody y yo nos subimos al jeep descapotable, dejando el BMW para nuestros padres, que esa noche también saldrían. Según ellos, era un «asunto de negocios», como siempre intentaban vendernos. Debo decir que desde que regresamos de esos días de desconexión habían estado muy tranquilos y apenas habían bebido ni salido. Eso no quiere decir que de la noche a la mañana fueran a convertirse en padres ejemplares. Pero, bueno, en algo íbamos mejorando.

Pusimos rumbo a la playa donde había quedado con Álex. Deseaba encontrarme con la guapa Ginger, que no me sacaba de la mente. Esa chica era tan inalcanzable y particular que necesitaba saber más de ella. Sentía que la extrañaba. Estuve tentado de acercarme a su lugar de trabajo después del día que me llevaron al puerto, pero no quería agobiarla. Álex, su amigo, me había invitado esa noche, y estaba contando las horas.

—Un chico muy majo que trabaja en el chiringuito de la cala nudista del otro día. Quedamos en vernos en una discoteca, que van a hacer una fiesta. Se llama Álex, cuando lleguemos, te lo presento —le dije cuando aparqué en el paseo marítimo.

A un lado teníamos la playa, con varios chiringuitos en los que habíamos estado la noche que le tiré el cóctel a Zoe, y al otro lado del camino había establecimientos de comida, varios pubs y dos discotecas, según me había contado Álex aquel día, mientras le ayudaba a apilar las sillas y las mesas.

El mar estaba en calma, apenas había oleaje. La temperatura era perfecta. Había mucha gente por todas partes. Los chiringuitos de la playa estaban a reventar. Vi a algunas personas conocidas del puerto y nos acercamos a saludarlas. También vimos a las amigas de Cody, que habían extendido unos días su estancia junto a tres amigas más. Desde que nos encontramos en la playa nudista, habían marcado distancias conmigo y, todo hay que decirlo, tampoco me importó. Esas chicas tenían todo lo que no me gustaba. Caprichosas, vanidosas y bastante interesadas, veían a la gente sencilla con desdén. En fin, eran una mezcla explosiva que a Cody le encantaba, pero a mí no. Mi atención estaba centrada en la chica a la que en ese momento buscaba emocionado con la mirada por toda la playa, albergando la esperanza de que hubiese ido con su primo. Nunca nadie me había llamado la atención de esa manera. Sabía tan poco de la pelirroja que me intrigaba. Quería conocerla.

Cody fue directo a pedir y yo le seguí, dejando a sus amigas en una de las mesas. Como me tocaba conducir, no podía excederme con la bebida, así que opté por una cerveza. Si la noche se alargaba, regresaríamos en taxi. La música sonaba en cada rincón, y había mucha cola, así que esperamos pacientes nuestro turno hasta que vi a Zoe al otro lado de la barra. Estaba acompañada de su amigo y una chica de piel negra con el pelo completamente trenzado. Ella reía con ellos. Le dije a Cody que fuera pidiendo él, que volvería enseguida, y me acerqué decidido.

Me parecía muy divertido lo que tenía con Zoe, porque era como un juego de tira y afloja. Ella tenía pinta de ser indescifrable. No me costaba ligar pero esa chica no me lo ponía fácil; creo que por eso me gustaba tanto. Me encantaba cuando ponía los ojos en blanco por cualquier cosa demostrando desagrado. Estudiaba sus gestos más repetidos como para un examen importante. Ah, y eso por no mencionar cómo se sonrojaba, eso me ponía como una moto.

Posé las manos en los hombros de Álex, que se sobresaltó y, al volverse, exclamó eufórico:

—¡Shane! —Me chocó la mano con fuerza y nos dimos palmadas en la espalda.

—¿Qué tal? —pregunté con mi mejor sonrisa. Mis ojos fueron directos a ella.

—Genial, tío. Te voy a presentar. Ivy, Shane. —Carraspeó.

Les di dos besos a ambas, que me sonreían amablemente.

—¡Tú eres el inglés! —exclamó la chica nueva, miró a Zoe con rapidez y se tapó la boca.

Yo negué con la cabeza.

—Irlandés, en realidad —exclamé con entusiasmo—. Encantado.

Zoe se limitó a observarme con una sonrisa tímida. Noté que apenas llevaba maquillaje. Era muy guapa, no necesitaba pintura ni polvos.

—Interesante —dijo la chica de trenzas.

—¿Te han hablado mucho de mí? —pregunté intrigado, porque si me había llamado «el inglés» algo le habría contado Zoe, y por su expresión avergonzada parecía que acertaba.

—En absoluto, chulito —contestó Zoe por ella.

—No sé qué es «chulito». —Le guiñé el ojo. Sabía lo que me decía, pero me gustaba que me lo explicara—. Pero encuentro interesante que contestes por ella.

Zoe se ruborizó y todos nos reímos.

—Sí, me habló de que un idiota le había tirado un cubata y mencionó que era inglés —contestó Ivy torciendo los ojos.

—No era un cubata, era un cóctel —replicó Zoe.

—¡Ves! Le hablaste de mí. —Le guiñé el ojo de nuevo.

—¡Shane, te había perdido! —nos interrumpió Cody, hablándome en inglés; acababa de llegar y se había apoyado en mi hombro. Él apenas hablaba español.

—Cody, te he dicho que volvía en nada. —Resoplé.

—¿No me vas a presentar? —preguntó levantando las cejas.

Álex se había ido e Ivy y Zoe hablaban entre ellas, ignorándonos por completo.

—Bueno, chicas —las llamé—, este es el idiota de mi mejor amigo, Cody. —Puse los ojos en blanco y él les besó la mano de una manera muy ceremoniosa.

Me reí de la cara ceñuda que puso Ivy.

—¡*Hello*, guapas! *Segurro* nos vamos a llevar *mu* bien. —Lanzó un beso a Ivy y esta se echó a reír.

—*Bro*, dile a tu amigo que se tome una tila —se burló ella cruzándose de brazos.

—¿Vamos a saludar al grupo? —propuso Zoe, y su amiga asintió—. ¿Queréis venir?

—Por supuesto —contestamos al unísono y las seguimos muy de cerca.

Había mucha gente y era casi imposible moverse sin tocar a los de al lado. Caminamos hasta unos de los locales del otro lado del sendero. Delante de ellas había un grupo bastante grande y empezaron a saludarse unos a otros. Nosotros estábamos un par de pasos por detrás de ellas y nos detuvimos a esperarlas, porque no conocíamos a nadie.

No sabíamos muy bien qué hacer, hasta que a nuestro lado nos encontramos con dos chicos a los que Cody había conocido en la playa. Me los presentó con entusiasmo. No les hice mucho caso cuando les tendí la mano. Mi amigo, que era muy sociable, rápidamente entabló conversación mientras yo observaba el ambiente en silencio. Mis ojos encontraron a la pelirroja. Me gustaba su estilo: pantalones cortos negros con un top con transparencias del mismo color, sandalias bajas y un discreto bolso de medio lado. Quise fijarme en cada detalle: el cabello suelto en ondas naturales, el suave rubor en su rostro pecoso por el sol, esa perfecta nariz celestial, aquella sonrisa encantadora... Era preciosa.

Había gente por todas partes, sonrisas, miradas, abrazos, besos. Se veía con facilidad quiénes estaban ligeramente ebrios y los que tenían que estar sentados porque parecían no aguantar ni cinco minutos más, y eso que apenas empezaba la noche.

Álex se unió al grupo y abrazó a Ivy de forma cariñosa. Zoe los miraba con alegría. No sé qué relación tenían Álex y Zoe, más allá de que trabajaban juntos, y eso me intrigaba. De repente apartó la vista de ellos y me buscó con sus bonitos ojos verdes. Empezamos un divertido juego de miradas, cada vez más intenso. ¿Quién la apartaría primero? A ella se le escapó una sonrisa y yo se la devolví.

—Shane, *bro*, ¿mañana qué vamos a hacer? —me preguntó Cody, que seguía hablando con los chicos.

—Ni idea, ¿nunca has escuchado la frase «vive como una mosca»? —le contesté mientras continuaba a mi rollo mirando a Ginger.

—Hummm, no. ¿Por?

—Porque yo tampoco, y es muy original. Para las moscas, una vida entera son tan solo quince días, ¡con suerte algunas llegan al mes! —Aparté la vista y alcé la ceja conectando con mi amigo—. Vive cada día como si fuera el último. Vive como una mosca. —Lo dejé con la boca abierta y me volví en busca de la chica.

—*Bro*, ¡qué dices! —Flipó.

—Que hoy estoy pensando en hoy; mañana ya pensaré en el mañana. —Suspiré—. Y si me disculpas, me voy a ir a hablar con alguien.

Y me acerqué a Zoe, quien esperaba en la cola de entrada de la discoteca junto a sus amigos.

—¡Shane! Ven, pasa, te colamos —me invitó Ivy cogiéndome del brazo.

—Muchas gracias —contesté.

—¿Qué tal te lo estás pasando? ¿Conocías a gente? —preguntó la pelirroja cuando estábamos todos allí.

—Qué atenta te veo. —Sonreí complacido. Se fijaba en mis movimientos, y eso me gustó—. Sí, algunas chicas del puerto, otros de la playa. En realidad los conocía Cody, porque yo estaba atento a unos bonitos ojos verdes que no se apartaban de mí.

El rubor de Zoe fue en aumento.

—Uyyy —canturreó Álex burlándose de ella mientras abrazaba a la morena.

En ese momento era nuestro turno de entrar. Por el aspecto exterior, supuse que era una discoteca grande. Se veían muchos cañones con luces de colores que apuntaban al cielo.

—¡Hola! Necesito que me vayáis enseñando DNI o pasaporte. Los primeros veinte estáis de suerte, tenéis una consumición gratis. —Un chico bajito repitió aquella frase en varios idiomas, y los de seguridad comenzaron a revisar documentos. Algunas personas abandonaron la cola tras la advertencia.

Habían pasado unas cuantas personas delante de nosotros. Nos revisaron, nos pusieron una pulsera morada y nos dieron entradas gratis.

—Te dije que no íbamos a pagar, Zorroe —se mofó la tal Ivy—. Ahora, por no creer en mis palabras, me debes hacer algo que yo decida. —Se rio a carcajadas, y la chica de las mil pecas le devolvió la sonrisa.

—¿Zorroe? —Arrugó la nariz ante su nuevo apodo.

—Zorra y Zoe fusionados. Si es que soy la más ingeniosa, ¡joder! —Se golpeó el pecho y chocó la mano a Álex y luego a mí.

—No sé, pero ingenioso sí que es, y le pega —afirmó Álex.

No entendía mucho la idiosincrasia, pero al ver que reían yo hice lo mismo.

—¡Calla, anda! —Zoe le dio una colleja y entramos todos juntos en la discoteca.

El interior del establecimiento era muy grande, tenía dos plantas y un escenario con una gran tabla de mezclas detrás de la cual un DJ lo daba todo con cientos de luces al ritmo de la música tecno. Cuatro barras de bar, dos abajo y dos arriba, todo a la vista. El local tenía varios sofás de grandes dimensiones y mesas redondas en el centro.

Éramos pocos dentro; el lugar se iba llenando paulatinamente.

—¡Hoy es «Noche de perreo antiguo»! —me gritó Zoe.

—¿Qué es eso? —pregunté.

—Noche en la que ponen reguetón antiguo —dijo tan rápido que no comprendí bien sus palabras.

—No tengo de eso. —Sonreí dubitativo.

—¿Nunca has escuchado reguetón? —preguntó sorprendida—. ¿*Bad Bunny*?

—Ah, ¡*regeiton*, claro! —Me reí—. Había oído «moretón».

—La música de ahora es tecno y está altísima. Supongo que cuando entre más gente la cambiarán.

Yo asentí.

—¡Ya tengo el reto! —gritó Ivy por encima de la música acercándose a nosotros.

—Sorpréndeme —contestó la chica de pecas.

—¡Le vas a leer la mano a Shane! —exclamó con alegría, y le guiñó el ojo.

Me encantó que dijera eso. Le tendí la mano y ella se limitó a observarla con cierto temor.

—Sabes que no soy la mejor en ello —se justificó nerviosa—. Y ya se la leí el otro día.

—Y no acertaste ni una —chasqueé la lengua.

—¿Cómo? ¿Cuándo? —gritó emocionada la chica de las trenzas—. Eso no me lo has contado.

—Me dijo que ese día me iba a liar con una rubia de espanto —expliqué divertido.

—De espanto, no, te dije «de escándalo» —me corrigió Zoe, sonrojada de nuevo.

—Eso, de escándalo, y la verdad es que no encontré a la chica y me fui a dormir temprano.

—¡Jolines, macho! —añadió Álex—. Eso es que mi prima no estaba concentrada. Te aseguro que si hoy vuelve a leértela, te lo acierta todo.

«¡Son primos!».

Zoe esbozó una tímida sonrisa. Nos miramos y por un momento sentí que estábamos solo nosotros dos entre miles de luces y el fuerte sonido de la música.

—Mira, estás obligada a cumplir. A ver qué le lees al guiri simpático —insistió Ivy.

Volví a ofrecerle la mano con una gran sonrisa.

# 23

## ZOE

## No asegures cosas que no sabes
## si van a pasar

Me quedé absorta en esos ojos castaños brillantes. El chico debía de medir más de uno ochenta y pico. Me angustiaba montar un teatro leyendo la mano al chico al que no podía dejar de mirar.

—Vamos a tomarnos algo primero, mejor —dije, y desvié la vista hacia la barra, repleta de gente pidiendo. Me flaqueaban las rodillas.

Menuda nochecita tenía por delante. Pedí una cerveza y él se apoyó en la barra y pidió otra. En cuanto le atendieron, extendió un billete para invitarme a la consumición. Cogió su botellín y me miró de una manera tan seductora que hizo que se me estremeciera todo el cuerpo.

—La primera consumición es gratis —dije levantando la tarjetita que nos habían dado en la entrada.

—No importa, la usamos después. Queda mucha noche, ¿no? —respondió.

Asentí y cogí el botellín que acababa de poner el camarero en la barra.

—Me gustan estas antenas de alien. Tú como que eres de otro mundo... —Me tocó una de las pequeñas coletitas que llevaba en el cabello y me regaló una sonrisa arrebatadora que volvió a hacerme temblar.

—Joder, me has descubierto, ya no puedo seguir ocultándome, pero no se lo digas a nadie, ¿eh? —Jugueteé humedeciéndome el dedo con la condensación de la botella y me lo llevé a la boca para provocarlo.

—Tranquila, será nuestro pequeño secreto. —Me guiñó el ojo y recortó la distancia que nos separaba.

El calor aumentaba por momentos, o era lo que yo sentía por nuestra cercanía. Nos reímos con complicidad. Mi sonrisa era de nervios; él, muy seguro, no apartaba la mirada de mis labios. Muy directo el chico, sí.

El barman interrumpió aquel flirteo para entregarle el cambio a mi acompañante. Shane se giró y yo aproveché la ocasión para recuperar el aire en los pulmones, que había perdido al tenerle tan cerca. ¡Madre mía, el guiri era alto voltaje en estado puro!

El ambiente se animaba cada vez más. La gente cantaba y bailaba sin importar si lo hacía bien o si desafinaba. Reinaba la alegría por todos los rincones, y yo me iba encendiendo con semejante chico a mi lado.

Caminamos hasta donde estaban Álex e Ivy, a los que se les habían unido más personas.

—Ahora vuelvo —me dijo Shane al oído, y lo perdí entre la multitud.

—Zorroeee. —Mi primo me abrazó y comenzamos a saltar al ritmo de la música.

—Bueno, bueno, buenooooo, mi gente, basta de tecno... Por ahora —exclamó el DJ al micrófono—. Esta noche vamos a tener un poco para todos los gustos, pero sé lo que quiere mi público, ¡y es un buuuen perreeeoooooo!

En los altavoces comenzó a sonar *Rompe*, de Daddy Yankee. Algo entró en mi cuerpo que lo activó al instante con aquella melodía. Ivy y yo nos pusimos de espaldas bailando al ritmo de la canción. Todo el grupo nos hizo una rueda, se nos unieron más chicas hasta que creamos un círculo de unas diez moviendo las caderas de manera sensual. A mis padres les daría un infarto si me vieran bailar así. Ese era uno de mis secretos. En el instituto bailaba con mis amigas y en alguna que otra fiesta, pero jamás se me ocurrió hacerlo delante de mi familia. Para ellos sería una desvergonzada. Ahí estaba mostrando una versión de mí que me gustaba. Entre la música y el baile, poco a poco iba perdiendo la timidez.

—¡Pero bueno, ese grupito! Ellas sí que se lo están pasando bien. ¡Vamos, quiero veros a todos! —El DJ nos vitoreaba.

La música cambió a *Estrellita de madrugada*. Se deshizo el círculo y mi primo me cogió la mano. Me terminé la cerveza, dejé el botellín en la barra y fui a bailar con él. Le quería a rabiar y tenía plena confianza en él. Era como el hermano mayor que nunca había tenido, aunque a veces me tocara a mí llevarlo por el buen camino.

—Pero qué reina estás ahora mismo —se acercó a mi oído gritando—, tanto que el irlandés no te ha quitado ojo. Está babeando, el tío. Bueno, él y otros tantos a los que has puesto cachondos con el movimiento de tus caderas. Los has vuelto locos, pero sé que el guiri te interesa. Está detrás de ti, no te gires.

Mi cuerpo se tensó con ese comentario. ¿Shane me había estado mirando bailar?

Acabó la canción y no me volví. Álex se alejó de mí y se puso detrás de Ivy. Le agarró la cintura, la giró en el sitio y quedaron a escasos milímetros, casi fusionados bailando muy compenetrados. Eran deseo y pasión, buscando quién daba el primer paso.

¡Allí iba a pasar algo seguro!

—¡Como no se líen, me corto una mano! —Tori había surgido de la nada y me gritó al oído, sorprendiéndome.

Mery estaba a su lado observando a Ivy con el ceño fruncido. ¿Celosa?

—Si no pasa nada entre ellos, me pego un tiro —aseguré entre risas.

Era como si estuvieran solos en la pista. Ivy con los brazos en el cuello de Álex mientras los de él le rodeaban la cintura. Bailaban acompasados, las piernas encajadas, en un cuerpo a cuerpo cargado de erotismo. Se miraban con deseo, con ganas de devorarse.

—¡Si os gustáis, pues liaros! —grité de la emoción, y Tori apoyó la causa levantando las manos.

Seguí bailando y los dejé a su aire, no era plan de hacerles de farolillo. Pasaron los minutos desconectada de todo, disfrutando del ambiente, de la música y de un exquisito aroma a fresa que se había instalado en mis fosas nasales desde que habíamos entrado. Me movía sin importarme el mundo. Bailaba siguiendo el ritmo con efusividad. Me lo estaba pasando de vicio. Caminé hasta la barra y pedí un mojito dispuesta a darlo todo esa noche. Necesitaba una bebida más fuerte que me ayudara a perder la timidez. Busqué a Shane con la mirada y no lo encontré. Quería bailar con él y perderme en sus bonitos ojos. De repente Tori me cogió del brazo y me gritó:

—¡Mira, tía!

Me di la vuelta y se estaban besando.

Bueno, para ser más exacta, se estaban comiendo con un deseo que llevaban meses conteniendo.

Miré a Mery y a Tori, y las tres nos pusimos a gritar y a saltar como un equipo de fútbol. Mery se había relajado y al final terminó hasta vitoreando la escena.

—Si es que se veía venir, llevan todo el año tonteando. Han tardado mucho. —Tori alzaba la voz y las manos con gesto triunfal.

—¡Hay que dejar este recuerdo marcado! Voy a hacerles una foto. —Mery se sacó el móvil del bolso y apuntó hábilmente.

Tomó una foto con *flash*. Estaban tan entregados a la pasión que no se dieron ni cuenta. Estaban demasiado concentrados en devorarse. Luego nos sacamos un selfi las tres con ellos detrás y nosotras con cara de sorpresa.

—Me voy a tatuar esta foto —rio Tori.

—Yo igual. ¡Ayyy, estoy muy feliz! —aplaudí emocionada.

Seguimos bailando y celebrando. Al rato sentí que me ponían las manos en la cintura. Me estremecí pensando y anhelando que fuera Shane, que llevaba rato desaparecido. Al darme la vuelta, mi primo me miraba con una sonrisa de oreja a oreja. Yo empecé a dar saltos con él y le hice un movimiento de cejas acusatorio.

—Eres idiota. —Empezó a reírse nervioso, me empujó el brazo y se ruborizó.

—¡No he dicho nada! Pero puede que nos hayamos hecho fotos con vosotros de fondo —me burlé, y él puso los ojos como platos y se tapó la cara—. ¿Quién te manda hacerlo a nuestro lado? ¡Os veíais tan bien!

—Mira, eh, si me voy, no vuelvo —amenazó.

—Vete, que yo me lo estoy pasando de locos y tú tienes unas ganas de irte que me llenan de alegría y envidia a la vez, así que ¡tira! —repliqué animándole a que se fuera con un golpecito en el brazo.

—Pero ¿cómo regresarás a casa?

—No estamos lejos del camping, me buscaré la vida.

—Joder, Zoe. No quiero dejarte sola.

Shane hizo su aparición estelar en ese momento.

—¡Hola, hola! —saludó con efusividad, y se excusó por haber desaparecido—. He salido a sacar dinero del cajero y para volver a entrar había una cola larguísima.

—No te preocupes, Shane —le resté importancia—.

Primo —estiré la mano y cogí la de Álex—, márchense y disfruten.

—Pero…

—Pero nada, Álex. Shane me acompañará —me aventuré a decir.

El guiri me sonrió sin comprender qué decía.

—Yo lo que diga ella —aceptó encogiéndose de hombros. Era muy tierno.

—Gracias, tío. Confío en ti. —Le tendió la mano y le advirtió—: Eso sí, como le pase algo a mi prima, te busco en cada puto barco del puerto y te mato.

—Oh, la cuidaré —añadió sorprendido al tiempo que levantaba las manos—. Sois muy desconfiados, ¿no?

—Vemos muchos documentales de asesinos —bromeé chasqueando la lengua.

—Tú tienes cara de buena gente, no me defraudes —aseguró Álex y se despidió.

Me guiñó un ojo y se encaminó hacia Ivy, que le esperaba con una gran sonrisa junto a unas amigas. Ella me miró a lo lejos y agitó la mano como pidiendo mi aprobación. Yo aplaudí en el aire para dar a entender que me encantaba. Por fin esos dos rompían el hielo de la estupidez y se entregaban al deseo que sentían el uno por el otro. «Solo espero que no acabe como mi relación con César».

—Así que ¿tu amiga y tu primo van a pasar una buena noche? —Me pasó un brazo por los hombros con toda la confianza del mundo.

Asentí y no rechacé su gesto; no iba a negar que lo deseaba. Olía a una mezcla de perfume demasiado adictivo, alcohol y también algodón de azúcar. Me chocó el aroma a algodón de azúcar.

—¿Vamos a respirar aire fresco? —me preguntó al oído, y se me erizó hasta el último vello del cuerpo.

¿Por qué reaccionaba así cuando él estaba cerca? Sentir

el calor de su aliento me ponía, y mucho. No quería exponerme tan rápido, así que conté hasta cinco y suspiré.

—No me voy a liar contigo —le advertí con seriedad haciéndome la difícil.

Quería ver hasta dónde llegaba su propuesta.

—No asegures cosas que no sabes si van a pasar —dijo burlándose de mí.

Me quedé tiesa. No me esperaba su respuesta en absoluto. ¿Qué le iba a contestar? Empezó a alejarse de mí, se giró y vio que no me movía. Con una sonrisa ladeada, soltó:

—Bueno, ¿qué? ¿Vienes?

Regresé a la tierra, y por unos instantes floté en el aire sin saber muy bien qué hacer.

—Sigues siendo un desconocido, chico raro —respondí remolona.

«Soy estupidísima y desconfiada. Sí, lo soy».

—Me imagino que estás de broma. Quiero salir a tomar el aire. Si te apetece venir, te espero. —Alzó los brazos en señal de rendición y apagó la bonita sonrisa que me había regalado.

—Eso diría un secuestrador —repliqué con el ceño fruncido.

Él puso los ojos en blanco, se dio media vuelta y se fue, dejándome con las ganas.

Me lo merecía. Mi manera de ligar era penosa. Me sentí rara, quería salir, pero a la vez sentía cierta angustia, miedo a lo desconocido. Recordé las palabras de Álex y suspiré valorando que quizá estuviera siendo una idiota. Respiré hondo y pensé que o me ponía las pilas o iba a perder la oportunidad de estar con ese chico que me hacía temblar con su sola mirada, y eso nunca me había pasado.

—¿Por qué no te has ido con él? —me regañó Ivy a mi espalda.

Di un brinco, porque no me la esperaba.

—Ivy, ¿quieres dejar de aparecer como un puto fantasma? Un día de estos me va a dar un infarto —me quejé con una mano en el pecho y la respiración acelerada—. ¿Vosotros no os ibais?

—Sí, pero he ido al baño antes de que nos marchemos. Vamos fuera, que quiero fumar y ya han salido todos.

—Shane me acaba de ofrecer que saliera con él y le he insinuado que era un secuestrador.

Me miró seria y se le desorbitaron los ojos.

—Zoe, ¿qué dices? —No le contesté, me encogí de hombros—. ¡Venga, no me jodas! ¿En serio le has dicho eso? —No daba crédito a mis palabras.

—Sí.

Se partió de la risa.

—Perdona, tía, me hace mucha gracia. —Meditó unos segundos—. Le vas a volver loco, tía, adoro, ¡vamos! —Me agarró la mano y tiró de mí por la pista.

Al llegar a la puerta, un hombre de seguridad nos puso una pulsera por si regresábamos a la discoteca. Caminamos hasta la arena y nos encontramos con el grupo. Con la mirada busqué a Shane, pero no le vi. Me sentía un poco mal. Desde el principio, él había sido un encanto, y yo, una borde insoportable. Lo que estaba consiguiendo era espantarlo, y en ese momento ya me había arrepentido.

Al acabarse el cigarro, Álex e Ivy se despidieron y se marcharon por sendero muy abrazados. Tori y Mery me animaban a volver dentro, pero yo necesitaba tranquilidad, así que las alenté a que entraran ellas; luego las alcanzaría. Tenía muy claro lo que quería hacer. Me quité las sandalias, fui andando hasta la orilla y me senté en la arena en soledad. Contemplé el reflejo de la luna llena en el mar. Solo oía el suave vaivén de las pequeñas olas. Me sentía como una puta mierda por mi salida de tono con

Shane. No me extrañaba que buscara a cualquiera que le resultara más fácil que yo. Se lo estaba poniendo demasiado difícil.

—Está muy bonita la luna, ¿no? —pegué un brinco al oír la voz de Shane detrás de mí.

Me giré con cierto temor. No me lo esperaba.

—Sí, está preciosa —respondí apenada.

—¿Puedo sentarme?

Asentí con la emoción de tenerlo a mi lado. Cogió la misma posición, sentado recto, sujetándose las piernas con las manos. Nos quedamos en silencio, yo principalmente porque no tenía ni idea de qué decir, y él, no supe por qué. Me habría gustado saber qué pensaba en ese momento, pero no me atreví a hablar. Sumidos en nuestros pensamientos, ambos nos perdimos en la inmensidad del mar.

# 24

## SHANE

## Matar o besar

—Perdóname.

Giré la cabeza para observar mejor a Zoe, que tenía la mirada perdida en el infinito.

—¿Por qué debería perdonarte? Que yo sepa, no me has hecho nada. —No entendía a qué se refería.

—Claro que sí. Te he tratado supermal desde que nos conocimos —contestó devolviéndome la mirada.

—¿Qué dices? Yo sé que en el fondo tienes corazón, pequeño, pero lo tienes —bromeé.

Me reí, y a ella también se le escapó una sonrisa avergonzada.

—No te voy a dar la razón, pero sí, aún tengo corazón —me siguió el juego.

—Eso habrá que comprobarlo.

Nos regalamos una expresión pícara con media sonrisa.

—En serio, siento mucho haberte tratado tan mal, yo no soy así. —Suspiró.

—Todos cometemos errores. Tú te has dado cuenta de que soy el amor de tu vida y me has pedido perdón, así que, bueno, ya lo has arreglado.

Abrió la boca y me golpeó en el hombro.

—No me refería a eso. Simplemente quería decirte que me caes bien. Aunque te advierto que no va a pasar nada entre nosotros.

En ese momento me acerqué peligrosamente a ella. Nuestras caras estaban a una distancia ridícula. Advertí cómo se le aceleraba la respiración y cómo observaba mis labios, aunque sus ojos eran indescifrables. No sabía si quería matarme o besarme. Se me secó la garganta, pero disimulé.

—Te he dicho que no prometas cosas que no sabes si van a ocurrir. —Me sorprendió la seguridad que transmitía y que, obviamente, no sentía.

Me separé de ella y me tumbé en la arena, mirando las estrellas con una sonrisa tonta en la cara. Ella me imitó mostrando sus preciosos dientes. Regresamos al silencio. No sé cuánto tiempo pasamos así, pero me encontraba en una paz absoluta.

—Sé que sonará raro, pero siento que ahora mismo podría contarte toda mi vida —pensé en alto.

—Puedes hacerlo —contestó en un susurro.

—¿Y si resulta que la secuestradora eres tú? No podría aceptar ese riesgo. —Imité sus dudas.

—¿Me lo vas a recordar toda la vida? —se quejó.

—Puede ser.

Pasaban los minutos y mi mente era una maraña de pensamientos incomprensibles. Sentí como si conectara conmigo mismo, y ella creo que también, porque nos mantuvimos en silencio un buen rato, los dos sumergidos en un mundo de reflexiones. Solos, acompañados por la suave brisa marina y la preciosa y oscura noche, tumbados en la arena contemplando el cielo.

—¿Te has dormido? —preguntó ella.

—No, pero casi —respondí con los ojos cerrados.

—He oído un ligero ronquido, ¿eh? —Una sonora risa era lo único que se oía.

—¿Acabo de oír una risa rara?

Ella siguió con una carcajada contagiosa.

—No. —Se giró al lado contrario para que no la viera.

—Sí, claro, a mí no me engañas.

Me levanté y me sacudí toda la arena que tenía pegada a la espalda y el pelo.

—Bueno, ¿qué, nos quedamos aquí o nos contamos la vida mientras damos un paseo? —le sugerí.

—Uno: eso es romántico, y dos: no pienso contarte nada de mi vida si no me cuentas tú algo primero —contestó ella recostada en la arena sobre los codos.

—No es romántico, simplemente es bonito.

—No pensaba que fueras de esos. —Bajo la tenue luz de la luna, sus ojos me observaban.

—¿A qué te refieres con «de esos»? —Hice las comillas con un gesto.

—Déjalo, yo me entiendo —añadió entre risas.

—Te estás metiendo conmigo y no me estoy enterando. Eso está feo, chica pelirroja. —Después de llamarla así pude ver como se sonrojaba un poco y sonreía de oreja a oreja.

Le tendí la mano, ella aceptó y se levantó, se sacudió la arena del cuerpo, cogió sus sandalias con la mano y echamos a andar acompañados del sonido de las olas y la luz de la brillante luna.

# 25

## ZOE

### Dime quién eres

Llevábamos un largo rato caminando y me dolía el estómago de tanto reírme. Me sentía muy cómoda hablando con Shane. Cuando le conocí, no pensé que fuera posible, pero así era. Ya me había enterado de alguna cosa de su vida, como que había nacido en Cobh, una bonita ciudad del sur de Irlanda (aunque eso me lo había contado el primer día, cuando le llamé *leprechaun*) famosa por ser el último puerto del que zarpó el Titanic antes de hundirse. También me contó que le encantaba estudiar Arquitectura, que desde niño había soñado con eso. Que su color favorito era el verde, que era hijo único y que tenía tres perros, pero que uno de ellos había muerto hacía unos meses.

—Yo nunca he tenido una mascota, a mis padres no les gustan. No conozco la unión que se genera, como dices. Aunque mi primo sí tiene un cachorrito y me encanta, es monísimo.

—Los animales son geniales. En mi caso, como normalmente pasaba días enteros solo en casa con el personal de servicio, me ayudó bastante el hecho de tener a esa mascota que te espera al llegar —dijo de manera melancólica, y me planteé si preguntar o no acerca del tema.

—¿Tus padres viajan mucho? —me aventuré.

Él bajó la cabeza y clavó la vista en sus pies. Nos detuvimos, dio un largo suspiro y volvió a sentarse en la arena. Yo lo imité.

—Mi madre murió cuando yo tenía cuatro años. Apenas tengo recuerdos de ella, aparte de fotos y algunos vídeos —hizo una pausa—, y mi padre podría decirse que ha estado ausente toda la vida.

No podríamos ser más opuestos. Mis padres estaban constantemente encima de mí, vigilándolo y controlándolo todo. Me sentí un poco abatida. Unos con tanta sobreprotección y otros sin poder tener esas atenciones tan necesarias en nuestra vida… Aunque en muchos momentos mi padre me agobiara, en el fondo entendía que era por mi bien.

—Lo siento mucho —me sinceré.

—A ver, tiene partes positivas y negativas. No todo es malo. Me considero una persona independiente y que disfruta de estar solo, aunque no de sentirse solo, que son cosas muy distintas. —Levantó el índice para hacer énfasis en la frase, me miró y sonrió—. ¿Y tú, Zoe? Cuéntame quién eres. Porque hemos hablado mucho de mí, pero me gusta escuchar y me encantaría conocerte.

—Mi vida no es muy interesante —me lamenté con nostalgia.

—A mí sí que me lo parece. Dame la oportunidad de conocerte. Te prometo que soy de fiar —añadió extendiendo la mano con la palma hacia arriba—. ¡Vamos, te dejo que me leas el futuro!

La emoción regresaba. Sentí que fuegos artificiales me recorrían todo el torrente sanguíneo. Ese chico me gustaba más a cada segundo, y la noche apenas había comenzado. Solté una risa con su ofrecimiento. Me puse nerviosa, pero pensé que podía ser divertido, así que suspiré y dejé volar la imaginación.

Me imaginé un futuro prometedor en voz alta. Me acomodé frente a él con las piernas cruzadas, y él adoptó la misma posición. Cogí su suave y cálida mano, y la apoyé sobre la mía.

—Vas a tener una larga vida, ¿Shane...? —Dejé la pregunta en el aire esperando su respuesta.

—O'Brian —añadió con una mirada penetrante que hacía tambalear mis emociones.

—Shane O'Brian... —Carraspeé mientras mis ojos nerviosos estudiaban las líneas de sus manos. Señalé la más larga—. Vas a tener mucha suerte en el amor, si te portas bien, ¡claro está! —Alcé la vista pendiente de su reacción.

—Siempre me porto bien. —Se encogió de hombros.

—Pues entonces vas a ser muy feliz —corregí mi estupidez y seguí la pequeña ramificación de la primera línea con la punta del dedo. Se mordía el labio con sensualidad, invitándome a pecar. Ese pequeño gesto me enloquecía. Inspiré, contuve unos segundos el aliento y continué—: Veo mucha suerte en tu trabajo. Aunque puede que tengas algún bache, lograrás superarlo.

—Eso me gusta. —Lucía una sonrisa soñadora.

—Tendrás gemelos, niño y niña.

Me estaba pasando con mis falsas predicciones, pero ¿qué más daba? Las chicas me habían dicho que era una buena forma de ligar, y empezaba a gustarme. Sus expresivos ojos marrones con pestañas pobladas se agrandaron con incredulidad ante mis palabras.

—¿Y con quién? —preguntó frunciendo el ceño con aire de inocencia.

—¡Hostia, pues eso no puedo verlo! Yo solo leo la mano, no soy bruja.

Sus dedos se entrelazaron con los míos y se acercó a mi cara, sin apartar la vista de mis labios. Me quedé sin respiración.

—¡Venga, dame una pista! —jugueteó con mi mano, pasándome el pulgar por la palma.

Su simple gesto me encendía. Yo lo dejé. Su cercanía era provocadora e invitaba a perder la cordura, pero me mantuve firme. Bueno, me temblaban las rodillas, así que firme, firme, tampoco, pero bueno.

—Tu futura mujer será morena, con una larga melena y los ojos verde esmeralda. —Bajé la mirada a su mano, ignorando la explosión de emociones que Shane me generaba.

—¿Te vas a teñir, entonces? —Alzó una ceja.

Yo montaba un teatro y él me seguía el juego, de modo que continué.

—No pienso teñirme. Me gusta mi pelo.

—A mí también me gusta así, aunque creo que en algo te equivocas.

—¿En qué? —pregunté estrellando nuevamente las miradas.

—En tu predicción.

—Suelo ser muy acertada —aseguré.

—Me encantaría tener esa suerte en el trabajo, y los gemelos que dices, pero...

Le miré interrogante.

—Las prefiero pelirrojas. —Zas, directo—. Además, me interesa bastante eso que has dicho de la suerte en el amor y la larga vida.

Se separó de mí, relajado, y fijó la vista en el mar. Ese toma y daca me hacía querer chillar, así que me levanté y me sacudí la arena que tenía en la ropa y las piernas. Esos ojos, que parecían negros y brillaban en la oscuridad, eran hipnotizantes y adictivos, demasiado para mí. Por menos había besado a unos cuantos en las discotecas de Lleida. ¿Qué podía perder? Si quería mi romance de verano, tendría que hacer algo, ¿no?

—¿Vamos? —Le tendí la mano, invitándole a que se levantara.

—¿Adónde quieres ir?

—Yo te leo la mano y tengo que recibir algo a cambio, ¿no?

—Uy, me encantará averiguar hacia dónde nos lleva esta conversación. —Se levantó y se sacudió la arena también.

—Quiero bailar contigo.

# 26

## ZOE

### Enséñame a bailar

En el camino de regreso a la discoteca oímos los gritos animados de la gente y distintas músicas provenientes de los locales que nos rodeaban. Reinaba el ambiente alegre de cualquier zona de verano, con risas, abrazos y besos en cada esquina. Avanzamos uno al lado del otro en silencio, un silencio cómodo, de esos en los que no tienes que hacer nada. Solo caminábamos juntos, a milímetros, pero sin rozarnos. Imaginé que nuestros corazones latían al mismo ritmo acelerado. Así al menos estaba yo, como una atleta olímpica en plena carrera de cien metros lisos. Me sentía abducida por el agradable clima de verano o no sabía dar el próximo paso, mover la siguiente ficha del tablero en el que estábamos jugando; con pensamientos perdidos, cada uno en su propia nube de reflexiones. De repente noté que desconectaba, como si subiera al cielo y mi cuerpo entraba en modo automático. Podía estar así mucho tiempo, como cuando pintaba: estaba tan distraída que entraba en trance y solo regresaba a la realidad cuando me llamaban. Imaginaba muchos escenarios. A veces los dibujaba; otras, en cambio, los recreaba en mi mente pensando en un mundo perfecto e irreal diseñado solo para mí. Todas las personas nos figuramos una vida idílica y maravillosa, sin traiciones, sin preocupaciones ni lamentos, haciendo lo que realmente nos gusta, una vida llena de triunfos, enamorados de alguien que nos acompañe en el camino y nos haga la vida un poquito más fácil a nuestro lado. Era imposible que alguien deseara una vida repleta de fracasos, con tragedias y sufrimientos. Eso nadie se lo imaginaba, obviamente.

Regresé a la Tierra cuando Shane posó suavemente una mano en mi espalda. Sentí el calor de su tacto con una confianza que no pude rechazar. Quizá deseaba vivir el momento muy despacio, saboreando cada segundo de nuestro encuentro. Cuando llegamos al final de la larga cola para entrar en la discoteca, me detuve a observar a la gente para no rendirme a la intensa mirada de mi acompañante. No hubo palabras entre nosotros. Yo no sabía cómo calmar los inexplicables nervios que experimentaba junto a él; su mero roce me erizaba la piel, así que me mantuve erguida a unos centímetros de distancia. Nos llegó el turno de entrar, y Shane me ofreció la palma de su mano. Alcé la vista sin comprender, me miraba ladeando una preciosa sonrisa. Entrelazó su mano con la mía. La suya era más grande, y al ver aquellas venas marcadas, los largos dedos y las uñas bien cortadas, por mi mente pasaron imágenes que no debería describir.

Cogí aire porque sentía que segundos antes ese elemento vital había abandonado mi cuerpo.

—Zoe —me llamó Shane.

Levanté la vista y me encontré delante del hombre de seguridad, que me miraba con cara de pocos amigos, probablemente porque no le había escuchado. Sin hacerle caso, le mostré mi pulsera y entramos en la fragorosa sala. La gente gritaba a todo pulmón y bailaba desinhibida. La discoteca estaba a reventar, apenas cabía un alfiler. Superábamos el aforo seguro, pero no me iba a echar atrás si quería bailar con mi acompañante. Sorteamos con suma dificultad a la gente. Se situó justo detrás de mí, muy pegado a mí, quizá por casualidad, y me cogía de la mano con los dedos entrelazados. Yo me metí de lado entre la gente guiando el camino hasta la barra. Necesitaba una bebida urgente. Nos soltamos las manos y Shane se puso a mi lado. Nos atendió un chico rapado.

—Vodka limón —pedí, y miré a Shane con gesto interrogante.

—Que sean dos —añadió.

—Bueno, pijillo, ¿sabes bailar? —le pregunté.

—Luego te enseño a bailar, pero primero tomamos la copa.

Me guiñó un ojo, como un león que cazara a un cervatillo.

—Seguro que no sabes bailar, flipado. ¡Relájate, anda!

—¿Qué es *flipadu*?

—Fli-pa-do —corregí con una sonrisa.

—¿Eso qué es?

—Nada, enséñame cómo bailas y después te digo. —Lo dejé con la misma duda que tenía yo. A ver si resultaba ser todo un bailarín y yo estaba burlándome de él.

Nos sirvieron las copas, las cogimos y abrimos sitio a los demás clientes para que pidieran. Él me dio la mano y nos movimos entre el tumulto de gente hasta una zona un poco más despejada. En la pista hacía un calor sofocante que apenas dejaba respirar, pero la bebida refrescante me permitía aguantar. Notaba las mejillas calientes. Le hice señas para que supiera que ya había bebido suficiente para comprobar con mis propios ojos cómo bailaba el irlandés. Dejamos los vasos en una barra, él me dio una vuelta sobre mí misma y empezamos a bailar a los ritmos latinos que retumbaban en los altavoces, que hacían que junto a ese chico mi corazón bombease la sangre extremadamente rápido. No bailaba nada mal. Al principio nos movimos separados, de una forma algo tímida. La situación se fue calentando poco a poco ante la esporádica cercanía de nuestros cuerpos. Sus manos se posaron a ambos lados de mi cintura, atrayéndome hacia su abdomen con vigor. Nuestros cuerpos, sincronizados con la música, aumentaban de temperatura a toda velocidad. Me dio una vuelta y al final me atrajo hacia sí, poniendo la mano que había levantado en mi cuello, para quedar a escasos milímetros, sin apartar ni un segundo sus ojos de los míos.

—¿Puedo besarte? —preguntó dulcemente, y en mi estómago comenzaron a revolotear mariposas y flores de azúcar y purpurina y un largo etcétera de emociones.

—Si quieres seguir vivo mañana, sí —le contesté.

Soltó una pequeña risa que fue como un destello de aprobación y me besó.

Sí, me besó.

# 27

## ZOE

## Rebelde por naturaleza

Ese beso desesperadamente intenso y necesitado fue mil millones de veces mejor de lo que había fantaseado. El corazón me latía desbocado y golpeándome con fuerza en el pecho. Su boca era exquisita; sus labios, gruesos y algodonosos. Su lengua buscaba la mía con ansia, y yo le correspondía con ganas, dibujando en cada jadeo un beso de película. Nos acariciábamos con suavidad. Shane era delicado y respetuoso por allí por donde sus manos pasaban. Su roce me erizaba el vello y me excitaba con su sola mirada. Nunca imaginé cómo me pondría aquel beso fogoso. Se separó muy despacio, mordiéndose el labio inferior de una manera fascinante. El tío embrujaba con su sola presencia y yo lo estaba disfrutando de primera mano. Nuestras miradas, brillantes y lujuriosas, se encontraron, y las sonrisas tímidas nos acompañaron en ese instante. Sí, había mucha vergüenza, pero cuántas ganas se palpaban en el ambiente...

—Tu primo tenía razón, llegas a ser hasta maja cuando se te conoce —se burló.

—Sí, pero no suelo besarme con los que me caen bien —le piqué.

—Entonces aún no somos amigos, ¿no?

—Soy rebelde por naturaleza. Me va más el rollo intenso. Los que me caen mal suelen besar mejor.

Se rio ante mi comentario.

—Razón no te falta. Me gusta caerte mal.

Me pegó a su cuerpo, estrelló su boca con la mía y nos regalamos más besos, unos más intensos, otros simples y maravillosos roces de labios maravillosos que me mantenían acelerada. Mientras bailábamos, me acariciaba, y aquello era muy excitante. Así pasaron varias canciones. Durante un buen rato me sentí tan a gusto que no me interesó ni el cantante ni la melodía, hasta que poco a poco la sala fue llenándose más y más, y me sentí agobiada cuando nuestros cuerpos se vieron demasiado acompañados. Empecé a sofocarme; entre la multitud me sentía asfixiada. Necesitaba respirar.

—¿Salimos un rato? —le pregunté al oído.

—Hace mucho calor —aseguró dándome la razón.

Al girarme me encontré de frente con Mauro y sus primos, que me saludaron muy alegres.

—¡Por fin te vemos! —exclamó Lali con emoción.

—Hola. —Les di dos besos a cada uno—. He estado currando un montón, apenas tengo tiempo de nada —me justifiqué.

La mirada de El Sonrisas se desvió hasta mi hombro para encontrarse con la de mi acompañante, que en ese momento me rodeó la cintura con los brazos. ¡Vaya! Su prominente boca se convirtió en una línea fina de desaprobación. Tengo que reconocer que Mauro me había llamado la atención al principio, pero como no habíamos vuelto a coincidir, no lo había extrañado tanto como a Shane, así que ignoré su gesto incómodo. Quería salir de allí, porque sentía que me estaba agobiando con tanta gente y corté por lo sano entrelazando mis dedos con los de Shane. Me giré y le pedí que saliéramos. Luego me despedí del trío con un gesto.

—Nos vemos en otro momento, chicos.

—Cuídate —dijo Luis.

Mauro hizo un leve movimiento de cabeza con una mueca que no entendí, supongo que era un «¡Hasta luego!».

El irlandés asintió y sorteamos de nuevo a la gente hasta la puerta.

En la entrada estaba mi primo, fumando con Ivy. Les saludamos con la mano e iba hacia ellos cuando Shane me frenó.

—Zoe, voy a buscar a Cody, que me ha mandado un mensaje un poco extraño. Ahora vuelvo. —Me guiñó el ojo, me besó en la mejilla fugazmente y se fue.

Si me ponía más colorada iba a explotar. Seguí mi camino hasta Álex e Ivy que me recibieron cuchicheando entre ellos.

—Hola, desaparecida —soltó Ivy.

—Hola, parejita, ¿qué tal? —pregunté.

—Tan bien como tú, por lo que se ve —contestó mi primo, y observé su mano apoyada en la cadera de su mejor amiga.

—¿Yo? —Me hice la tonta.

—Sí, tú, que parecías un poco acalorada ahí dentro de la mano del guiri… —aseguró Álex.

—¿Cómo?

—Decidimos regresar y, al entrar, os hemos visto muy entretenidos a ti y a Shane —susurró Ivone.

—Ahora entiendo. —Me reí nerviosa—. Habíamos ido a dar una vuelta y hemos hablado, pero cuando hemos entrado en la disco, el calor, la gente, el alcohol y la música me han confundido. Solo ha sido un beso. Me sigue pareciendo un idiota. No vas a ganar la apuesta, primo

—ironicé. No había ninguna apuesta, solo quería despistar a mi primo y a su amiga.

—¡Vaya!

Todo mi cuerpo se tensó inmediatamente al oír su voz detrás de mí.

Ivy y Álex me miraban con los ojos muy abiertos. ¡Mierda! Me di la vuelta y allí estaban Shane y Cody.

—Hum… Qué rápido has llegado. ¿Todo bien? —No sabía qué añadir. Lo había dicho de broma, pero no estaba segura de si me había oído.

—*Yes* —me contestó en un tono muy serio.

—*Hello, girl* —dijo su mejor amigo, que se veía que ya estaba como una cuba, apoyado en el brazo de Shane.

—*Hi.* —Sonreí por educación y Shane gruñó bajito.

—¿Queréis volver a entrar? —preguntó mi primo.

El guapísimo chico con el que me había dado unos besos increíbles contestó un breve «no», negando con la cabeza.

—Nosotros ya nos vamos, pero pasadlo bien —contestó, y agarró mejor a su amigo, quien se limitó a mascullar una queja en inglés.

—¿Ya? Es pronto —repuso Ivy.

—A lo mejor nos vemos mañana. —Sonrió y comenzó a caminar con Cody colgado del hombro.

—Te ha oído —agregó Ivy, y algo dentro de mí se espachurró con un leve sentimiento de culpa.

—Vete a por él, Zanahoria —sugirió Álex.

Me había puesto tan nerviosa cuando me dijeron que nos habían visto que solté una estupidez para salir del paso y seguro Shane me oyó y lo malinterpretó. Su beso había sido increíble, él era increíble, y no podía dejar las cosas así.

—Ahora vuelvo.

Seguí el camino que habían recorrido a duras penas.

—¡Shane!

Me ignoró. Corrí y me puse delante de él hiperventilando. Necesitaba hacer más ejercicio.

—¿Podemos hablar? —le pregunté.

Se dirigió a un banco, sentó a su amigo y se me acercó.

—¿De qué quieres hablar, Ginger?

—Lo siento —solté sin importarme que me hubiese llamado Ginger. Si así entendía que no lo había dicho con mala intención, sería Ginger encantada.

—Siempre estás igual, no tienes que disculparte, no has hecho nada. —Se encogió de hombros sonriendo.

—Sí que lo he hecho, he hablado mal de ti con mi primo, pero...

—Zoe, eres muy irónica, constantemente dices cosas así. He supuesto que era una broma. Besándome ya me has demostrado que te caigo mejor que bien. —Me guiñó el ojo.

¿No estaba molesto? Yo en su lugar me habría cabreado. Era difícil de comprender, pero me alegraba su reacción.

—Número uno: yo no te he besado. Solo he seguido tu beso, muy bueno, por cierto. Y número dos: sí que era una broma, porque...

Me interrumpió.

—Me has besado, te he besado. Es casi lo mismo, ¿no crees? Además, me has dicho que te besara o no llegaría vivo a mañana. Ha sido casi una obligación.

—*Shane wins!* —Su amigo alzó la mano en el banco.

Shane se giró para mirarlo y Cody se cayó de bruces al suelo.

—*Yes!* —contestó Shane ajeno al hecho de que su amigo yaciera boca abajo en el asfalto.

—En absoluto —repliqué arrugando el ceño.

—Me falta preguntarte algo —dijo.

—Dispara.

Hizo como si tuviera una pistolita con las manos.

—¡Pum! —exclamó.

—Que me lo preguntes, no lo decía literalmente.

—Ya, pero no eres la única que vacila, Ginger —remarcó.

—Viniendo de ti, no me importa que me llames así.

En su rostro apareció una sonrisa arrebatadora.

—¿Qué apuesta hiciste con Álex sobre mí? —Lo había oído todo.

—No fue una apuesta, eso lo he dicho para despistar a mi primo y a Ivy —le resté importancia.

—Sí, claro —Aquella sonrisa ladeada hacía que el tembleque de mis piernas fuera evidente—. Por cierto, tengo que darte una cosa, pero no la tengo aquí, está en el barco. Si quieres, ven conmigo a llevar a Cody, te la doy y te acompaño de vuelta —organizó en tres segundos.

—¿Tienes que darme algo? —pregunté confusa.

—Sí, una sorpresa —dijo contento.

—Vale —acepté sin chistar.

# 28

## SHANE

## Bienvenida a mi mundo

Cody estaba tan borracho que costó una barbaridad montarlo en el jeep y hacer el trayecto hasta el puerto. Nos detuvimos varias veces para que cogiera aire con el coche en punto muerto porque decía que, si se movía, moriría. Era muy exagerado. En una de las paradas, incluso vomitó. Zoe y yo hablamos de muchas cosas en ese tiempo. Ella, además, intentó adivinar sin éxito cuál era la sorpresa. Tardamos un largo rato en llegar, pero fue bastante divertido y pude estar más tiempo con la pelirroja. Me lo había pasado genial esa noche, desde que fuimos a conversar sobre nuestras vidas en la playa hasta esos besos que solo quería repetir sin parar. Esa chica había conseguido que me abriera a hablar de cosas que no me entusiasmaba exteriorizar. Había sido sencillo, ella era sencilla.

—Sí, me gustaría estudiar Bellas Artes. Siempre me ha encantado dibujar y pintar. Es mi forma de expresar mis pensamientos, mis angustias, mis líos mentales. Mi vía de escape. Eso me ha generado muchos problemas con mis padres. Mi padre no está para nada de acuerdo. Él quiere que estudie Administración y Dirección de Empresas. Y mi madre, bueno, ella quería que estudiara Derecho, pero me entiende un poco más y me deja elegir. Yo necesitaba pensar y me vine aquí en vacaciones para meditar. Me he matriculado en Bellas Artes para estudiar en Barcelona y ellos aún no lo saben —se desahogó.

—¿No te gusta Derecho? —me interesé.

—Tanto como un tiro en el pie —contestó muy segura, y me hizo sonreír.

—Siempre tan sincera… Yo creo que deberías hacer lo que quieras, no estudiar por obligación. Al final, tus padres no van a estudiar por ti, ¿no? Y, además, es tu futuro. Si tú deseas que tu futuro sea ese, lucha por él. —Me miró y abrió ligeramente los labios.

—Creo *the same*. —Cody, ya un poco mejor, levantó la mano.

Llegamos a la altura del pantalán donde estaba el barco.

—Bienvenida a mi mundo, Ginger. —Señalé el catamarán.

—¡Vaya! —musitó al observarlo con los ojos como platos.

—*Come on*.

# 29

## ZOE

## Ponme a prueba

«Jo-der» era lo único en lo que pensaba al mirar aquel impresionante catamarán. Era inmenso y precioso. Nunca había estado en un barco. Lo más grande en lo que alguna vez había montado era el flotador con forma de pato que me regalaron mis padres cuando tenía cinco años.

Me imaginaba que Shane tenía dinero, se le notaba en su exquisita formalidad y la educación que transmitía al hablar, pausado y correcto, la vestimenta de marca, la modernísima moto de agua con la que había llegado a la playa, el todoterreno... Pero en el fondo lo veía como un chico sencillo. Su forma de ser no ostentaba su realidad. Ese barco parecía sacado de una película de Hollywood. La zona común era amplia y muy luminosa. Había un chico al que Shane saludó con confianza, y yo, con un simple gesto de la mano. Uno le preguntó si queríamos comer o beber algo. Respondí con timidez que me apetecía un refresco. Shane pidió lo mismo y me dijo que regresaría enseguida, porque iba a llevar a Cody a su habitación. Entretanto yo, perpleja, lo admiré todo con detalle. Cuando regresó, seguía en el mismo sitio donde me había dejado minutos antes.

—Ven —me invitó a acompañarle con ternura, entrelazando su mano con la mía y llevándome a lo más alucinante que había visto: las mallas de la parte delantera del barco.

—Guau —fue lo único que pude vocalizar en aquel lugar mágico ligeramente iluminado por la luz de la luna y las pequeñas luces que, incrustadas en el suelo, recorrían todo el lateral del catamarán. Me sentía como en una película romántica.

—¿Te gusta? —preguntó mientras nos sentábamos en esas mallas.

—Esto es increíble, Shane. Nunca me habría imaginado que este era tu barco o que tenías personas a tu servicio o yo qué sé. Te imaginaba pijillo, pero no en esta mansión flotante.

Se rio de mi cara de alucinada.

—*Cool*, te he sorprendido.

—Y tanto… —Me tumbé en las mallas y contemplé el cielo—. Este sitio es maravilloso para pintar. O para desconectar sin más.

—Hazlo —me ofreció con su preciosa sonrisa.

—¿Qué? —pregunté mirándole.

—Que pintes. Sé que siempre llevas una libreta encima. —Me quedé callada, alucinaba—. Vengaaa, que quiero ver tus dotes artísticas.

—Espera, ¿cómo sabes que siempre llevo una libreta conmigo?

—El día que te manché la ropa, vi que sobresalía de tu bolso; y el día de la tormenta, pintabas al lado de tu primo y vi que la guardabas en el mismo bolso.

Señaló mi bolso tejido cruzado, más pequeño que el habitual, pero con la misma cantidad de artículos innecesarios. Era cierto que llevaba una libreta pequeña en la que también guardaba varios dibujos doblados con una goma. Era mi costumbre.

Clavé la vista en él y sonreí.

—La libreta es de cuero y está gastada. Es muy obvio, Ginger. Al principio pensaba que era un diario, pero en cuanto supe que te gustaba dibujar, lo asocié y di por sentado que era la libreta de los pensamientos.

Me pareció muy tierno que se hubiera fijado en esas cosas.

—Eres muy observador, ¿no? —aseguré con un guiño.

—Solo con lo que me interesa —dijo conectando su bonita mirada con la mía, y experimenté otra vez aquel chispazo.

—Bueno, pues lamento decirte que esa no la he traído hoy. Tengo una más pequeña, pero no es precisamente para dibujar.

—Si te traigo una libreta, ¿lo harás? —me ofreció de una manera encantadora.

Acepté nerviosa. Era abrir mis pensamientos y mis sentimientos más profundos a una persona a la que apenas conocía, pero que me había hecho sentir mucha confianza en muy poco tiempo. Solo le mostraba mis bocetos a gente muy cercana, de mi entorno, y me apetecía mucho conocer la opinión de Shane.

A los pocos minutos apareció con un gran cuaderno de dibujo apaisado de tamaño A3 y una caja de dibujo y pintura en plan profesional. La abrí con ilusión y, a simple vista, me encontré con una variedad inimaginable de lápices, rotuladores de distintos tamaños y grosores de punta y afiladores de diferentes tamaños. Sabía que estudiaba Arquitectura, pero con semejante caja parecía un ilustrador.

—¿Te gusta dibujar? —pregunté sin apartar la mirada de la caja, escogiendo con cuál estaría bien empezar.

Me decidí por un lápiz Derwent de dureza intermedia para hacer una ilustración detallada con líneas finas. Era mi idea inicial, que pensé en décimas de segundo. No era mi especialidad, pero aun así me lancé con ese estilo.

—Bueno, un poco, pero no se me da muy bien. —Le restó importancia, y eso me gustó.

Seguro que dibujaba como bailaba, o como besaba... Madre mía, al recordarlo me entraban ganas de repetir en bucle la escena de la discoteca. Lo miré esperando que no me leyera el pensamiento y en ese momento se disculpó:

—Vuelvo enseguida. Voy a buscar una cosa. Tú ponte cómoda y demuéstrame cómo dibujas.

Me centré entonces en obedecerle. Me hice un moño bajo para que el cabello no me molestase y abrí la primera página del bloc, que estaba sin empezar. Se acercó el chico que al llegar nos había preguntado si queríamos tomar algo. Trajo dos refrescos en una bandeja y *snacks* para picar. Cuando iba a darle las gracias, apareció Shane con un paquete envuelto en papel rojo y decorado con un gran lazo blanco.

—No hacía falta que me regalaras nada.

—Ábrelo, a ver si te gusta. Te lo compré el otro día que salí con mi padre y, bueno, pensaba llevártelo al chiringuito.

Al abrir el envoltorio, lo entendí y me emocioné a partes iguales. Era un precioso vestido blanco, ibicenco.

—Te lo debía después de estropearte el top con el cóctel. Sé que no es lo mismo, pero bueno, quizá sea un buen momento para que me perdones...

Me levanté y me lancé. Le interrumpí con un breve beso. Era lo que me pedía el cuerpo y le hice caso.

—Es perfecto, Shane. Todo lo es. Este momento, este lugar. No hacía falta, en serio, pero gracias.

—Ginger, no digas esas cosas. —Se había sonrojado.

—Claro que lo digo.

—Cuando nos conocimos, nunca imaginé que lograría que dijeras algo más que «vete» o «déjame en paz». Y no digas lo idílico que es este momento porque siempre que se celebran cosas así se arruinan por cualquier tontería.

Pensé un segundo qué hacer y al instante lo supe. Quería plasmar ese momento, y sobre todo a él. Su estampa me llevó al dibujo que había hecho en la cabaña. Cogí mi bolso y busqué dentro. Sabía que lo tenía ahí. Quería regalárselo.

—Yo también tengo un regalo para ti. —Se sorprendió—. Es una tontería en comparación, pero bueno. —Rebusqué en mi libreta hasta que lo encontré. El dibujo que había hecho aquella mañana y me había recordado a la silueta del chico en el fondo de ese sombrío camino—. Toma.

Al ver el dibujo, sus bonitos ojos brillaron. Y me miró con una sonrisa y confusión a la vez.

—Es precioso, Ginger. —Lo observaba con admiración—. Eres muy buena, este dibujo transmite muchas cosas.

—Lo hice después de conocerte. En un principio no sabía muy bien por qué. Pero ahora me has recordado un montón a ese chico, a esa silueta difusa que me saludaba a lo lejos. Me daba la sensación de que él caminaba sin miedo hacia una luz tenue y maravillosa, aunque esa luz provenía de un camino oscuro, como la vida misma. —Suspiré con nostalgia.

—A veces nuestro paso por la vida se llena de sombras y borrascas, de miedos, de incomprensión, pero hasta en el más negro y oscuro camino siempre, siempre, hay una luz. Solo tenemos que encontrarla. —Las palabras de Shane fueron muy acertadas.

—Es una tontería, pero me pareció muy bonito y me encantaría que lo tuvieras.

Recorrió el papel con la mirada.

—Es precioso, Ginger. —Me dio un casto beso en los labios. Y sonrió de nuevo—. *I'm in love.*

—¿Conmigo? —pregunté, pues lo había entendido perfectamente.

—Con el dibujo, tú me caes mal —ironizó arqueando una ceja—. No quiero cortarte la inspiración con el boceto, venga.

Me asombró que no quisiera llegar más lejos. Iba con pies de plomo, pero con una calma maravillosa que me hacía desearlo. Encontré precioso que dejase que la situación fluyera y la disfrutase. Yo quería besarlo y hacer mil cosas con él. Me pareció un momento tan bonito, tan dulce e íntimo que me encantó. Me centré entonces en el papel. Tantas ideas pasaron por mi mente que no sabía cuál elegir. Él se tumbó a mi lado boca arriba con las manos detrás de la nuca, contemplando el cielo. Retiró una mano y la posó con suavidad en mi pierna, que acarició con dulzura. Se me erizó la piel al instante. Y lo sentí, ya sabía con precisión qué iba a dibujar.

Era algo distinto a lo que había hecho anteriormente. Pretendía mostrar esa extraña conexión que había sentido con él. En la hoja plasmé la silueta de dos personas: una mujer y un hombre sin rostro que se besaban, unidos linealmente, como conectando ambas almas. Shane puso música instrumental al volumen mínimo, quizá para no distraerme mientras dibujaba en absoluta paz.

Tardé un rato en terminarlo, pues quería llenarlo de mil colores para terminar de expresar lo que experimentaba, y fui escogiendo los rotuladores de su magnífica caja. Él había cerrado los ojos, aunque seguía despierto; lo supe porque continuaba acariciándome el muslo. Aproveché ese momento de tranquilidad. Y comencé a pensar en él mientras daba trazos. Aunque suene extraño, sentí como si estuviéramos haciendo el amor. Entendí que hacer el amor no era denudarse en cuerpo, sino en alma. Hacer el amor era mantener una conversación sobre tus pensamientos más profundos. Hacer el amor era un beso, un abrazo, una caricia, unas palabras en el momento oportuno. Hacer el amor eran los detalles, el silencio, la comprensión, el apoyo. Desnudar tu cuerpo ante alguien es muy sencillo, pero desnudar el alma no es nada fácil. Y eso lo entendí en ese preciso instante. No hacían falta palabras, no hacía falta nada.

Terminé el dibujo y arranqué la hoja por el perforado. Lo doblé en cuatro y le puse el segundo dibujo en la mano.

El idílico y mágico momento se vio interrumpido estrepitosamente por unos golpes. Shane se levantó como un resorte.

—¿Papá?

«¡Mierda, el padre!».

—¡Shane! Oh, dios, tú aquí. —El padre de Shane entró hablando en inglés, dando tumbos, aparentemente borracho, acompañado de otro hombre y cinco mujeres en condiciones similares.

Así dimos por finalizado ese espectacular momento que sabía que no se repetiría, pero guardaría eternamente en mi memoria.

—Mierda, papá. ¿No recuerdas que vivo aquí? —bramó Shane, claramente enfadado, al tiempo que se ponía delante de él—. Definitivamente no vas a cambiar. Debí imaginarlo. Era cuestión de días que volvieras a las andadas. —Giró su cuerpo y señaló al otro hombre, que intuí que era el padre de Cody—. Tú tampoco, ¿verdad, Marc? No vais a cambiar.

Me dio muy mal rollo, ya que no entendía muy bien qué pasaba. Shane estaba muy cabreado, y su padre, más de lo mismo. Se pusieron a discutir a gritos. Las personas que le acompañaban parecían tan confundidas como yo. Las mujeres eran muy llamativas, con bikinis mínimos que, en aquella brisa nocturna, me erizaban la piel solo de verlas.

—Ginger, nos vamos —me dijo Shane en tono bajo, y regresó al lado de su padre.

Reaccioné y recogí las cosas para salir de allí lo más rápido posible. Ellos continuaban enzarzados en la pelea. Habían bajado la voz, pero sus caras lo decían todo. Salí por el lateral del barco, me acerqué a Shane y le toqué el hombro. Se volvió.

—Shane, tenemos que seguir hablando, no te vas a ir así. —El hombre gruñó a su espalda.

—Ponme a prueba —le retó acercándose a milímetros de su cara.

Se giró, me cogió la mano y comenzamos a caminar.

—Vuelve aquí, Shane —exigió furioso.

—Shane, si es mucho problema, regreso sola. En serio. No te preocupes —susurré.

—Necesito salir de aquí. Perdóname por lo que acaba de ocurrir. —Tenía el ceño fruncido.

Asentí y seguimos nuestro camino hacia el puerto. Yo no me había enterado mucho de lo que acababa de suceder, pero decidí guardar silencio hasta estar en un sitio más tranquilo.

Caminamos un largo rato hasta alejarnos del embarcadero. Ya era de madrugada.

—Shane, para —le dije al ver que andábamos sin descanso y estaba sumamente alterado.

Se detuvo en seco.

—No sabes lo que me molesta… Estábamos tan bien, tan tranquilos… Estaba siendo muy bonito, y de repente aparece y lo destruye todo, como siempre.

Me dio mucha pena verlo así.

—Ven, siéntate aquí. —Le indiqué uno de los bancos de madera del paseo—. Tranquilízate. Por mí no te preocupes, hablabais tan rápido que ni me he enterado. —Era una pequeña mentira, porque, aunque les había comprendido, no quería que se pusiera más nervioso—. ¿Me lo estaba pasando bien antes? Sí, pero nadie entiende mejor que yo las diferencias con los padres. Si hemos tenido un momento especial, tendremos mil más. No te preocupes, ¿vale? —dije acariciándole la espalda para tratar de calmarlo.

—Igualmente me molesta mucho. Debería portarse como un adulto, no como un imbécil —se quejó.

—Parece un adulto con mentalidad de adolescente caprichoso —pensé en voz alta, y me disculpé—. Perdona el atrevimiento.

—Perdona tú, que has tenido que verlo en condiciones lamentables.

—Cuéntame qué es lo que ha ocurrido.

—Se ha ido de fiesta y ha regresado borracho, como siempre, dando la nota. Pensé que cambiaría y no, al final volvemos a lo mismo. Cuando me ha visto, supongo que su vía de escape ha sido recriminarme mil mierdas estúpidas. No sabes lo que deseo que me acepten. —Suspiró tras pensar en voz alta.

—¿Que te acepten dónde? —pregunté interesada.

—Mi padre y yo llegamos al acuerdo de que, si me aceptaban en el MIT, continuaría mis estudios de Arquitectura en Estados Unidos. Me independizaría y sería jodidamente feliz, y dejaría de insistirme en la idea de que estudiase Empresariales.

«Espera, ¿qué? ¿Tenemos el mismo problema?». En mi cabeza se había producido un cortocircuito. Teníamos muchas cosas en común.

—¿Qué? —Juraría que en mi frente ponía: RECONECTANDO.

—Que si entro en el MIT me independizaré y dejará de hablarme del tema.

—¿Tú estudias Arquitectura y tu padre quiere que estudies Económicas? ¿Por qué no me lo has dicho antes? —Seguía reconectando.

—Ginger, no hemos tenido mucho tiempo de hablar —bufó.

—Somos almas gemelas, Shane —solté, y le cogí las manos.

—¿Acaso lo dudabas? —preguntó con una sonrisa triste.

—Solo dudé en si darte o no un pellizco en un par de ocasiones.

Nos reímos.

—Él nunca ha estado de acuerdo con ninguna de mis decisiones, siempre ha sido una gran piedra en el camino. Como cuando me lesioné. —Se señaló la rodilla.

—¿Te lesionaste? —Me estaba enterando de muchas cosas nuevas.

—Sí, hace unos meses me desgarré el menisco y me perdí una competición muy importante. Tuve que retirarme un tiempo, porque me operaron y la recuperación llevó varios meses. Amo correr, la bicicleta y la natación. Hago triatlón desde que tenía doce años. Fue mi salvación en mis momentos de soledad, que eran muchos. Mi padre nunca estuvo de acuerdo con que «hiciera tanto deporte». —Abrí los ojos, impresionada—. Le molesta absolutamente todo de mí, y lesionarme fue su oportunidad de oro para echarme en cara que dedicaba demasiado tiempo a eso. ¡Qué le importa! Si él nunca está en casa. Le da igual. Siempre le ha dado igual. Todo le da igual

—Flipo —fue lo único que me salió.

—Ya…Y es que es con todo así. Seguro que va a montar una «fiesta». Mejor ni te cuento cómo son sus fiestas.

—Si quieres, ven a nuestra cabaña esta noche. Tenemos un sofá un poco incómodo, pero mejor que nada es. —Sabía que a Álex y al tío no les importaría en cuanto les explicase la situación.

—No sé, Ginger...

—Claro que sí, Shane. Es una noche, y ya conoces a mi primo, sabes que no le va a importar. Además, le vas a encantar a mi tío —solté pensando en voz alta.

—¿Estás segura de eso?

—Claro que sí, vamos.

Entrelacé nuevamente mi mano con la suya y emprendimos nuestro camino.

# 30

## ZOE

### ¿Cerveza o tequila?

—¿Vamos a poder pasar? Yo no soy del camping —se lamentó mientras aparcaba el jeep en la explanada delante del recinto.

—Claro que sí, confía en mí. —Abrí la puerta y me bajé del todoterreno.

Llegamos a la entrada y por suerte el vigilante estaba tumbado en una hamaca, descuidando el acceso. En otro momento me habría enfadado, pero en esa ocasión se lo agradecí.

Pasamos los tornos juntos con mi pulsera y, ¡madre mía!, sentí al irlandés pegado a mi cuerpo y me encendí.

—Nos van a pillar, Ginger.

—Chisss. —Me llevé el índice a los labios para que guardara silencio.

Avanzamos rápido por si nos reñían, pero ya no importaba, estábamos dentro.

Permanecí en tensión hasta que llegamos a la puerta de la cabaña. No sé si por el acercamiento en los tornos o por qué, pero mis nervios eran evidentes. Rebusqué en mi pequeño bolso y, cuando encontré las llaves, abrí sigilosamente.

—Pasa, pasa... —susurré.

Estaba intentando encontrar el interruptor, pero alguien fue mucho más rápido.

—Buenas noches —dijo mi primo.

Me hizo chillar sin querer. Y le pegué.

—Chisss —soltó mi invitado y le siguió Álex.

—Son casi las cinco, vas a despertar al tío.

—Hola, Álex. —Shane saludó a mi primo con vergüenza.

—¿Por qué te asustas? —me preguntó él con cara inocente.

—Quizá porque estás escondido en la oscuridad esperando a no sé qué —me quejé.

—Estaba esperando tu bella presencia, aunque me la imaginaba un poco más solitaria. —Clavó la vista en Shane—. Hola, amigo.

—Shane ha venido porque hemos estado en su barco y ha habido un pequeño percance por el cual no puede dormir allí, así que he decidido traerlo. ¿Te importa? —pregunté.

—Sí —respondió con seriedad Álex.

—Si es mucha molestia, me voy y me busco un hotel, sin problema —contestó el irlandés.

—Claro que no. Duerme en mi cama si quieres, yo duermo con Zoe —dijo rápidamente.

—Iba a dormir en el sofá, Álex —me justifiqué.

Ya sabía que se habría imaginado que lo metería en mi habitación, pero en absoluto era así.

—No, tranquila. Además, quería hablar contigo de un tema. —Señaló la habitación con la cabeza, invitándome a que lo siguiera. Su dedo también indicó el camino que debía seguir el irlandés—. Shane, mi habitación es esa. Estás en tu casa.

No entendía qué le pasaba. Le notaba raro.

—¿Seguro?

—Que sí, no hay problema. ¡Ve, anda! —contestó mi primo.

—Hasta dentro de un rato —me despedí, antes de entrar en mi cuarto.

No sé por qué no se me ocurrió dar una vuelta por el camping o sentarme en la terraza para continuar hablando con Shane. El pobre entró en la habitación de Álex con el rostro contraído y cerró la puerta. Mi primo me cogió de la mano y me empujó a salir de la cabaña. Me ofreció una silla y me senté en la terraza. Desde la puerta, me preguntó:

—¿Quieres cerveza o tequila? Lo vas a necesitar.

Mi cuerpo se puso en tensión. Algo extraño estaba pasando.

—Los dos —respondí.

Regresó con la botella de tequila, dos vasos de chupito, dos cervezas y una manta con la que me arropó.

—¿A ti qué te pasa? —Estaba cada vez más inquieta.

Se sentó a mi lado en la desteñida silla de plástico y suspiró sopesando sus palabras mientras servía dos chupitos.

—Son dos cosas, Zoe. Una de ellas no te va a gustar.

—¿Qué?

—La primera: tus padres vienen mañana —soltó la bomba haciéndome estallar.

—¿Perdona? ¿Estás de coña? —No podía ser.

—No, no es broma, me lo ha dicho mi padre cuando he llegado. Te he mandado un mensaje en cuanto lo he sabido. Lo que pasa es que tienes el móvil de adorno.

Pero ¿por qué? No entendía qué pretendían, porque yo no regresaría a Lleida aunque me tiraran de los pelos.

Álex suspiró.

—Mi padre me ha dicho que nos lo contaba mañana.

¿Desde cuándo no miras el móvil? —preguntó cruzándose de brazos.

A continuación se apoyó en la mesa y se tomó el chupito de golpe. Yo lo imité y le pedí que me sirviera más.

—No sé. El otro día le mandé un mensaje a mi madre y me dijo que iba a tratar de convencer a mi padre de que quizá no era una mala decisión —contesté. El cabreo aumentaba en mi interior.

—Pues creo que deberías revisar los mensajes.

—¿Y la segunda? —pregunté.

—¿La segunda qué?

—La segunda cosa. Has dicho que tenías que decirme dos cosas.

—¡Ah, joder! Que me cuentes qué ha ocurrido con el guiri. —Sonrió—. Te he visto muy sonriente con él. ¿Pensabas meterlo en tu cama?

—No me habría venido mal, pero has aparecido tú. —Puse los ojos en blanco con fastidio.

Le conté todo con detalles mientras la botella de tequila bajaba, pero al mismo tiempo mi mente había entrado en bucle... ¿Iban a venir mis padres? ¿Vendrían a buscarme y llevarme a la fuerza a Lleida? ¿Sería para fastidiar más a mi tío por mi culpa? ¿O sería solo una visita, para ver qué tal me iba? ¿Será que mi madre ha conseguido convencer a mi padre sobre mi futuro? No tenía buena pinta, y me asustaba de manera considerable. Sentía un gran miedo y a la vez un vacío inexplicable en el estómago. Y sabía que no desaparecería hasta que todo aquello pasara. Mi corazón estaba dividido: una parte de mí deseaba infinitamente verlos y que me apoyaran en esa nueva etapa de mi vida. Que mi padre aceptara que mi gran deseo era estudiar Bellas Artes. Y que se sintiera orgulloso. Quizá con mi profesión no fuese a ganar miles de euros, pero seamos claros, eso muy pocas personas lo consiguen, y no significaba que fuera conformista, lo que anhelaba era ser feliz.

Les adoraba, pero siempre terminaba ocurriendo algo, siempre, y me daba mucha rabia.

¿Por qué tenía ser todo tan difícil si al final la vida era extremadamente corta?

# 31

## SHANE

## Insomnio

Me costó mucho conciliar el sueño. Después de hablar con Zoe, era como si hubiera abierto una puerta a mis pensamientos más profundos. Estaba enfadado, decepcionado, indignado.

Mi padre había hecho una vez más lo que me prometió que no volvería a hacer. Y llegué a la conclusión de que ya no me enfadaba, me irritaba y de nuevo me defraudaba. Estaba agotado de las tonterías que cometía sin descanso. Yo no era como Cody, que justificaba todo lo que ellos hicieran. Anthony O'Brian hacía promesas que luego no cumplía; estaba dolido y deshecho. Esa madrugada me había mandado un par de mensajes que no quise leer. Sabía que estaba borracho y, después de tantos años, la mejor conclusión que podía sacar era que nunca se puede hablar con una persona que no está en su sano juicio. No seríamos capaces de llegar a un razonamiento lógico, solo lograríamos hacernos daño mutuamente con el calentón y al día siguiente no quedaría más que el arrepentimiento por las palabras pronunciadas. Era inútil.

Estaba agradecido a Zoe por escucharme mientras me desahogaba y aconsejarme que no regresara al barco. Yo no era amante de expresar mis sentimientos y contar mis problemas. De hecho, nunca había hablado de las discusiones por el deporte o de que deseaba entrar en el MIT para callarle la boca a mi padre. Eran cosas tan difíciles de explicar…

Quería a mi padre, pero necesitaba abrirme nuevos caminos, tener una nueva vida.

Di muchísimas vueltas en la cama reflexionando acerca de lo sucedido con mi padre. Vi el reloj, que marcaba las seis y cuarenta. Apenas llevaba una hora acostado. Empezaba a conciliar el sueño cuando oí que Zoe y su primo entraban en la habitación de al lado riéndose y murmurando. No logré entender nada. Me llevé las manos a los pantalones y rebusqué en los bolsillos hasta que encontré la obra de arte, el dibujo que había hecho Zoe antes de que llegara mi padre con sus acompañantes. Con las prisas que tenía por alejarme de la tormentosa situación, lo había doblado y guardado de manera inconsciente y me asustó pensar que se me hubiese caído mientras caminábamos. Estaba tan aturdido en ese momento que no pensé. Pasé una mano por los trazos de la pareja. Era precioso. Lo observé con una estúpida sonrisa en la cara, lo guardé de nuevo y decidí que tenía que dormir un poco. Puse una alarma para que me avisara al cabo de dos de horas, para despertarme y marcharme silenciosamente. Cuanto menos molestase, mejor sería.

# 32

## SHANE

## Algún día te lo diré

Me desperté con la alarma y me levanté en el acto. Pensé que no me encontraría con nadie, que estarían durmiendo y que podría salir de la cabaña sigilosamente, sin que nadie me oyera. Pero no fue así; en la terraza estaba Zoe con un café humeante en la mano, el pelo revuelto de haberse despertado hacía muy poco y los ojos hinchados.

—Ey, buenos días.

Sonrió con dulzura al percatarse de mi presencia. Se volvió, hizo una mueca y su mirada no decía lo mismo que había visto hasta entonces. Estaba triste.

—Buenos días. ¿Qué haces despierto? —preguntó.

—Podría preguntarte lo mismo. —Me acerqué y le acaricié el cabello.

Ella me miró un poco confusa.

—No podía dormir —susurró, y se le quebró la voz.

—¿Qué pasa, Ginger? —Me entristeció verla así y me agaché delante de ella para estar a su altura.

Tenía las ojeras ligeramente marcadas y oscuras, los ojos rojos. En silencio, me abrazó. Su respiración era tranquila hasta que comenzó a llorar.

—¿Qué te ocurre? —pregunté preocupado.

Se separó de mí y se limpió las lágrimas que bañaban su pecoso rostro de porcelana.

—Lo siento, no quería que me vieras así. Solo que tengo un mal día.

Miré la hora en el móvil.

—¿No es tu día? ¿Tan temprano?

La noche anterior me había escuchado sin rechistar ni un momento; le tocaba a ella desahogarse. Me quedé en silencio y ella solo resopló.

—Shane, han sido días muy raros. Muy intensos. Por ejemplo, míranos, tú y yo. Hace unos días era una borde contigo y ahora me preguntas qué me pasa. He empezado a trabajar. Me he alejado de mis padres y ahora pienso que solo fue un capricho estúpido y que no voy a hacer nada porque seguro me aconsejaban lo mejor para mí. No sé qué hacer, ni con mi vida ni conmigo. No sé, Shane, es como que estuviera viviendo mi vida desde una cámara exterior. Ni siquiera enciendo el móvil. —Lo señalé. Estaba encima de la mesa—. Tengo miedo. Llevaba en el cajón días porque siento que así mi vida en Lleida y mis problemas desaparecen. Mis padres vienen hoy y no sé cómo va a ser el reencuentro. No sé si van a querer abrazarme o gritarme, y me genera mucho estrés. No sé a qué hora llegan, porque mi tío no se ha despertado y no quiero molestarle. Saber que voy a tener que lidiar con ellos una vez más me asfixia. Mi padre incordia constantemente a mi tío, que se ha portado conmigo de un modo increíble, desde siempre. Mi padre no lo quiere y nunca me ha dado una razón lógica para entenderlo. Solo dice que es vago y un vive la vida. ¿Esa es una razón coherente para no querer a un hermano? Desde siempre lo ha envidiado, es la única conclusión que puedo sacar. Quizá mi padre desea vivir la vida que tiene mi tío. Una vida llena de felicidad y sin malos rollos. —Yo escuchaba atento todas sus palabras, aunque algunas eran rebuscadas y no captaba el sentido, pero aun así no la interrumpí—. La tolerancia es una virtud al alcance de muy pocos, y el día que repartieron esa virtud mi padre estaría en la otra punta del mundo, porque de tolerante no tiene nada. Quiere que mi tío se sienta culpable por lo que le están haciendo. Y mi madre, buf, mi madre está en medio de los dos y no quiero que pelee con él por mi culpa. No puedo con esto, de verdad. Yo les quiero mucho, amo a mis padres, pero ellos me generan ansiedad. —Se señaló la cara y el pecho, que subía y bajaba aceleradamente—. Desde que mi primo me dijo que vendrían, siento un nudo en el pecho y el estómago que no sé ni explicar.

Le acaricié la rodilla mientras hablaba, cada vez más rápido.

—Me agobia mucho esta situación. He intentado dormir, pero no podía. He preparado café y he intentado dibujar, y tampoco he podido. Me he sentado aquí para recrear peleas en mi mente y averiguar cuál es la mejor forma de afrontar esto.

La dejé respirar.

—¿Quieres que vayamos a dar una vuelta para que te tranquilices?

—Estoy bien, no te preocupes, Shane. —Clavó sus ojos en los míos.

—Ginger, es evidente que no lo estás. Estás temblando e hiperventilando —dije agarrándole las manos—, y eso no es estar bien. Ven.

La envolví en otro abrazo. Ella lloró lo que necesitó. Hasta que estaba un poco más calmada, no la aparté de mí.

—Ginger, exteriorizar tus sentimientos está bien. Llorar está bien. No puedes guardártelos porque en el momento menos oportuno vas a estallar. —Le acaricié la espalda suavemente—. Te lo dice el experto en dramas. Sé que no es fácil. Que te culpas por lo que no está en tus manos solucionar. Han pasado muchas cosas en poco tiempo y no te has parado a digerirlas, y es lo más normal. Pero estoy seguro de que esto no lo has hablado con nadie y te lo has tragado solita.

—Sí. —Se separo de mi abrazo y me miró.

Cogí una silla y la puse delante de ella. De estar tanto tiempo agachado, la rodilla me recordaba la lesión casi curada con un dolor punzante. Fruncí el ceño hasta que estiré el músculo completamente.

—¿Te duele? —se preocupó cogiéndome la mano.

—No, tranquila, estoy bien. —Me senté frente a ella—. Con respecto a mí, soy un encanto y pasaste de odiarme a quererme un poquito —bromeé, y me acarició el hombro con ternura.

—¡Qué flipado eres! —Se enjugó una lágrima.

—No me has explicado eso de ser flipado.

—Algún día te lo explico. —Se recogió el pelo en una coleta alta dejando a la vista su largo cuello, que me dieron ganas de besar.

—Me lo tomo como un halago.

Suspiró complacida.

—¿Te apetece tomar un café? —me ofreció.

Asentí, y rápidamente se levantó y entró en la cabaña. A los pocos minutos salió con una taza rebosante de espuma.

—Hum, delicioso —aseguré tras saborearlo.

Sonrió agradecida y el rubor le teñía las mejillas.

—Con respecto a tus padres, Zoe, en los estudios nos pasa lo mismo, y te entiendo. Sé que es agobiante, pero mira, estoy seguro de que, tomes la decisión que tomes, uno: va a ser la correcta, y dos: tendrán que aceptarla aunque no les guste. Lo único que puedo recomendarte es que, cuando los veas, cojas aire y sigas adelante. Eres una chica genial y con tu actitud sé que hasta que consigas lo que deseas no pararás. No estás aquí por capricho. Tu padre tiene que aceptar tus decisiones, y seguro que tu madre lo convencerá. Son tus padres, y siempre te querrán, pero establece tú los límites de intervención en tu vida. Explícales que, por si no les ha quedado claro, es tu vida, no la de ellos, y por que ellos estudiasen algo y les fuera bien tú no tienes que seguir su patrón; tu corazón te grita otra cosa. —Aceleraba mis palabras y era como si estuviera hablando conmigo mismo también—. Mira, Ginger, guapa, hagamos una promesa —susurré en voz baja.

—¿Cuál? —preguntó con ojos de cervatillo.

—Si tú decides estudiar mínimo un año de Bellas Artes, yo regresaré al mundo de los triatlones, les guste o no a nuestros padres. Porque es nuestra vida, no la de ellos, y tienen que entenderlo y aceptarlo. Tú no tienes dudas, estás segura de que tu sueño es el arte, no es ningún capricho. Y sabes que es así, que lo único que se interpone en tu camino es tu padre. En tu mente sabes que la otra opción te marea solo de imaginarla. Estás convencida de que cuando lleguen te abrazarán, y aunque no te lo digan, seguro que te han echado de menos. Si tu padre te replica por cualquier estupidez es porque le enfada y molesta que no sigas su patrón. Pero aprenderá a vivir con ello.

—Hecho, lo prometo, pero solo si tú sigues estudiando Arquitectura aunque no te admitan en el MIT.

Asentí, y me disponía a levantarme, pero me miró de un modo extraño con el dedo meñique levantado.

—¿Qué haces? —pregunté.

—¿No es obvio? —se extrañó.

Negué con la cabeza.

—¡La *pinky promise*! Es una forma de juramento. Dame tu meñique. —Me veía con una amplia sonrisa otra vez.

Extendí el dedo y los entrelazamos un momento.

—Ahora te toca a ti. —Se acomodó en la silla.

—¿Qué me toca? —pregunté.

—Contarme qué haces despierto —dijo, como si resultase más que evidente. Dio un sorbo al café y se secó las lágrimas que aún bañaban aquellos preciosos ojos verdes, cuyo color se intensificaba con el llanto.

—Me iba, no quería molestaros más. Quería estar pronto en el barco y darme una ducha. Tengo mucho que hablar con mi padre —me sinceré.

—No molestas, te lo aseguro. Más bien te agradezco la compañía, el paseo por la playa, la sinceridad, el regalo y… —se detuvo para morderse el labio inferior provocativamente. Era brutal lo que sentía con esa chica. Por fin entendía a Cody cuando me decía que estaba pillado. Zoe estaba poniendo en peligro esa estúpida promesa de no enamorarnos. Con ella no me importaría decir que estaba pillado, porque era así. Y para mi sorpresa añadió—: tus besos…

Se acercó, buscándome, y nos besamos con suavidad. Con una mano le cogí el cuello y la atraje hacia mi cuerpo para profundizar en ese beso delicioso. Olía a flores, y sabía a café y a menta. Era lento y adictivo. Zoe era deseo y sensualidad, juntos para volverme loco.

La vibración de una llamada me alertó y me separé sin ganas.

—Perdona —me disculpé, apenado.

Vi que era mi padre y rechacé la llamada con la mirada fija en el móvil.

—Creo que debes hablar con él.

Tenía razón. Me gustaba estar con ella, me gustaba besarla y acariciarla, pero debía hacer lo que llevaba posponiendo desde que me había ido del barco.

—Ya —me lamenté, y la miré con cariño—, y tú deberías encender el móvil para enterarte de cuándo vienen tus padres, ¿no?

—Ahora lo enciendo.

—Ok. —Seguí buscando conversación, porque no quería irme—. ¿Y tu primo?

—Aún duerme —aseguró—. El pobre estaba cansado de la noche.

—Así que él también se lo pasó bien ayer, ¿no?

—Mejor que nosotros, pero sí. —Sonrió con picardía.

—¿Ayer no te lo pasaste bien conmigo? —Alcé una ceja inmediatamente.

—Sí, claro, pero con lo de tu padre... —intentó aclararlo.

—¿Y el resto? —Me acerqué de nuevo y apoyé las manos en los reposabrazos, acercando mi cara a la suya.

—Sí, claro, fue genial. —Volvían las chispas en la mirada.

—Hum, ¿te gustaría que se repitiera? —pregunté, todavía más cerca.

—Te falta práctica, así que supongo que lo haré. —Había abierto un poco más los ojos buscando los míos.

—Sí, profe, necesito más clases. —Terminé de salvar la distancia entre nuestros labios.

Besaba de un modo increíble, y aunque habría deseado entrar en un bucle de besos infinito, tuve que apartarme en cuanto recibí otra llamada de mi padre.

—¿Te vas ya? —me preguntó.

—Sí, tengo que irme, y no por ganas.

—Bueno, antes de que te vayas, préstame tu móvil. —Tendió la mano.

Me quedé quieto un momento.

—Venga, no tienes todo el día. —Movió la mano.

Desbloqueé el dispositivo y se lo di. Ella tecleó algo y me lo devolvió.

—Ya tienes mi número. Escríbeme cuando quieras. Tendré el móvil activo.

Abrí la boca sorprendido.

—Después de tanto, me lo has dado, Ginger. No me lo puedo creer. Te estás convirtiendo en *a softie girl* conmigo. Estoy orgulloso. —Sonreí, le di un corto beso en los labios y me fui.

—No te flipes tanto —me dijo, me giré y le guiñé un ojo.

«Esta chica me gusta…».

# 33

## ZOE

## Ave fénix

Estaba más tranquila. Cuando Shane se marchó, solté el aire y sentí calma. No había dormido nada, no había podido, porque sentía una presión horrible en el pecho, pero con solo escuchar un poco mis problemas me había ayudado, y mucho. No sabía en qué acabaría eso, si en unos besos de verano o algo más. Había aprendido a vivir en presente, y eso haría, porque las palabras dichas nunca podrán ser borradas, las heridas dejan cicatrices y los actos valen más que las palabras. El pasado nunca podría cambiarse, pero si vivía el presente podría elegir el futuro que deseaba.

Hay personas que llegan a nuestra vida para quedarse, otras pasan por ella para hacernos rabiar y otras nos hacen reír, pero existen algunas que, sin saberlo, nos ayudan y nos indican el camino. Como en el dibujo que hice, vivía sumida en un oscuro bosque en medio de una gran tormenta y, al final, una silueta me invitaba a ver la luz. Me sentía más tranquila. Como si pudiera volver a respirar sin dificultad aunque siguiera acusando aquel vértigo.

De madrugada, después de que Álex me hubiera soltado la bomba, intentó suavizarlo contándome lo que había pasado con Ivy esa noche. Habían dado un grandísimo paso en su «amistad». Acabaron en la casa donde veraneaba Ivy, cuyos padres habían salido y no regresaban hasta la mañana. No desaprovecharon ni un solo minuto. La noche fue un no parar. Álex estaba feliz y enamorado. Regresó al camping para no coincidir con los padres de la chica.

Yo estaba muy feliz por ellos, tenían una química inigualable y sabía que de ahí solo podían salir cosas buenas. Después, ante su insistencia, le conté todo lo ocurrido con Shane. No le expliqué lo íntimo que había sido el momento en el que estuve dibujando, solo le dije que nos lo habíamos pasado superbién y que no habíamos forzado situaciones. Brevemente, le narré el episodio de la discusión con el padre y por qué había acabado llevándolo a casa. A Álex le pareció bien que lo hubiese hecho, aunque hizo un par de coñas, como siempre, diciéndome que me había arruinado el polvo. No le quité razón. Aunque en un principio no pensaba meterlo en mi cama, nada garantizaba que no lo hubiese hecho si no hubiese aparecido mi primo.

Después de nuestra larga charla, me di una ducha rápida, y cuando regresé a la habitación mi primo ya se había dormido, pero yo fui incapaz. Cogí mi bolso del salón y salí a la terraza con una taza de café en la mano. Saqué el bloc de dibujo y no pude ni hacer un mísero trazo en la hoja. Me puse los cascos y cerré los ojos. Al rato salió Shane…

Debía encender el móvil para revisar los mensajes, como me había sugerido el chico que besaba como los ángeles. Pero antes necesitaba otro café. Fui a por él y el pequeño Marley apareció a mi lado y empezó a corretear entre mis pies.

Salí a la terraza. Parecía un alma en pena, sin saber qué hacer. Me senté en la misma silla que había ocupado un rato antes y Marley se tumbó junto a mí. Encendí el móvil y recibí varios mensajes, entre ellos de mis padres, que me explicaban que iban a venir a Begur. Mi madre me decía que esperaba que estuviera bien, que venían porque querían que habláramos. Eso me preocupaba, porque significaba que no había logrado convencerlo. Y mi angustia aumentó cuando vi el mensaje de mi padre. Como era de esperar, me puso que estaba muy decepcionado. Salí de la aplicación y entré en la de música para evadirme. Ya sabía que no era una visita amigable. Empecé a reproducir una *playlist* aleatoria y dejé el móvil. Cogí la libreta y el lápiz y me dejé llevar.

Había pasado más o menos una hora cuando decidí parar. Estaba contenta con el resultado. Dejé de pensar en el dibujo en cuanto recibí una notificación en el teléfono. Era un mensaje de WhatsApp de un número desconocido. Se me escapó una sonrisa al imaginar quién era.

Hi Ginger :)

Hola, chico guapo :) Qué tal todo?

Contesté un poco nerviosa.

Tercera vez que me llamas guapo. Me gusta,
y ahora que tengo tu número estoy mejor

Has hablado con tu padre?

Aún no, y tú? Has revisado los mensajes?

Sip. Y bueno, lo que me imaginaba. Creo que
me espera un día complicado con mi padre

Ves como somos almas gemelas?

Sonreí de nuevo.

Entonces necesitamos desearnos buena suerte

Buena suerte, Ginger

Luego te escribo ☺

Oh. Antes no te he preguntado. Hoy trabajas?

Yes, yes. Turno de tarde ☹

Pues posiblemente alguien te visite ;)

Me encantará verte

—¡Buenos días, bonita! —La voz de Ivy me hizo alzar la vista del móvil.
—Buenos días, Ivy. —Sonreí y me levanté para darle un abrazo y dos besos.
Marley daba saltitos a nuestro alrededor.
—¿Qué tal estás? —preguntó mirándome un poco asustada—. Nena, ¿has dormido algo?
—¿Tan mala cara tengo? —Solté una risa amarga.
—Bueno, podría decirse que no es la mejor que te he visto desde que te conozco. —Me posó una mano en el brazo y me lo acarició de arriba abajo—. ¿Todo bien?
—Sí, solo que no he dormido demasiado. ¿Qué tal tú? —Hice una mueca pícara.
—Pues muy bien. —Me imitó el gesto y estallamos en risas.
—Ambas genial entonces —afirmé.

Sus ojos bajaron a la mesa, a mis hojas.

—Tía, ¡qué pasada! —exclamó al ver el dibujo—. Es un ave fénix, ¿no?

Asentí con una sonrisa.

Según cuenta la leyenda, el fénix era un ave única que vivía quinientos años. Cuando se acercaba al final de su vida, hacía un nido. Después golpeaba el pico contra una roca, lo que provocaba las llamas y era entonces cuando agitaba las alas para prender fuego al nido y luego a sí mismo. Tan pronto como moría ardiendo en las llamas, nacía de nuevo en su nido. El ave poseía tanto poder que decían que sus lágrimas eran curativas.

La idea siempre me había encantado. Me parecía que la representación de un poder tan grande era imponente, un símbolo de resiliencia. Era una gran aficionada a dibujarlo cada vez que podía. Así me sentía en ese momento.

—¿Puedo ver otros bocetos? ¿Solo dibujas a lápiz? —preguntó.

—Claro, mira la libreta, hay un montón. Y nop, prefiero la acrílica, pero a veces en lápiz plasmo los bocetos de cosas que se me ocurren. ¿Quieres un café?

Ella asintió efusivamente y continuó revisando mientras yo entraba a servir una taza para ella y otra para mí, y regresé a su lado.

—Me gusta muchísimo tu estilo, es muy especial, nena —observaba con detalle cada hoja—. Si al final decides estudiar Bellas Artes, vas a disfrutar una barbaridad.

—Muchas gracias, jo. —Me emocionaba un montón lo que me decía.

Apartó las manos del cuaderno y rebuscó en su bolso de mimbre. Iba vestida con un top de bikini verde esmeralda y una falda blanca midi. Sacó una libreta llena de fotos y dibujos de las hojas sujetas con una goma elástica.

—Yo también llevo la libreta de los bocetos conmigo siempre. —Me los tendió para que los viera.

Pasamos un rato comentando nuestros estilos y gustos. Me entusiasmaba oír la ilusión con la que contaba sus avances ese primer año. Decidí sacar dos lienzos, mi caballete pequeño y el grande de mi primo, la pintura acrílica y dos delantales. Ivy puso música bajita. El primer tema lo cantaba la maravillosa Beyoncé con Jay-Z en *Crazy in Love*.

Nos retamos sentándonos enfrentadas con los caballetes en medio. Íbamos a retratarnos la una a la otra, pero no podíamos verlo hasta el final. Primero escogí el boceto, un dibujo de la primera vez que la vi. En mi mente recordaba esa imagen tan icónica que me alucinaba: con el fondo beis, su silueta hacia la izquierda, con Marley en el brazo izquierdo y un cigarro a medias en la mano, y en la derecha el altavoz vibrando. En lo alto de la cabeza, un moño ligeramente deshecho por la rebeldía de sus rizos. Los collares de piedras de atracción que siempre llevaba. De ropa, la falda marrón con el top lila, aunque para darle un toque agregué una cadena en el abdomen. Estaba contenta con la idea, llevaba adelantado el boceto a lápiz en el lienzo, muy suave, cuando alguien me hizo despegar la vista del proyecto.

—Buenos días, niñas —dijo Álex mientras se estiraba y bostezaba.

—Buenos días —dijimos al unísono.

—¿Qué hacéis? ¿Por qué no dormís? —Abrazó a Ivy por la espalda y le estampó un beso en la mejilla.

—Cotillear es lo que estaba haciendo.

Ivy le sonrió con complicidad.

—Es que no has podido representarla mejor —comentó Álex.

—¿Qué me ha hecho? —pregunté queriendo saber de qué se reían.

—Nada, una obra de arte en toda regla. —Le dio otro beso y se incorporó para venir a abrazarme a mí.

—Me gusta la idea, la representa a la perfección. Lo único quizá… —Dudó un momento—. Déjame el lápiz.

Lo cogió e hizo unas líneas distraídas en el abdomen, los pechos y las piernas. Resaltaba muchísimo más la figura. Los ojos los aumentó muy poquito en el centro para que se parecieran más a los suyos. En los labios alzó el arco de cupido para hacer la forma de corazón que ella tenía, dándoles volumen. En el top ayudó con el diseño del tejido, además de añadir algún hilo suelto, arrugas mínimas en la falda, líneas de seguimiento del movimiento en la cadera y un mechón que se escapaba rebelde del moño para hacer un poco más real y menos perfecta la imagen.

—Ahora sí que está clavada, aunque me molaría más si llevara unas gafas de sol en la cabeza o debajo de los ojos. Le daría un toque espectacular. ¿Me explico?

Asentí. Mi primo era muy específico con los detalles. Le gustaba lo real. Él siempre tardaba más, y si alguien se quejaba siempre decía: «El arte es algo a lo que hay que dedicar tiempo y calma. Si no, mira el cuadro de *Galería de cuadros con vistas de la Roma moderna*, de Pannini, y dime si pudo hacerlo rápido». Aquella obra impactaba por la cantidad de detalles.

Yo, en cambio, me fijaba más en otras cosas, como la armonía de la imagen. Prefería hacer algo que transmitiera sentimiento, como cuando veía una obra de Friedrich o Goya (mis pintores favoritos).

Me besó en la mejilla y se apartó.

—Bueno, voy a darme una ducha y vuelvo. A ver si yo también hago algo. —Besó a Ivy con ternura y entró. La sonrisa apenada de ella la delataba.

Seguí con el dibujo sin pronunciar palabra. No quería incomodarla interrogándola sobre su reciente relación amorosa con mi primo. Terminé el boceto en el lienzo y pasé a los colores. Corría el tiempo, y cuando lo acabé me quité los cascos y levanté la vista. Ivy miraba el móvil, sinónimo de que también había terminado. Álex estaba sentado a su lado con la vista fija en su libreta. No me había dado cuenta de que había salido a la terraza. Sinceramente, estaba superorgullosa del resultado.

—Vale, listo —dije emocionada.

Ivy se incorporó sonriente.

—¿A la de tres? —preguntó, y asentí.

—Uno, dos… —Estaba nerviosa—. ¡Tres!

Giramos los lienzos y me sorprendió.

Su cuadro era sumamente colorido. Había hecho una caricatura en la que parecía una princesa de Disney con una libreta en una mano, un lápiz en la otra y la puntita de la lengua fuera. Había pintado mis pecas y resaltado mis ojos grandes y verdes, la expresión exagerada de concentración. Tenía la coleta mal hecha hacia un lado, las ojeras poco marcadas pero presentes, y llevaba un pantalón de chándal y una camiseta en la que ponía «*My happy mood*».

—Joder, Zoe, es increíble. —Estaba sorprendida.

—Igual que el tuyo. —Seguía admirando el dibujo, era buenísima.

—Son estilos completamente distintos pero alucinantes ambos —dijo mi primo sin apartar la vista de su libreta.

—Exacto, qué fuerte —contesté.

—¿Y tú qué estás haciendo? —preguntó Ivy.

—Dibujar —respondió.

—Guau, ¿en serio? Pensaba que estabas tomando el sol —ironizó poniendo los ojos en blanco.

—Es privado, señorita, no seas tan cotilla —se quejó.

—A saber qué estás dibujando, guarrillo —intentó picarle.

—Te estoy dibujando a ti —replicó ceñudo.

—¿Cómo? —Hizo un gesto pícaro.

Mi primo levantó la vista de su libreta. Imitó su gesto y dijo:

—¿Cómo te gustaría que fuera?

—Ah, ¡como tú quieras!

—Bueno, yo me voy a levantar y os voy a dejar solos. —Hice el amago de ponerme de pie y Álex lanzó la libreta abierta hacia mí.

—No te vayas, anda.

Observé el dibujo. Era Ivy, tumbada sobre la mesa, mirando el móvil con expresión aburrida, y yo, concentrada en el lienzo, con la mano alzada, pintando. También me había dibujado con la lengua fuera.

—¿Saco la lengua mucho cuando me concentro o qué? —pregunté dudosa.

—Siempre estás así, es tu tic —me aseguró Álex.

Puse los ojos en blanco.

—Oye, ¿y el tío? —me extrañó que ya fuera tarde y aún no hubiera salido de su habitación—. Antes he oído que roncaba mucho, estaba dormido profundamente.

—¿No se ha ido temprano? —preguntó Álex extrañado.

—No, ¡qué va! Quería hablar con él pero como no ha salido no he querido molestarlo. Te aseguro que está ahí. —Me inquieté al ver la cara de preocupación de Álex.

Nos levantamos todos y fuimos detrás de mi primo. Él abrió la puerta y ahí estaba mi tío, dormido.

—¿Papá? —preguntó Álex zarandeándolo con suavidad.

—¿Hum? —contestó.

—Es muy tarde. ¿Qué haces aún dormido? —Mi tío se puso mirando hacia el techo, pero tapándose los ojos con la almohada.

—Cancelé lo que tenía por la mañana porque me dolía mucho la cabeza.

—¿Te has tomado un analgésico? —preguntó mi primo.

—Sí, tranquilo. Ahora me levanto.

Álex asintió y salió de la habitación. Nos miró y se encogió de hombros.

Al cabo de un rato apareció Martín con la cara desencajada. Entró en el baño y unos minutos después salió con el mismo aspecto. Nunca lo había visto así. Aunque no era un hombre que se arreglara mucho, siempre lo veías con el cabello mojado y revuelto acompañado de su enorme sonrisa que transmitía alegría, siempre positivo ante la vida. Era una de esas personas que con solo mirarla te daba buena sensación, y esa mañana sentía que no era él. Hasta Ivy se percató de que su semblante no era el de siempre, y decidimos estar los tres alerta. Nos dijo que se encontraba mejor en cuanto se tomó el café y una tostada que le preparó mi primo. Su cara, sin embargo, no decía lo mismo. Y supongo que para que me relajara se puso a mi lado dispuesto a preparar unos filetes a la plancha mientras yo cortaba el tomate para la ensalada.

—¿Y a qué hora van a venir? —pregunté.

—No sé, no he vuelto a ver sus mensajes. Supongo que por la tarde o por la noche.

—Le escribí a mamá y me dijo que venían a hablar conmigo.

—Yo lo único que te digo es que te calmes. No te pongas en plan caprichosa —me aconsejó el tío.

Me aseguró que, aunque a mi padre le costara aceptar mi decisión de estudiar en Barcelona, tarde o temprano daría su brazo a torcer y me apoyaría. Yo no lo veía tan claro como él.

Llegaba el mediodía y recogimos todo lo que teníamos en la mesa para disponernos a servir la comida. El aspecto del tío no mejoraba, aunque su buen humor regresó y nos hizo ameno el momento, como era habitual. Después de comer me duché para quitarme las manchas de pintura y me vestí. En unas horas trabajábamos y, además, tocaba lo más complicado: vería a mis padres. Me quedaba una tarde muy larga por delante.

# 34

## ZOE

## Visita con consecuencias

Eran más de las cinco y ya estábamos detrás de la barra con los delantales puestos. Mi tío pasaría el turno con nosotros, dando asistencia si era necesario. No estaba trabajando en la barra, sino sentado con el iPad haciendo sus pedidos, revisando el *stock* y las cámaras de seguridad de los otros establecimientos. Si le contaran las horas que pasaba pegado a los dispositivos, seguro que marcaba casi las horas que permanecía despierto. Vivía pegado a cualquier aparato con conexión wifi. Era donde lo tenía todo organizado, donde llevaba las cuentas y el orden de todo y donde también daba algún que otro trazo en su tiempo libre. Porque sí, mi tío también dibujaba, y muy bien. Aunque cuando más lo hacía era en los meses que no trabajaba. Decía que él era muy tradicional, que siempre preferiría el lienzo y el olor de la pintura a realizar dibujos en digital. Eso se lo dejaba a las nuevas generaciones.

Estaba siendo una tarde ajetreada, con bastante gente. En un momento dado, avisé a Álex y me escapé unos minutos para ir al baño y ver qué tal seguía mi tío, quien estaba tomándose un café en una mesa del chiringuito.

—Hola, ¿qué tal va ese dolor de cabeza? —le pregunté.

—Bueno, ahí sigue. Aún no se me ha quitado. —Apartó la vista del iPad.

—Qué raro, ¿y si descansas un rato de eso? —Miré el aparato que tenía en las manos.

—No puedo, tengo que hacer mil cosas y el resto de la tarde voy a estar ocupado. —Se llevó el índice y el pulgar al puente de la nariz y presionó con suavidad.

—¿A qué hora llegan? —pregunté, pues sabía que se hallaban al caer.

—Ya están de camino. Llegarán en un rato. —Cuando dijo eso, todo mi cuerpo se puso en tensión.

—¿Aquí? ¿Vendrán a la playa?

—Claro, ¿adónde, si no?

—Joder, pensé que irían al camping por la noche.

—Yo no he dicho eso —repuso.

—Tampoco me has dicho que venían aquí.

—Mira, Zoe, me acaba de escribir tu madre. ¿No es evidente? Vienen a verte a ti. Como no devuelves las llamadas, tu padre está enfadado y piensa que yo te impido que les llames o algo así.

—Me han mandado mensajes y he contestado a algunos. Pero como tengo el móvil apagado ni siquiera los recibo al momento. Ya les había avisado de que este verano, si venía, no iba a estar mucho con el móvil. No sé por qué se sorprenden. —Suspiré.

—A ver, chica lista. Eres su hija. Siempre les vas a importar. Y ahora tienes que volver al trabajo. Hay mucha gente, y sin ti no van tan rápido —replicó, y volvió a concentrarse en el dispositivo—. Por cierto, cuando puedas prepárame un café y déjalo en la barra mientras envío el e-mail. No me lo traigas, voy yo a buscarlo.

No sabía qué le pasaba, no sabía si eran mis nervios, no sabía si estaba enfadado por algo, no sabía nada. Me levanté inquieta por su actitud y entré de nuevo en la barra. Cogí de mala gana una taza y preparé un café, puse a calentar la leche y la batí. La serví de cualquier manera y, sin querer, se derramó en la encimera de trabajo. ¡Mierda!

—Doña Delicadeza, porfa, no le saques un ojo a nadie —comentó mi primo, quien observaba de reojo mis movimientos—. Qué culpa tiene la pobre leche...

—Déjame en paz, no he hecho nada. Solo le estoy poniendo un café. —Señalé con la cabeza a mi tío.

—Ah, ya entiendo. —Sonrió.

—¿De qué te ríes?

—De que sois iguales —negó con la cabeza—, temperamentales y con mucho carácter.

—Bueno, tú no te quedas atrás —repliqué.

—Yo no he dicho lo contrario, pero estaba hablando de vosotros, ¿y podrías dejar de contestar como si te estuvieran atacando? —se molestó.

Entregó un pedido y siguió atendiendo a la gente, ignorándome. Yo fui a llevarle el café a mi tío, haciendo caso omiso de su petición, y regresé a la barra. Había muchos pedidos y los atendía lo más rápido posible. Ya le había cogido el truco y me sabía casi todos los combinados del libro, que apenas consultaba. Estaba muy entretenida hasta que mi tío me llamó desde su mesa levantando la mano.

—Álex, cuando puedas termina aquí, que me está llamando el tío. Quieren dos piñas coladas; el resto ya lo he servido yo. Eran tres refrescos, dos botellas de agua y dos Red Bull. Ahora vuelvo. —Me sequé las manos en el delantal.

Asintió y salí de la barra. Al girarme y caminar hacia la mesa del tío me cortaron el paso, dejándome paralizada.

—¡Zoe!

Mi madre y mi padre habían llegado.

—Hola, papá, mamá —contesté tajante. Estaba muy nerviosa—. ¿Qué tal el viaje?

No sabía ni qué decir. Desde que me había ido de casa, habían pasado veintipocos días, pero tenía la impresión de que llevaba meses sin verlos. Les abracé y les di dos besos a ambos. El de mi padre fue breve y reservado, como su saludo. El de mi madre era más sentido y fraternal.

Quizá noté que mi padre estaba un poco más delgado. Con la cabeza rapada debido al escaso pelo, iba vestido clásico, como siempre, con pantalones de pinza y camisa blanca de manga corta. No cambiaba su atuendo ni para ir a la playa. Mi madre, en cambio, lucía un bonito vestido naranja, a juego con el bolso, y unas sandalias beis. Me encantaba su melena corta, con aquel inconfundible alisado y color cobrizo que yo había heredado y del que me sentía más que orgullosa. Me sonrió con cierta complicidad y suspiré, calmando mi angustia. La verdad, no sabía cómo tomarme la mirada de mi padre: si como una manera intransigente de devolverme a su casa o como una posible reconciliación con derecho a dejarme elegir mi vida. Cuando era pequeña, me resultaba fácil descifrarlo y distinguir cuándo estaba de buen humor y cuándo estaba enfadado. Desde la muerte de la abuela, su semblante depresivo era el habitual, y en la mayoría de los casos sus estados de ánimo no los entendía.

—Bien, hija, ¿estás ocupada? —se interesó mi madre.

Mi padre estaba muy tenso, tanto o más que yo.

—Mucho. —Señalé la larga cola que esperaba a ser atendida—. Además, acabo de dejar solo a Álex.

—Bueno, pues esperamos a que salgáis del trabajo y cenamos juntos —concluyó mi padre.

Me quedé inmóvil unos instantes. ¿Se estaban riendo de mí o hablaba en serio? ¿Iríamos a cenar todos juntos como una familia normal, los cinco o nosotros tres solamente? No comprendía nada, pero tampoco era el mejor momento para preguntar viendo cómo se acumulaba la gente tras la barra.

—Salimos a las once mínimo, por si no lo sabíais —respondí con mi cara desconcertada.

—Pues cenaremos a esa hora todos juntos —añadió mi madre—. Vamos a saludar a Martín.

Algo estaba ocurriendo, porque mi padre no dijo nada, asintió y siguió a mi madre.

De repente oí un golpe que nos sobresaltó a todos. Giré la cabeza hacia mi tío: se le había caído la taza de café, derramándose todo el líquido caliente encima, y pegó un grito dándonos la espalda.

—Mierda. —Corrí a la barra a por servilletas grandes y un paño, y volví a su mesa—. ¡Ey!, tío, ¿estás bien?

Se llevó una mano temblorosa a la cabeza.

—¿Te duele? —pregunté con la respiración acelerada.

Asintió con un leve movimiento. Mi padre se puso a su lado y le cogió el hombro con preocupación; estaba nervioso, quizá incluso preocupado. Mi madre se agachó junto a mí para recoger los cristales de la taza rota. La gente guardaba distancia, pero estaba en modo observador. Álex no se había percatado ni de lo que estaba pasando ni de la llegada de mis padres. La barra estaba a reventar. Samara, que había ido a echar una mano, estaba con él de un lado para otro, atendiendo a destajo.

Le ayudamos a limpiarse y entré en pánico al ver su cara, que estaba desencajada, con las ojeras acentuadas y una mirada diferente. Mis ojos fueron a mi madre, a quien noté nerviosa, y a mi padre, que respiraba de forma entrecortada, y me preocupé aún más. Me dieron ganas de gritar para que la gente se diera cuenta de que teníamos una emergencia, pero debía mantener la calma para no agitar más al tío.

—No sé qué me ha pasado, perdón. —Me fijé en que

solo se limpiaba con el brazo izquierdo y el derecho estaba inmóvil—. No puedo mov...

No acabó la frase. Estaba hablando muy raro, como si no pudiera hacerlo bien.

—Llama a una ambulancia, David —ordenó mi madre a mi padre al ver la cara de mi tío—. Le duele la cabeza, ¿verdad? —me preguntó.

—Sí, lleva toda la mañana con dolor de cabeza. ¿Por qué?

—Háblame, Martín —se dirigía a mi tío, cogiéndole la cara.

—No pue... do —contestó con dificultad, y unas lágrimas le resbalaron por el rostro.

Me eché a llorar y mis nervios se intensificaron. Al teléfono, mi padre pidió en voz alta que se apuraran.

—Sí que puedes, Martín. —Mi madre le cogía la mano con cariño, sin perder la calma, y al ver mi estado me pidió—: Zoe, vete a avisar a tu primo.

Mi padre, a su lado, seguía hablando, dando los datos de mi tío, y yo corrí hacia la barra para llamar a Álex y decirle que algo iba mal. Se puso pálido, dejó caer el vaso que tenía en la mano y se fue corriendo junto a él dejándolo todo tirado. Samara se puso a recoger y decidí entonces subirme a la barra para comunicar a la gente a voz en grito que deteníamos la actividad por una emergencia. Había tanta gente a su aire que ni se habían enterado de lo que estaba sucediendo. Eso me enfadó, y mucho. Todos se daban media vuelta conformes, pero en esta vida siempre aparece un gilipollas. Un tipo mal encarado se acercó y me recriminó:

—Hostia, llevo veinte minutos esperando.

—¿No estás viendo que tenemos una emergencia? —Señalé a mi tío y el tipo reaccionó como si le estuviese enseñando el telediario. Indiferente total.

—Y a mí qué más me da. Yo quiero una cerveza.

Rabia e impotencia se unieron para sacar mi peor versión.

—Pues te vas a la otra playa —me bajé de la barra y susurré demasiado alto—, imbécil.

—¿Qué has dicho? —me retó apoyando el cuerpo en la barra.

Me disponía a replicar con furia pero entonces oí la voz de mi padre y vi que agarraba al tipo por los hombros y lo encaraba.

—Ya la has oído, el chiringuito se cierra —saltó en mi defensa, y se me saltaron las lágrimas al ver todo lo que estaba ocurriendo.

El tipo se sacudió y levantó las manos en señal de rendición. Se fue bufando. Me quedé mirando a mi padre y le dije:

—Gracias, papá.

Asintió con la lágrima floja también y vi lo afectado que estaba. Se dio media vuelta y regresó junto al tío.

A mi lado y con nervios también, Samara seguía recogiendo los cristales del suelo con la escoba. La cola acabó de disolverse después del breve incidente con el imbécil. En ese momento se acercó un hombre a la barra y pensé que sería otro inoportuno, pero no: pidió el botiquín de primeros auxilios después de decirnos que era médico. Entré rápido en el almacén a buscarlo y salí a la misma velocidad para dárselo. Nos acercamos hasta el tío, que tenía a mi padre a un lado, a Álex al otro y a mi madre delante. La angustia era palpable. El tío estaba recostado sobre los brazos en la mesa. El médico comenzó con los primeros auxilios básicos y entonces oímos la ambulancia a lo lejos, en lo alto de la montaña, y a los pocos minutos los servicios de emergencia llegaron a la playa para atenderlo.

Nos hicimos a un lado mientras un médico y dos auxiliares le examinaban, y el hombre que amablemente se había ofrecido a atenderle primero les fue diciendo lo que había hecho él. Al rato nos anunciaron que iban a llevárselo. Mi primo se acercó a hablar con el médico y nosotros tres permanecimos juntos a la espera de que viniera para contarnos lo que le habían dicho. Durante esos minutos, mi padre preguntó:

—¿Se había sentido mal antes? —Se interesaba, y eso me gustó. Nunca lo había visto preocupado por el tío.

—No —negué con la cabeza—, hasta ayer estuvo bien, pero esta mañana ha tardado en levantarse y nos ha parecido extraño. El tío es muy responsable y trabaja muchas horas —lo remarqué para que supiera que tenía un concepto erróneo de él.

Mi padre me observaba valorando mis palabras y, antes de que me interrumpiera, añadí:

—Hemos ido a buscarlo a la habitación y nos ha dicho que le dolía la cabeza. Yo le he visto muy mala cara.

—La hierba pasa factura.

—David. —Mi madre cogió por el brazo a mi padre y le dio un tirón.

—Es la verdad, fuma desde siempre.

—Papá, no es el momento, ¿no crees? —me encaré molesta y suspiró sonoramente. Aunque no le quitaba razón y posiblemente fuera una consecuencia de sus excesos, no era plan de decir esas cosas justo ahí.

Entonces llegó Álex y se puso a mi lado.

—Quieren descartar que sea un ictus. Puede ser una descompensación, y van a valorarlo en el hospital. Lo bueno es que se mantiene consciente y responde a estímulos —explicó tartamudeando; el pobre estaba muerto de miedo—. Me voy en la ambulancia con él. Cierra todo. Llamaré a Ivy para que entre Samara y ella te ayuden, y otro día te lo compenso, lo sient...

—Déjate de tonterías, primero lo primero. Vete tranquilo, pero avísame con lo que sepas —le calmé un poco.

—Te acompañamos al hospital. —Mi madre habló sin consultar a mi padre.

Y aunque parezca extraño, mi padre de nuevo asintió con la cabeza en silencio.

—Vale, perfecto. —Fue a despedirse y me susurró al oído—: ¿Tienes el móvil? —preguntó.

—Sí, vete, anda.

Desde que me había visto esa mañana con Shane, ya no había vuelto a apagarlo. Esperaba sus mensajes, que no habían dejado de llegar antes del incidente con el tío. Después ya no lo había revisado más. Con tanto jaleo y angustia, no me acordé de él hasta ese instante. ¿Cómo le estaría yendo con su padre?

Mi padre se acercó, me dio dos besos y me ofreció:

—Si quieres, cuando acabes mándame un mensaje y venimos a buscarte.

—Gracias, pero tengo que recoger muchas cosas y seguro que tardo.

—Le escribo a Ivy y seguro que llega en nada —habló Álex.

—No seas tonto. Ya le escribo yo para que venga.

Mi madre me abrazó con cariño, y me emocioné al pensar que las cosas en mi familia podían mejorar. Quizá el estado de salud del tío fuera la clave para arreglar las cosas de una vez por todas.

Mi primo me dio un beso en la cabeza y salió de la playa con mis padres. A mi tío lo llevaban en camilla los auxiliares de la ambulancia. Todas las personas de la playa los miraban y les abrían el paso. Mis lágrimas de angustia regresaron al imaginarme que algo malo le podía pasar; para todos sería una auténtica tragedia.

Me senté un momento en uno de los taburetes de la

barra para recuperar el aliento tras el susto sumado a ese trabajo, que, aunque al principio no lo parecía, era agotador.

Al cabo de unos minutos, Samara me ofreció un café y se acercaron varias personas a preguntar qué había pasado. Dejé a Samara con los clientes indiscretos. No tenía ni ganas ni ánimos de atender a nadie. Le envié entonces un mensaje a Ivy y comprobé que Shane tampoco me había escrito. De hecho, el último mensaje se lo había enviado yo pidiéndole que me avisara cuando hablara con su padre. Aunque Álex me insistió en que cerrara, decidí que retomáramos la actividad, porque aún quedaban unas horas para el cierre y debíamos aprovechar. Cada día sin producir era malo para la economía de mi tío, así que nos pusimos en marcha.

Pasó el tiempo sin noticias, entretenida con los clientes que habían regresado en cuanto captaron movimiento en la barra y la terraza. Me tomé un descanso al ver que no había nadie esperando y cogí el móvil para comprobar si tenía algún mensaje de Álex. Nada, no me había llegado nada nuevo. Pegué un brinco al notar unas manos en mis hombros. Pensé en Shane y en la posibilidad de que se hubiese acercado para darme una sorpresa, pero no…

—¡Bu! —Ivy me sobresaltó por la espalda—. ¿Qué haces ahí escondida?

—¡Tía, qué susto! —Me llevé la mano al pecho con angustia. Estaba especialmente sensible—. No hay clientes y lo agradezco; estoy descansando un rato.

—Entre tu mensaje y Álex, que me ha mandado un audio, he venido lo antes posible. ¿Qué tal estás? —preguntó, y se sentó a mi lado.

—Bueno, nerviosa pero bien. No me ha dicho nada aún, y quiero saber cómo va. —Suspiré.

—Ya verás como no es nada. —Me acarició con cariño, animándome.

Agradecía su gesto, sus ánimos y sobre todo el apoyo que nos daba siempre, en especial a Álex. Con ella veía a mi primo feliz e ilusionado, y eso me encantaba. Sentía que Ivy sería una amiga de esas que perdurarían en el tiempo.

—Es horrible que pasen estas cosas —contesté.

—Llevaba unos días de mucho estrés y nervios, va a estar todo bien, ya verás.

—Hemos discutido un rato antes, estaba muy raro. Dicen que el estrés te provoca cosas de este estilo. Y me siento un poco culpable.

—¡Qué va, mujer! No es tan sencillo. Seguro que estaba muy cansado. Sabes que Marín apenas duerme. No te sientas culpable, nena.

Me encogí de hombros. Vi que algunas personas se acercaban y me levanté de nuevo. Indiqué a Ivy dónde estaba el delantal de Álex para seguir atendiendo a pesar de que me había pedido que cerrara.

Entre una cosa y otra, cayó el atardecer y estaba muy cansada. Ivy se fue a fumar a una esquina alejada de las mesas antes de ayudarme a cerrar. El cielo, con los rayos anaranjados que indicaban el final del día, estaba precioso. Encendí las luces del establecimiento, recogí los cacharros que había en el fregadero y los metí en el lavavajillas. Samara se había marchado hacía un rato porque tenía que ir al cierre a otro chiringuito. Cuando terminé, apareció de nuevo Ivy, quien se sentó en el otro lado de la barra delante de mí.

—¿Te ha escrito Álex? —preguntó.

—Qué va, ni mis padres. Les he enviado un mensaje, pero no han contestado. ¿Y a ti?

—Nada. ¿Deberíamos probar a llamar nosotras? —Me enseñó su móvil.

—No sé yo. A lo mejor es preferible esperar. Álex me ha dicho que me escribiría en cuanto supieran algo —contesté.

—Déjame, que lo intento, y si no atiende esperamos —sugirió Ivy.

—Vale. Yo les mando un audio a mis padres.

Seguía el silencio, y me di cuenta de que no recibían los mensajes. Quizá no tenían cobertura.

Shane tampoco aparecía y me preocupé también por él. ¿Qué podía haber pasado con su padre? Me parecía extraño que no me hubiese contestado, porque el mensaje sí lo había recibido.

—¡Ya sé qué hacer! —exclamó Ivy, con lo que llamó mi atención.

—Sorpréndeme.

Se levantó y rebuscó en los bolsillos de su pantalón, hasta que encontró un objeto y lo sacó contenta.

—Vamos a utilizarlo —dijo sonriente.

—¿Eso? ¿Para qué? —pregunté sin entender.

—¿Nunca te lo había enseñado? —Se sorprendió.

—Nop.

—Vale, bueno, este es mi péndulo. —Me lo enseñó con emoción.

—¿Esto es como lo de leer las manos? —Le di a entender que no iba a engañarme otra vez.

—¡No! Lo de las manos te dije desde el principio que era mentira, pero esto es de verdad algo muy serio. —Su semblante risueño me hacía dudar—. Te explico: esto es un péndulo adivinador. Dicen que cada persona que quiere un péndulo está destinada a uno en específico, «él te elige a ti». En mi caso es un péndulo de amatista. —Ivy se ponía en modo filosófica y me encantaba, me gustaba escucharla y así calmaba mi ansiedad por desconocer el estado de mi tío—. La amatista es conocida como la piedra de la armonía, la transmutación y la espiritualidad. Son minerales de atracción que pueden estar en collares, anillos, pulseras, pendientes, etcétera. En mi caso tengo estos. —Señaló sus cuatro colgantes—. El primero que tuve fue este. —Lo cogió entre los dedos—. La piedra es de ágata, considerada uno de los mejores amuletos que existen para atraer la buena suerte. Luego se convirtió en un vicio y compré otro de turmalina negra, la piedra protectora por excelencia. Actúa como barrera frente a energías negativas y repele las malas intenciones de otras personas. Este es de turmalina. —Cogió el otro colgante—. Atrae los pensamientos optimistas y aleja los celos y el rencor. El siguiente el de pirita, una de las piedras más poderosas para atraer el dinero. —Me guiñó un ojo—. Y el último, pero no menos importante, mi adquisición más reciente —dejó caer el péndulo ante mis ojos—, el cuarzo rosa, que se relaciona con el amor. Este simboliza la pasión, la sensualidad, la paz y la ternura. Suele utilizarse para atraer el amor, el propio o el de una pareja, o mejorar la relación con familiares o amigos.

—Joder, eres como una enciclopedia de la brujería, tía. —El comentario me salió de lo más profundo de mi corazón.

Empezó a reírse sin parar.

—Puede ser, sí —contestó.

—¿Y el péndulo, entonces? —Intenté tocarlo, pero ella lo apartó rápidamente.

—Primera regla, nunca toques los minerales de otras personas. Tu energía lo desestabiliza todo.

Me quedé flipando.

—¿Qué?

—Estas piedras tienen mi energía, y están limpias y cargadas con energía lunar. Si otra persona que no sea su dueña las toca, hay que volver a limpiarlas de las malas energías y esperar a la siguiente luna llena para cargarlas y que funcionen.

—¿Cómo las limpias? ¿Con agua y jabón? —pregunté intrigada, y eso la hizo reír.

—Se limpian las energías, no lo sucio. Depende de cada piedra. Algunas, como el cuarzo, son agua con sal o palo santo. —Suspiró con alegría—. Hay varias maneras, pero es muy largo de explicar. Para cargarlas, se exponen toda una noche a la luz de la luna llena y bla, bla, bla.

—Vale, termina de hablarme sobre el péndulo. —Yo no creía mucho en esas cosas, era una ignorante en toda regla, no sabía del tema y ni siquiera me había interesado jamás.

—Este chiquitín de aquí es la respuesta a todas las preguntas. Lo coges entre el índice y el pulgar, y preguntas. Él te contestará. A mí me ha funcionado en un montón de ocasiones.

—¿Y cómo sabe la respuesta?

—Tienes que preguntarle. Mira.

Cogió la cadena que sujetaba el péndulo con ambos dedos. La otra mano la colocó debajo con la palma extendida a cierta distancia para dejarle libertad de movimiento. Inspiró hondo y comenzó:

—¿Cuál es mi sí?

El péndulo se mantuvo quieto unos segundos hasta que empezó a trazar círculos en el sentido de las agujas de reloj. Me fijé en su mano, que se mantenía inmóvil.

—¿Lo estás moviendo? —pregunté atónita.

Negó con la cabeza.

—¿Cuál es mi no? —El péndulo paró los movimientos circulares para moverse en vertical.

—Todos los péndulos responden de maneras distintas. A lo mejor el mío tiene ese sí y ese no, pero el tuyo contesta al revés. Depende mucho de cómo sea tu comunicación con él.

—Ah, vale. —No me lo creía mucho.

—Otra cosa: hay veces en las que el péndulo no contesta, puede ser que no tenga respuesta o que la forma en la que proyectas tu energía en ese momento no sea la mejor. Entonces se queda inmóvil.

Asentí.

—Para probarlo, vamos a hacer una cosa. Piensa en algo que yo no sepa y no me lo digas. Por ejemplo, «¿Comí tortilla hace un mes?» o «¿Me regaló una pulsera el guiri?».

¿Qué podía preguntar? Algo que solo supiera yo... El dibujo de Shane.

—¿Pasó algo con Shane en su barco?

Ella me miró con los ojos como platos y luego esbozó una sonrisa pícara.

—El péndulo solo me responde a mí, tú no le puedes preguntar. —Me encogí de hombros a la espera del maravilloso movimiento. Seguía escéptica—. ¿Puedo preguntar por Zoe? —El péndulo hizo movimientos circulares—. ¿Pasó algo ayer entre Shane y ella en su barco? —Continuaron los movimientos circulares y ella me miró otra vez—. ¿Algo que quieras contarme, señorita?

Yo sentí como el calor subía por mis mejillas.

—Solo fueron unos besos y un momento bonito, no hicimos nada más.

Ivy bajó la vista al péndulo.

—¿Solo fueron unos besos y un momento bonito? ¿No hicieron nada más? —El péndulo se movió en círculos e Ivy asintió—. Haz otra pregunta, nena.

—Mi edad.

—¿Zoe tiene diecinueve años? —El péndulo respondió con movimientos verticales—. ¿Tiene dieciocho?

La respuesta fueron movimientos circulares.

—¿Estás de coña? ¿Cómo es posible? —No entendía nada. Todo lo acertaba.

—Ya te lo he dicho: el péndulo es un método de consulta, una herramienta para percibir y trabajar con la energía. Se aconseja para los que quieren empezar a practicar el arte de sentir la energía. A mí me ha funcionado siempre. También es algo que he llevado en secreto y no le he contado a mucha gente. Lo de los collares sí, pero lo del péndulo no. Así descubrí que Álex y yo nos íbamos a liar.

—¿Cómo? ¿Se lo preguntaste al péndulo?

Asintió.

—Y también me indicó que Álex sería mi historia única.

—¿No eres muy joven para pensar en el matrimonio?

—¿Qué dices? —Se llevó las manos a la cara con sorpresa—. No pienso casarme.

—¿Entonces? —Esa chica era difícil de entender—. Dices que Álex será tu única historia.

—Yo no he dicho eso, lo que he dicho es que le pregunté al péndulo si Álex sería mi historia única y el péndulo respondió que sí. —El desgraciado péndulo se movía de manera circular en respuesta a sus palabras.

—No entiendo. —Me crucé de brazos.

—La historia única es esa relación especial que tienes con una persona en el camino de tu vida. Es tan intensa, bonita e inolvidable que siempre la recordarás, aunque seas una viejita. Es la historia maravillosa de un gran amor que no se dio por diversas razones y que contarás a tus hijos o nietos.

—¡Vaya! —Hablar con Ivy era conseguir la paz y la tranquilidad. Era la amiga perfecta para olvidar tus problemas. Mi mente voló al puerto y se metió por la ventana en el camarote de Shane. Se recostó en su cama y lo besó, anhelando que fuera mi historia única. Sabía que la disfrutaría porque en pocos días había sido muy intensa y bonita, y ojalá fuera inolvidable. Lo deseaba con todas mis fuerzas.

—Vamos a preguntarle por Martín y Álex. —Inspiró nuevamente y se concentró—. ¿Puedo preguntar por Martín?

Movimientos circulares. Sí.

—Martín, ¿está bien?

Movimientos circulares. Sí.

—¿Va a estar ingresado un par de días?

Movimientos circulares. Sí.

—¿Es grave?

Cambiaba el sentido en un claro no.

—¿Le durará una semana?

Movimientos horizontales. No.

—¿Cuatro días?

Movimientos circulares. Sí.

—¿Puedo preguntar por Álex?

Movimientos circulares. Sí.

Parecía de verdad.

—¿Ha intentado comunicarse con nosotras?

Movimientos circulares. Sí.

—¿Se ha quedado sin batería y por eso no ha podido llamar?

Movimientos circulares. Sí.

¡Joder! El sonido de mi teléfono, indicando una llamada, me alertó. Me inquieté mucho, esperando lo peor. Ambas dirigimos la vista hacia él y al alcanzarlo descubrí que era mi madre. Cogí el teléfono y atendí.

—¿Hola?

—¿Zoe? Soy Álex —soltó.

—¿Por qué me llamas desde el móvil de mi madre? —pregunté.

—Es que me he quedado sin batería y me lo ha prestado.

Me llevé la mano a la boca mirando a Ivy, alucinante.

—Ah, okey. ¿Qué tal está el tío?

—Está todo bien. Va a quedarse unos días ingresado,

pero va a estar todo bien, no te preocupes. Ha sido un ACV o ictus silencioso, no ha sido muy grave, pero prefieren dejarlo en observación. Si supieras lo que le han dicho, flipas.

—¿Qué le han dicho?

—Que si no quiere que esto ocurra otra vez tiene que dejar de fumar del todo, dormir más, llevar una dieta saludable y evitar el consumo de alcohol, porque son todo agravantes que pueden suponer un gran peligro. —Iba a ser complicado que de repente, de buenas a primeras, lo dejase todo.

—¿Y tú crees que lo va a hacer? —Me mordí el labio nerviosa.

—Está en una edad peligrosa; si no lo hace podría repetirse y ser mortal. Así que se me ha ocurrido una idea.

—Sorpréndeme.

—Yo voy a dejar el tabaco y todo con él, lo prometo —hizo hincapié en ello con la voz temblorosa—, y así supongo que será más sencillo para ambos. Bueno, lo del alcohol y dormir más no lo prometo, pero, eh, es un gran paso. ¿No crees?

Una amplia sonrisa apareció en mi rostro. Me entristecía mucho por lo que estaba pasando el tío, pero me alegraba sobremanera que ese susto les sirviera para dejar al menos la marihuana. Y si encima dejaban el tabaco, mejor que mejor.

—Pues no sabes lo que me alegra oír esto, Álex.

—Uy, me están llamando para entrar. Yo dormiré aquí en el hospi con él. Por cierto, mañana comemos tú y yo con tus padres. Así que arréglate desde temprano. Dile a Ivy que te acerque al camping y pórtate bien, que duermes sola.

—¿Qué?

Hablaba muy rápido.

—Que te pongo con tu madre, que quiere hablar contigo. Te quiero. ¡Adiós!

—Hija. —Oí su voz y me emocioné, tenía demasiados sentimientos encontrados.

—Mamá, dime que se pondrá bien de verdad.

—Sí, cariño. Nosotros hemos cogido una habitación al lado del hospital por si surge cualquier cosa.

—¿Cómo está papá?

—Afectado, hija. ¿Cómo va a estar? Sabes que Martín es importante para él, aunque nunca lo reconozca.

—Ya lo sé, mamá. Se le veía la preocupación en la cara.

—¿Quieres que vayamos a buscarte y te quedas con nosotros?

—No, mamá, Ivy está aquí.

—¿Quién es Ivy?

—La novia de Álex. —Los ojos de nuestra amiga destellaron con ilusión por lo que acababa de decir.

Seguí hablando con mi madre largo rato. Me emocionaba sentirla tan cerca. Se lo conté todo con detalle, las cosas que me habían pasado aquellos días desde que me había ido con mi tío, incluso la predicción del péndulo que me había dejado a cuadros. Ivy me veía y escuchaba todo lo que le explicaba a mi madre, haciendo muecas para llamar mi atención. Cuando me despedía, recordé lo que me había dicho Álex. Al día siguiente comeríamos los cuatro juntos y no sabía cómo acabaría. Así que mi momento de intranquilidad aún no había terminado.

Al colgar no hizo falta que le contara a Ivy cómo estaba el tío. Ella ya lo sabía porque, mientras yo hablaba con mi madre, mi primo le mandó un audio de doce minutos explicándoselo todo. Le dijo que mi padre le había pedido a una enfermera un cargador. Me imaginaba a mi padre en esa faceta y me entró la risa.

—Pues me alegra mucho. Ha sido un susto, ya te lo había dicho. Le estaban comiendo los nervios.

—Ya, bueno. —Era como si me hubieran quitado un peso enorme de encima, porque antes me había sentido un poco culpable por lo sucedido—. Dormiré sola en casa, me voy contigo o si no llamo al guiri. —Le guiñé un ojo, aliviada por saber que mi tío estaría bien.

—Sí, ahora solo queda que deje los excesos y lleve una vida más tranquila y sin vicios.

—Ya, ojalá lo logre.

—Lo hará, y Álex también. —Me mordí la lengua para no añadir «y tú también», pero no era ni el momento ni el lugar, y tampoco me veía capaz de dar lecciones y meterme donde no me llamaban.

—Yo te llevo, y si después el inglés te visita durante la noche no pienso decir nada. —Cerró la boca e hizo como si cerrase una cremallera con los dedos. Cogió el móvil y marcó un número.

—Te lo agradecería hasta la eternidad.

—Ya me lo había pedido Álex, nena. Contaba con ello. —Me hizo un guiño y se alejó hablando en inglés.

# 35

## ZOE

### Cosas más bonitas me has dicho...

Me desperecé en la cama, ya eran las nueve y media. La noche anterior Ivy me había acompañado hasta el camping, y en cuanto llegué me di una ducha y me hice la cena. A última hora me escribió Shane para contarme brevemente la charla con su padre. Me dijo que todo había ido bien, a pesar de que su enfado no había pasado. No me dio muchos detalles, porque prefería hablarlo en persona. Yo en cambio sí le narré todo lo ocurrido con mi tío y mis padres en un audio de diecisiete minutos. No se ofreció a venir porque, según me escribió, estaba viendo una serie con su padre, lo que indicaba que, a pesar de su enfado, volvía la tranquilidad, y aunque lo lamenté, porque me habría gustado estar con él, en el fondo se lo agradecí porque estaba muy cansada y necesitaba dormir. Me sentía agotada física y mentalmente. Tenía que madrugar para arreglar un poco la cabaña y prepararme para estar lista a la hora que llegaran mis padres a buscarme en el coche con Álex e ir a comer. Medité mientras recogía la ropa del salón y ordenaba la cocina.

Pensé en el tío y en mi padre, y deseé que su relación mejorara tras ese incidente. «Ojalá mi progenitor razone y entienda que no todos podemos ser como él, y que no es el dueño de la razón. A veces hay que escuchar y ver lo que tenemos a nuestro alrededor, no juzgar a la gente por el simple hecho de que no opine igual que nosotros», pensé. Mi padre tenía una idea muy equivocada de mi tío. Y no es que Martín fuese perfecto porque, como todos en esta vida, era un ser humano lleno de imperfecciones. Pero el concepto de «vago» distaba mucho de definir a mi tío. Por no ser un ejecutivo detrás de un ordenador no era menos que nadie. Martín llevaba una vida cargada de responsabilidades y maduró antes de tiempo al tener tan joven a Álex. Ayudó a sus padres en las buenas y en las malas. Y no era más amigo de su hermano porque él no se lo permitía. «Ojalá se recupere bien de este bache y logre dejar los vicios para que dure muchos años más», deseé. Martín se merecía ser más feliz de lo que decía que era. Necesitaba, ahora que Álex era mayor, encontrar a alguien que le complementara porque, desde que su ex había salido por la puerta a buscar tabaco hacía casi veinte años, no había conocido a nadie que valiera la pena. Y ese, pienso, aunque nunca me lo dijera, era su gran pesar.

Me levanté y fui a la cocina a prepararme un café y unas tostadas. Llamaron a la puerta y fui a ver quién era. Descorrí la cortina y ahí estaba Shane sonriente. Abrí emocionada. No me lo esperaba y bulleron las emociones al tenerlo delante.

—¿Y tú aquí? —pregunté con una gran sonrisa.

—Venía a darte los buenos días. —Me besó fugazmente en los labios y me tendió una caja.

Al abrirla me sorprendí porque contenía un desayuno en miniatura. Dos *muffins*, dos cruasanes y un zumo en una botella pequeña.

—¿Y esto? —Estaba sorprendida y encantada por el detalle—. Gracias.

—Te lo envía Logan.

—¿Logan?

—Sí, el chef de mi padre.

—Guau, ¡qué lujo! —Cogí el *muffin*, me lo llevé a la boca y cerré los ojos, deleitándome con el exquisito sabor de esa maravilla—. Impresionante.

—¡Qué halagos me dedicas! —me reí.

—Tú no, el *muffin*.

—Bueno, cosas más bonitas me has dicho.

—Ha sido un detallazo, gracias —me acerqué y le rocé los provocativos labios—, y también dáselas a Logan por semejante desayuno.

—Tu beso ha sido un detallazo. —Y regresó a mis labios de una manera demasiado sensual. Luego se separó lentamente y susurró con la frente pegada a la mía y nuestras miradas conectadas—: Estás muy guapa.

Interrumpió el encuentro un cabreado Marley que salió de la habitación de mi tío ladrando con un tono muy agudo. Shane se agachó con una carcajada y fue divertido cuando lo cogió sin miedo entre sus brazos. El cachorro me defendía de un desconocido para él, pero su lado mimoso hizo que se derritiera ante los encantos del irlandés.

—En un rato vendrán mis padres y mi primo.

—En realidad, ya me marcho. —Movió las cejas arriba y abajo—. Cody me está esperando fuera. Como me dijiste que estabas sola, quería pasar a saludarte.

Mariposas aletearon en mi estómago. Con aquel bonito gesto aumentaban mis ganas de perderme en sus besos y en sus caricias. Shane era tan dulce que me sonrojaba con facilidad. Sabía perfectamente que venía para verme, y eso me hacía desearlo aún más. Me daban ganas de pasar todos los niveles encerrados en mi habitación, pero mis padres aparecerían en cualquier momento con mi primo y no podía permitir que me encontraran en plena faena. Entonces daría más motivos a mi padre para llevarme de regreso a Lleida.

—¿Te tomas un café? —sugerí.

—Nop, tengo que irme, pero ¿tienes planes para hoy?

—Sí, como te dije, voy a comer con mis padres y Álex, visitar a mi tío en el hospital y por la tarde tengo que trabajar. —Hizo un puchero.

—Te veo en el trabajo, entonces.

—Me parece perfecto. —Sonreí con ilusión y se despidió con un tierno beso.

—*Bye, Ginger.*

# 36

## ZOE

## Contrarreloj

Ya estaba lista. Me había puesto un pantalón vaquero negro de tiro bajo, un top gris y unas zapatillas blancas. Prefería ir sencilla y cómoda.

—Buenos días, guapa. —Mi primo apareció en el salón.

—Buenos días, guapo. ¿Qué haces aquí tan temprano? Espera, ¿qué hora es? ¿No venías con mis padres?

—Aún es pronto, he venido en taxi. Quería darme una ducha. A tus padres los he dejado con el mío en el hospital. He quedado con ellos en que nos recogían aquí.

—Ah, genial. Entonces ¿qué tal está el tío? Estoy deseando verlo ya.

Se sentó y suspiró.

—¿Todo bien? —Me inquietó la forma en que lo dijo.

—¡Sí! Claro, lo que pasa es que estoy cansado. Dormir en esas sillas es un asco. Me duele el cuello una barbaridad. —Se frotó la nuca—. La doctora ha pasado esta mañana y ha dicho que estaba todo bien, que le mantenían en observación porque la probabilidad de que se repita es muy alta en las próximas horas. Pero él se encontraba bien, estaba trabajando cuando me he venido.

—¡¿Cómo que trabajando?! Lo mato —gruñí.

—Con el iPad. Sí, el tío no para ni en el hospital. La médica ha dicho que si usaba muchos dispositivos electrónicos probablemente le dolería la cabeza. Mi padre ha dicho que no podía estar sin revisar lo que tenía pendiente. Que eran cuatro cosas y luego se dormiría. —Se encogió de hombros—. Es cosa suya.

—Tu padre no es capaz de descansar ni diez minutos. Por eso le dan estas cosas, el jodido estrés le pasa factura. —Resoplé con preocupación—. ¿Y mis padres han ido otra vez?

—Sip. —Asintió—. Ayer el tío estaba bastante pensativo, apenas habló en toda la tarde. Salió del hospital en varias ocasiones, supuestamente porque tenía que hacer llamadas de trabajo, pero según la tía era porque estaba muy agobiado por ver a papá así.

—¿Te dijeron algo de mí?

—Tu padre no me preguntó nada, permanecía sentado a mi lado, escuchándolo todo, pero la tía preguntó cómo te iba en el trabajo y aproveché para hablar maravillas de ti. Dije que eras la empleada del mes.

Me reí con su comentario.

—Pero ¡si llevo veinte días!

—Calla, que la cara de tu padre era para hacerle una fotografía. Estaba alucinado escuchando lo responsable que era su niña. Tu madre también me preguntó cómo me iba en la carrera y, claro, hice referencia a los cientos de artistas modernos que se ganan la vida con lo que más les gusta. Les hablé de Yoshitomo Nara y sus obras de niños manga, y de Miquel Barceló. Les hablé de Abraham Lacalle y un sinfín de artistas, haciéndoles entender que el arte es maravilloso y, aunque sabía que en el mundo existían muy pocos virtuosos de la pintura que llegaban a lo más alto, había muchísimos que vivían felices dedicándose a lo que más le gustaba, que era pintar, ilustrar y hablar de la vida a través de sus obras.

—Eres la leche, primo.

—Lo sé, y te digo algo: si tu padre no se convenció ayer con la chapa que les di del potencial que tienes como artista, hija mía, no sé qué vas a hacer.

—Por eso estoy nerviosa, Álex. —Le di un abrazo para transmitirle agradecimiento por todo lo que hacía por mí—. Gracias.

—Qué quieres que te diga. Uno hace lo que puede, y deja de dar las gracias. —Se levantó—. Me voy a dar una ducha, que los tíos llegarán pronto.

—¿Adónde vamos a comer? —pregunté.

—Ni idea, yo me voy a poner ropa sencilla para después ir a trabajar. —Entró en su habitación.

—¿Cómo? ¿Piensas ir al curro? ¿No vas a ir con el tío? —Me acerqué hasta el marco de su puerta.

—Me quedo a dormir en el hospital, pero no voy a dejarte otra vez currando sola. Además, mi padre ha insistido mucho en eso. Samara hoy no puede venir, así que estamos solos tú y yo, y el día viene fuerte. Y los tíos me han dicho que se quedarán con él después de comer.

—¿Perdona? ¿Mis padres se van a quedar otra tarde allí? Ayer lo entiendo, porque se asustaron y tal, pero me parece rarísimo que se hayan ofrecido a estar con el tío.

—Es posible que les hiciera un poco de chantaje emocional. —Sonrió mientras buscaba su ropa en los cajones revueltos.

—¿Qué les dijiste? —pregunté sorprendida.

—«Ay, me da mucho miedo irme a trabajar y que le pase algo. No sé qué haré. Le diré a Zoe que nos turnemos. Ella estaba muy preocupada. No sé cómo llevaré el chiringuito solo con la cantidad de gente que hay este mes», bla, bla, bla —dijo con una mano en el pecho—.

Tardaron menos de cinco minutos en ofrecerse a ayudarme.

—No me puedo creer que hicieras eso. —Reí sorprendida.

—Que sí, Zanahoria, como si no supieras lo espectacular que es tu primo. Además, les hace falta estar un rato juntos, aunque sea por obligación y en silencio. O tirándose sillas, ya verán lo que hacen. Pero tendrán que estar juntos unas cuantas horas de la tarde.

—Eres la hostia —dije con absoluta sinceridad.

—Lo sé, me voy a duchar. Termina de arreglarte, que pronto llegarán, para ir a comer sobre las dos. Así podremos ir al hospital media hora antes del trabajo.

—Joder, ¡pues date prisa, que ya es tarde! —bramé.

Y efectivamente, como un reloj, a la una estaban en la puerta del camping. Mandaron un mensaje desde la entrada, y mi primo y yo fuimos corriendo. Él estuvo a punto de caerse al tropezar en las escaleras, y llegamos jadeando y riéndonos. Sus caras, por otro lado, no eran muy sonrientes, y eso me puso muy nerviosa. Hasta mi madre estaba seria. Nos subimos al coche, nos saludamos e hicimos un viaje de veinte minutos en completo silencio, aunque mi primo y yo intercambiábamos mensajes para aliviar la tensión. Cuando bajamos, vino el frío beso de mi padre, de nuevo tozudo e impenetrable. Mi madre, en cambio, sí me abrazó con ternura, aunque la noté tensa. Álex rompió el hielo con sus bromas.

—A ver, ¿qué os parece la zona? Deberíais venir más este verano, para hacer alguna barbacoa todos juntos y esas cosas. Hacía mucho que no os veía. —Se quedó pensativo—. Bueno, aparte de ayer, claro.

Menos mal que no se le ocurrió recordar que la última vez había sido en el funeral de la abuela, porque no sé cómo habría acabado la cosa.

—Es muy bonita, Álex —respondió mi madre—, nunca habíamos estado por esta zona. ¿Verdad, David?

—No. —Seco y tajante.

Regresó el silencio mientras entrábamos en el restaurante, que estaba situado al lado de la cala de Aiguablava. Las vistas eran preciosas; el agua era de un azul turquesa increíble, muy clara y transparente. La playa no era muy grande, de ochenta metros de largo y veinticinco de ancho, según mi querido Google. Era mi costumbre rebuscar en la red datos para estar bien informada del lugar que pisaba. En la zona había mucha gente y nos costó un montón aparcar. El local era amplio y en multitud de tonalidades blancas y azul cielo. Completamente acogedor. Nos llevaron a nuestra mesa, que habían reservado el día anterior. La especialidad del lugar era el marisco. Nos sentamos y elegimos la comida.

—Bueno, Zoe, ¿qué tal te lo estás pasando aquí? —preguntó al fin mi madre.

—Muy bien —aseguré.

—Podrías al menos contestar a los mensajes —murmuró mi padre.

Puse los ojos en blanco omitiendo ese comentario. Empezaba la atmósfera negativa, llena de dinamita y cerillas. ¿Quién encendía el fuego?

—Aquí es difícil estar pendiente del móvil —me justifiqué de una manera absurda.

Él sabía que no quería contestarle.

—Ya, lo imagino —respondió.

—Te echamos de menos —añadió mi madre.

—Pues a Zoe la hemos tenido bastante entretenida este tiempo. Os lo dije ayer, ¿a que sí, Zanahoria? —Mi primo me puso una mano en la pierna y me guiñó el ojo con complicidad.

—Y tanto, no hemos tenido tiempo ni de respirar —le contesté.

—Si no era trabajando, era dibujando y si no haciendo mil cosas por esta zona tan bonita —dijo con entusiasmo.

Sinceramente, era mucho mejor tener a mi primo de amigo que de enemigo, porque el cabrón contaba con una capacidad de disuasión alucinante.

—Es verdad, han sido unas semanas increíbles. Hasta trabajando nos lo hemos pasado bien.

—Sí, es una zona muy bonita —habló mi madre— y sí que deberíamos vernos más. Por cierto, una pregunta que no viene al caso pero me interesa: ¿la playa en la que trabajáis es nudista?

—Claro, tía, desde hace unos años lo aceptaron, porque pedían continuamente un espacio libre —respondió mi primo, y mi madre se llevó la mano a la boca—, pero en el chiringuito no pueden entrar en pelotas, te lo prometo.

En ese momento se relajó el ambiente y hasta mi padre hizo un amago de sonrisa.

—Pero... ¿no os da vergüenza ver así a las personas? —se quejó.

—Qué va, ellos son felices así y consiguen un buen moreno sin marca de bañador. —Yo ahogaba las risas, pero cada vez era más complicado porque a mi madre se le desorbitaban los ojos cada vez un poco más—. Además, me parece que es un tabú tonto. Yo me he metido desnudo en la playa, y es incómodo, pero, eh...

—¡Suficiente, Álex! No es necesario que nos hables de tus vicios —agregó mi padre retomando su talante insoportable.

No aguantaba ni las bromas. Esa comida iba a ser muy difícil de llevar. Lo presentía.

Mi primo se rio por lo bajini y miró el móvil. A los segundos vibró el mío.

Ya sé de dónde te viene ese carácter, bombita

Vi la notificación, pero no abrí su mensaje.

—Bueno, Álex, ¿qué tal la universidad? —preguntó mi madre.

—Ya lo explicó ayer. Hizo una muy buena publicidad —soltó mi padre con ironía—. No empieces aún ese tema, quiero comer tranquilo.

—Estoy muy contento con la universidad, tía, siento que es mi lugar. Soy feliz estudiando lo que me apasiona. —Álex omitió el comentario de mi padre.

La respuesta fue un resoplido de mi progenitor y una sonrisa de mi madre.

—Me alegro mucho por ti, entonces. ¿Es muy complicado? —Ella me sorprendió de nuevo continuando sin ningún tipo de reparo por que estuviera mi padre delante.

—Voy al baño, ahora vuelvo —soltó papá y se levantó huyendo de la conversación.

Yo me limité a observar desde la paz del silencio.

—Creo que cuando algo te gusta lo disfrutas tanto que ni te fijas, aunque sí que es verdad que hay algunas asignaturas que son jodidas y se hacen bola, pero bue...

Un chico alto nos interrumpió preguntando qué queríamos beber.

—¿Has tomado ya la decisión? —me preguntó mi madre directamente.

Pensé un minuto antes de contestar.

—No quiero discutir ahora, mamá. Ya sabes lo que quiero.

El chico nos veía en silencio junto a la mesa esperando nuestra respuesta.

—Gaseosa para mí —pedí cortando la conversación con mi madre.

—Yo quiero Coca-Cola —añadió Álex.

—Y una botella grande de agua —pidió mi madre.

El chico tomó nota y se fue. Volvió la mirada indescifrable de mi madre.

—Quiero que sepas que te apoyo, que si ese es tu sueño cuentes conmigo. —Se inclinó sobre la mesa.

Ya conocía su aceptación, pero no esperaba que fuera tan determinante delante de mi primo. ¿Mi padre pensaría igual que ella? Los nervios se intensificaron en mi estómago y hasta sentí ciertos temblores que no podía controlar.

—Ayer hubo un momento en el que me quedé a solas con tu tío y me dijo un montón de cosas positivas sobre ti y tu pintura. Sobre lo que Álex estaba disfrutando, sobre las salidas que tiene la carrera y, no sé, llevo toda la noche pensando en ello y entiendo tu posición, entiendo que luches por lo que quieres, entiendo cada una de las cosas que nos decías. Este tiempo separada de ti me ha hecho ver un poco más allá, y aunque no sea lo que había soñado en un principio lo acepto. Aunque siempre fuiste una estrella en la pintura, lo veía como un *hobby*. Nunca barajé la posibilidad de que no estudiases alguna carrera de prestigio. Rompiste mis esquemas como madre, y no voy a permitir que luchar por tus sueños te separe de mí. Tu padre sigue sin estar de acuerdo, pero yo haré lo posible por que cambie de opinión.

Las lágrimas me anegaban los ojos. Creí que, si me ponía a pensar en las cosas bonitas que me había dicho mi madre en un año, esa sin duda estaba en el *top ten*. No sabía ni qué contestar. Estaba impactada ante esa repentina confesión a corazón abierto. Me apoyaba. Me había imaginado muchas situaciones en esa comida, pero ni en diez vidas habría soñado lo que acababa de decir.

—Gracias, mamá...

Iba a seguir con mis palabras de agradecimiento y comprensión, pero en ese momento llegó mi padre y se sentó, así que decidí guardar silencio, agradeciendo lo que había dicho con la mirada y una leve sonrisa.

El resto de la comida transcurrió entre temas banales y silencios incómodos. No puedo negar que estuve con la sonrisa tonta hasta el postre gracias a mi madre.

Cumplimos con esa cita que sé que era sumamente incómoda para todos y decidimos llevarla en paz.

—¿Os vais a Lleida después de comer? —pregunté con aire inocente a mi padre, porque, aunque conocía la respuesta, quería confirmarlo.

—Vamos a quedarnos con tu tío hasta que salgáis del... —Suspiró.

—Trabajo, papá, trabajo. No hace falta que suspires. Eso debería hacer yo y no lo hago.

—Es que no me parece un trabajo decente para alguien con tu potencial.

—Pues es mucho más que digno —replicó mi primo.

—No me refería a eso, Álex —contestó con tono de disculpa.

—Sé perfectamente a lo que te referías, tío, no entiendo esa necesidad de desmerecer un trabajo o unos estudios.

—Estás sacando las cosas de contex...

—No me digas que estoy sacando las cosas de contexto porque no tengo cinco años —mi primo estaba enfadado—. Sí, estudio Bellas Artes y trabajo como camarero en uno de los chiringuitos de mi padre, haciendo un buen currículum desde pequeño. Así que, si no te parece un trabajo «decente» para alguien con tanto «potencial» como tu hija, por lo menos respeta que yo sí que lo haga. Deja de resoplar y de poner los ojos en blanco. Porque lo único que haces es faltar el respeto continuamente. Y lo he aceptado en más de una ocasión, pero ya basta. —Se levantó y se fue.

Sacudí la servilleta de tela y seguí sus pasos con la vista hasta que se metió en el baño.

—Faltando el respeto a los adultos, no me extraña. Si sigue así, va a terminar como su padre —bufó mi padre, y tomó un sorbo de la copa de agua que le habían servido.

Giré la cara para verlo de frente cuando escuché sus últimas palabras. Sentía que me iba a estallar la vena de la frente.

—¿Lo dice el adulto que se está comportando como un crío? ¿Cómo va a terminar, papá? ¿Como una persona con una vida feliz, tranquila y sin preocupaciones con su hijo y su perro?

—Como un porrero sin futuro.

—Cómo se nota que no te has dado el lujo de conocer a tu maravilloso hermano. Es muchísimo más que eso, y no tienes derecho a juzgar su vida ni sus decisiones.

—Cállate, Zoe.

—No, papá, no me callo. —Mi madre le cogía el brazo, calmando a la fiera, como el día que salí de Lleida—. Te crees tan perfecto que no te das cuenta de que en realidad estás lleno de imperfecciones. Mi tío es un hombre feliz, lástima que no lo conozcas.

—¿Tú qué te crees? —Se levantó para retarme.

—Basta —le espetó mi madre con firmeza—. Ya es suficiente espectáculo. Zoe, márchate con Álex. Voy a llamar a un taxi. —Miró a mi padre como nunca la había visto—. Nos vamos, despídenos de Martín. Y lo siento, hija, no podremos ir al hospital. No voy a permitir que tu tío empeore. —Levantó la mano y pidió la cuenta.

—De verdad, papá, esperaba mucho más de ti.

—Ya, Zoe, no sigas —me recriminó mi madre.

Empujé la mesa indignada, me levanté y les di la espalda dispuesta a salir. Mientras me alejaba, oí como mi madre discutía con mi padre. Me producía demasiada impotencia ver cómo hablaba de su hermano. Sí, mi tío era un hombre imperfecto, cometía errores día tras día, pero ¿no era capaz de ver nada bueno en él? ¿Tanta inquina le tenía? Solo sacaba los trapos sucios y no podía darme más rabia. Salí del restaurante hecha una furia e inspiré hondo. Desde donde estaba, se veía muy bien la preciosa cala y me permitió tranquilizarme. Me fijé en un niño pequeño que, subido en una tabla de pádel surf a lo lejos, luchaba con uñas y dientes por seguir de pie pero no lo lograba, e inevitablemente me vinieron a la memoria esos días del principio del verano con Ivy y Álex. Se me escapó una sonrisa. Era tan feliz ahí. Estaba tan tranquila. Todo era mucho más fácil. Mi primo, mi tío e Ivy me estaban haciendo muy feliz.

—¡Nos vamos! —dijo mi padre saliendo del restaurante.

Mi madre iba detrás de él, notablemente cabreada.

—El taxi viene en camino, hija. —Me abrazó y me dio dos besos—. Respóndeme a los mensajes, por favor.

—Avísame cuando lleguéis.

Se alejó y se me saltaron las lágrimas. ¿Por qué era todo tan difícil con mi padre?

# 37

## ZOE

## Me fijé en ti

El trayecto desde el restaurante hasta el hospital transcurrió de nuevo en un silencio tenso. Me dolía constatar que mi padre seguía en sus trece. No mostraba ni un ligero cambio al ver a mi tío delicado de salud. «¿Qué tendría que ocurrir para que reflexionase de verdad?», pensé. Albergaba la esperanza de que saliera ese lado más humano que sabía que tenía y dejara tanta pose, de que fuera tolerante y aceptara las decisiones de los demás.

Envié un mensaje a mi madre para agradecerle las palabras de apoyo. Le pedí que me escribiera cuando llegaran a casa. Sabía que el trayecto de regreso iba a ser difícil, lidiando con la terquedad de mi padre. Pasaron los minutos, pero no recibí respuesta.

Al llegar al hospital, mi primo y yo subimos en el ascensor hasta la quinta planta, donde estaba ingresado el tío.

—Como mis padres no se quedan por la tarde, si quieres quédate tú para hacerle compañía.

—¡Que no! No hace falta, Zoe. Papá está genial, ya lo verás —me animó. Me mortificaba pensar que pasaría solo toda la tarde—. Si les pedí a los tíos que se quedaran fue más por obligar a tu padre a que estuviera con el mío, para que compartieran en esta situación. A ver si de alguna manera hacía que se entendieran. No porque papá lo necesite.

—Pues al final nada. No va a poder ser.

—Lo siento por lo de antes, quería que tuviéramos una comida tranquila, pero no he podido. Me superó tanto suspiro y tanto desmerecer.

—Ya… no te preocupes. Bienvenido a la familia —contesté con pena—. No te disculpes, yo también estaba agotada de tanta tontería. Si no explotabas tú, lo iba a hacer yo.

Subió una pareja mayor que hablaban contentos y nosotros nos callamos. Fuimos hasta la habitación y nos encontramos a mi tío con el iPad y el lápiz digital en la mano.

—¡Anda, chicos! Habéis llegado. Me estaba volviendo loco sin vosotros aquí.

Soltó lo que tenía en las manos y abrió los brazos. Yo me acerqué y le di un achuchón.

—Te voy a pegar, ¿qué haces trabajando? —Me separé de él.

—No estaba trabajando, estaba como el doctor Hannibal Lecter, dibujando las vistas. —Señaló la ventana, por la que solo se veía otro edificio.

La habitación era completamente blanca: sábanas blancas, paredes blancas, hasta la televisión era blanca.

—Os juro que me moría de aburrimiento.

—¡Joder! Pues menuda referencia nos das.

Reímos los tres. Me alegraba verlo con tan buen semblante.

—Bueno, ¿qué tal los dolores de cabeza? —Me senté en la silla, tiesa como un palo. Era muy incómoda, como para que la visita no echara más de cinco minutos.

—Estoy perfecto. A ver si me dan el alta ya. Estoy aburrido de estar aquí, de verdad te lo digo. —Acomodó la almohada.

—Pero si no llevas ni un día. ¿De qué te quejas? Es lo que toca, guapo, ajo y agua —me burlé.

—Tampoco estás tan mal aquí. Hasta un enfermero te tiró la caña —se mofó Álex.

Mi tío le hizo una peineta.

—Ah, ¿sí? ¿El chisme no me lo cuentas? —Me crucé de brazos, interrogante.

—Que no es chisme, solo que un enfermero me preguntó si hacía mucho ejercicio porque estaba muy bien físicamente, y tu primo es gilipollas. —Bufó.

—Uy, míralo por el lado positivo, que te diera el chungo te valió hasta para ligar. —Me encantaba chinchar a mi tío—. Lo que tiene que vivir un hijo con un padre guapo.

—Será un padre con un hijo guapo —repuso mi primo.

—De alguien tuviste que salir, digo yo —habló Martín—. Mira que al final hasta conquistaste a Ivy.

—¿Cómo lo has sabido? —pregunté mientras Álex se encogía de hombros y resoplaba.

Una mueca burlona fue la respuesta de Martín.

—Lo llaman instinto de padre.

—Instinto, los cojones. Tengo un padre muy cotilla, que no es lo mismo.

—¿Cotilla? Cotilla, ¿yo? Si os estabais dando el lote la otra noche en la playa.

Mi cara demostraba lo pasmada que estaba oyendo a los dos pelear como niños. Movía los ojos de un lado para el otro con una sonrisa en la boca.

—¿Qué dices de playa? Si te pillé mirando por la ventana de la cabaña. Dime, ¿qué hacías asomado por la ventana?

—Joder, ¿ahora me vas a decir a mí cuándo puedo o no mirar por la ventana de mi casa?

—Eran las cuatro y media de la madrugada, y no es tu casa, es un camping.

—¡Ala, niño! Déjame en paz.

Se picaban el uno al otro de buen humor. «Qué lástima que mi padre no disfrute con su hermano como debería. Creo que el tío le aportaría mucha diversión y alegría», pensé.

Martín se incorporó en la cama al tiempo que buscaba el timbre para llamar a la enfermera.

—Me voy a volver loco entre estas cuatro paredes —se quejó otra vez.

Sin alcanzar el aparato, como si la hubiese llamado por telepatía, apareció una enfermera en la habitación. Parecía joven, de mediana altura, vestida con la bata blanca y el pelo largo, negro y liso recogido en una coleta. Sus ojos eran grandes y castaños, la nariz respingona y los labios gruesos. Iba maquillada de forma muy leve, tanto que apenas se notaba.

Álex se fijó en que a mi tío iban a salírsele los ojos mirando a la chica.

—Buenas tardes. —Sonrió con amabilidad—. Vengo a revisar la medicación, que por lo visto se ha acabado.

La chica sacó la bolsa de vacía.

—Sí, ahora me encuentro perfectamente —respondió con una sonrisa de conquistador tirando fichas.

Álex no aguantó la risa y mi tío lo fulminó con la mirada. La chica sonrió, contagiada por mi primo.

—Sí, nos acaba de decir que está loco por irse —intenté ayudar a mi tío.

—Bueno pues aún te quedan unas cuantas horas aquí —replicó ella mirándolo—. Me voy. Cualquier cosa estoy aquí al lado, ¿vale?

—Claro, te llamaré por aquí —contestó el ligón de mi tío cogiendo el timbre.

En cuanto la enfermera salió de la habitación, él se incorporó y recriminó:

—Si vuelves a hacer una gilipollez de esas te voy a meter una paliza —indicó con la mano a mi primo.

—¿Te he jodido el ligue, abuelo? —se burló Álex.

—A mí me parece que le has caído bien gracias a este tonto. —Me levanté de la silla, me acerqué a mi primo y le di una colleja.

—Auch. —Se frotó la nuca exagerando—. Encima de que te premio con mi hermosa presencia, no lo valoras.

—¡Calla, anda!

Entre una cosa y otra disfrutamos del rato a su lado haciéndoselo un poco más ameno. La enfermera guapa no regresó mientras nosotros estuvimos ahí.

Pensamos en la posibilidad de que le diesen el alta antes de lo previsto. Con la energía de Martín, cualquiera lo soportaba encerrado entre cuatro paredes. Cuando bajábamos en el ascensor, se abrió la puerta y nos encontramos de frente con mis padres. No se habían marchado a Lleida, y cumplían con lo acordado. Por eso mi madre no me había escrito. Seguro que había convencido a mi padre de ir y de verdad me alegraba, porque quizá sí fuera posible unir a nuestros padres. Y tal vez algún día lograra que aceptara mi petición.

Justo llegaron a la hora que debíamos irnos nosotros. Mi padre se ofreció a llevarnos, pero dijimos que preferíamos ir en taxi, porque Álex había dejado el coche en el aparcamiento de la playa el día anterior. Sus palabras antes de despedirnos me dejaron reflexionando.

—Lo siento, Álex, antes me he pasado. —La voz de mi padre me pareció sincera.

—No pasa nada, tío, sé que, aunque te cueste reconocerlo, en el fondo nos quieres. —Mi padre se puso tenso al oír las palabras de Álex, pero no rechistó. Asintió dando a entender que estaba de acuerdo.

No entendía qué le habría dicho mi madre para que

mostrara ese cambio de actitud, pero por primera vez en la vida mi padre cedía, y eso suponía un grandísimo avance. Me emocionaba pensar lo que había conseguido. Aunque no aceptara que estudiara Bellas Artes, para mí era un gran logro que la relación entre hermanos fuera posible.

—Ya hablaremos.

Asentí al ver que mi padre se dirigía a mí.

Nos despedimos porque llegábamos tarde para hacer el relevo en el trabajo. Esa tarde regresaba la alegría a mi corazón porque, de alguna manera, mi empeño de ir a pasar el verano con mi tío y mi primo cobraba sentido. Si mi padre y mi tío se acercaban, ya habría valido la pena.

De camino al trabajo le envié un audio a mi madre preguntándole qué había pasado. Su respuesta fue clara y me llenó de ilusión:

Dale tiempo, hija. Tu padre te ama con locura,
y aunque le cueste reconocer que te has hecho mayor,
con el tiempo lo entenderá.

Pero su siguiente mensaje me dejó sin palabras...

Le acabo de hacer un bizum a Martín por el importe de la matrícula. Espero que tu decisión te haga muy feliz y cumplas tus sueños. Cuenta con nuestro apoyo, aunque tu padre aún no lo sepa. Si volviera a nacer, me gustaría tener tus agallas. Te quiere. Mamá
PD: Si pones la dirección de casa en los datos de información de la universidad, llegan las cartas ☺

No podía parar de llorar. Álex intentaba consolarme, pero mi llanto no necesitaba consuelo, porque era de alegría. A veces tenemos que tomar decisiones que nos cuestionamos por miedo, por vergüenza o por simple rebeldía.

En mi caso había valido la pena y me encontraba inmensamente feliz.

Al final llegamos diez minutos antes de la hora. Nos pusimos los delantales y trabajamos sin descanso. Cuando tuve tiempo de mirar, ya eran pasadas las ocho.

—Buenas, ¿me pones una manzanilla?

Al levantar la vista me encontré con Mauro el Sonrisas. A lo lejos vi a sus primos, que me saludaban.

—Ostras, ¿qué tal el verano? —Me alegraba un montón de verlos.

—Pues todo bien, no sabía que trabajabais aquí. —Saludó a mi primo con la mano—. ¿Tú qué tal?

—Pues también genial, la verdad, sí, hacemos unas horitas aquí. Espera, que te sirvo la manzanilla. —Fui a por la tetera—. Hace mucho calor para una manzanilla, ¿no?

—Sí, bueno, es que te he visto y me ha dolido la barriga —contestó.

Yo intenté entender lo que me decía, pero no pude y me reí nerviosa por no haberlo pillado.

—Es por las mariposas —aclaraba.

—Pensé que serían de ganas de vomitar, pero sí, eso tiene más encanto —me burlé—. ¿Sigues queriendo la manzanilla o era una broma?

—Mejor una birra, que hace mucho calor. —Me guiñó el ojo.

La verdad, el chico no era muy acertado en lo que a ligar se refería. Mi mente caprichosa pensó en Shane e inevitablemente los comparó.

—Estás mucho más moreno. ¿Qué tal Luis y Lali? —pregunté.

—Bien, bien. Quería volver a verte, pero bueno, entre que estuvimos unos días en Salou y en el camping no volvimos a coincidir… Y tampoco tenía tu número.

—Ya. —Suspiré entendiendo que buscaba conversación—. ¿Mucha fiesta? —Asintió en respuesta—. Genial entonces.

—¿Hasta qué hora trabajas? —preguntó.

—Cierro a las doce. Entre que recogemos y eso, pues media hora más aproximadamente.

—Joder, acabarás agotada.

—Pues sí, la verdad. —Me rasqué la frente.

—¿Me das un agua, por favor? —pidieron en alto, y esa voz y ese acento los conocía.

Al ver quién era, sonreí con ilusión. El chico que besaba de locos aparecía, y las mariposas de mi estómago revolotearon al verle.

—Hola, guapo. —Estaba muy serio—. Ey, ¿todo bien?

—Sí, todo genial. He tardado, pero aquí estoy. He venido a verte. —Le veía un poco tenso—. ¿Qué tal el día? ¿En qué has venido?

—Bueno, yo ya me voy. Nos vemos pronto, guapa, ¿vale? —se despidió Mauro dándome dos besos.

—Sí, saluda a Luis y a Lali de mi parte, y a ver si pronto salimos o algo.

Me despedí con la mano, se fue y mis ojos regresaron a Shane. Al ver su semblante serio, con la ceja levantada, no pude evitar soltar una carcajada.

—Guapa, ñiñiñi —se burló en cuanto se alejó Mauro.

—¿Qué? —pregunté—. Es muy majo, le conocí cuando llegué. A ver si un día os presento.

—Estabas con él el día que nos conocimos.

—¿Qué? ¿Cómo lo sabes?

—Bueno. Me fijé en ti.

—Sí, sí, ya veo. Por eso me abrazaste y, no conforme con eso, me duchaste con el cóctel, ¿verdad?

La sonrisa cautivadora regresó a la boca del irlandés.

—Fuiste tú la que se tropezó conmigo. —Chasqueó la lengua.

—Sí, claro —le di la razón con ironía, y para picarlo retomé el tema—. Pues a Mauro lo conocí justo esa mañana. Me había caído de la bici y él y sus primos me ayudaron.

—Ah —soltó.

—¿Ya está? ¿Solo «ah»?

—Me parece bien. —Sonrió con picardía.

—¿Qué te parece bien? —Arrugué la frente con incomprensión.

—Que me eligieras a mí.

—Ufff, te crees muy guay, ¿no?

—Yo también te elegí a ti, y lo sabes.

Se me escapó una risa nerviosa. Ese iba a ser mi día, y tenía que lanzarme.

—Dime, ¿con quién competía? ¿Con las rubias o con la morena?

Frunció el ceño, extrañado.

—Venga, no te hagas el inocente. Viniste con tres chicas.

Dejó escapar una carcajada y se lo confirmé:

—Yo también me fijé. —Guiñé el ojo y sentí que el ambiente se encendía con aquella mirada que me recorría de arriba abajo mientras yo recogía un vaso y limpiaba la barra con un paño.

Álex pasó por el espacio que nos separaba con una bandeja después de recoger las mesas. La dejó en la encimera y saludó a Shane con una palmada en el hombro.

—*Hello.*

Puse los ojos en blanco.

—Álex, Shane habla español —aclaré.

—Lo sé, pero me gusta practicar el inglés —se justificó al tiempo que cogía unas copas.

—¿Qué tal tu padre? —le preguntó el irlandés, y me gustó que se preocupara.

—Está bien, a ver si le dan pronto el alta —respondió—. Por cierto, hoy no me quedo en el hospital. Me acaba de llamar papá y me ha dicho que me vaya a casa, así que me voy con Ivy.

—Te ha dicho «a casa» —le amenacé alzando un dedo a modo burla.

En ese instante llegó un cliente y Álex nos dejó solos. Me vinieron a la mente mi madre y su mensaje.

—Tengo que contarte muchas cosas, pero mejor cuando acabe, porque es largo. ¿Tú qué tal con tu padre?

—Bien. —Se encogió de hombros.

—Estás raro —me sinceré.

—Yo tengo que contarte dos cosas: una buena y una mala. —Hizo un mohín.

No me gustaba nada verlo así. Parecía preocupado. Pensé que quizá estuviera con otra chica, pero enseguida me dije que tampoco era que hubiéramos tenido nada serio, apenas unos besos y poco más. Me imaginé que su padre la habría vuelto a liar… En fin, su cara me decía que la mala noticia iba a ser muy mala. Respiré hondo.

—Primero la buena. —Me crucé de brazos y me preparé para la bomba.

—Me han aceptado en el MIT.

—¡Ah! —grité. Su gran deseo. Podría independizarse—. Enhorabuena, Shane. —Salté de la emoción y le abracé con fuerza. Me alegraba muchísimo—. ¿Cuándo te has enterado?

—Hace unas horas. Quería que lo supieras.

—No sabes lo feliz que vas a ser. ¡Vas a cumplir tu sueño! Te vas a independizar.

—Sí, eso me hace muy feliz, pero… —Apagó la sonrisa repentinamente—. Lo malo es que me obliga a terminar las vacaciones antes de lo previsto.

«Oh, mierda».

—Mi padre me ha dicho que esta semana será la última que pasaremos aquí... —Se lamentó, rascándose el cuello.

—¿Qué?

—En siete días nos vamos, así que he venido a decírtelo.

—Joder, Shane. —No quería que llegase esa despedida. Probablemente no volveríamos a vernos nunca, y eso me generó un vacío horrible en el pecho.

—Te propongo algo...

Alcé la vista y suspiré.

—No sé qué decir... —dejé en el aire.

—Que sí.

—¿Qué?

—Dime que los próximos siete días estaremos juntos y serán inolvidables.

Me alegraba su petición, pero en realidad no sabía si reír o llorar. Bueno, quería llorar.

—Haremos lo que tú quieras. Piensa en todas esas cosas que deseas con ganas y te las cumpliré una a una. —Me cogió las manos—. Que quieres lanzarte en parapente, pues lo hacemos...

A mí me entró la risa.

—Que quieres montar en helicóptero, pues lo hacemos también.

Deseos, deseos, yo quería hacer muchas cosas, pero en ese momento no me venía ninguna a la cabeza. Jamás hubiera pensado que me ofrecieran la posibilidad de cumplir deseos imposibles. ¿Qué pedir?

—Ya sé... —Me sequé una lágrima en la mejilla—. Tengo tres deseos.

—Pues tú dímelos y yo los cumplo.

—El primero...

# 38

## SHANE

### Tus tres deseos

Haber entrado en el MIT fue la clave para hacer las paces definitivas con mi padre. Contra todo pronóstico, recibir el mensaje de aceptación fue el detonante para que se diera cuenta de que de verdad me iba a independizar y, lo más duro para él, sin su ayuda. Tenía mis ahorros en una cuenta en Estados Unidos que mi madre había abierto a mi nombre antes de morir. Había ido creciendo con los años, y me la liberaron cuando cumplí los dieciocho. No había tocado ni un dólar desde entonces. Era mi reserva para el futuro, mi as bajo la manga si mi padre se negaba a pagarme los estudios, como me había prometido. En Irlanda me había amenazado varias veces con hacerlo. Días atrás se había puesto como una fiera, negándose a asumir los costes de mi independencia si me aceptaban en Cambridge. Fue entonces cuando le recordé la herencia de mi madre y le dije que no me hacía falta su ayuda. Se quedó de piedra, no se lo esperaba, y estaba dolido. Por eso la noche que estaba con Zoe en el barco intentó dejarme en ridículo ante la pelirroja en un arrebato de desesperación al verse descubierto, porque pensaba que yo no estaba y, una vez más, no cumplía sus promesas.

Cuando fuimos juntos a Barcelona, habíamos tenido un acercamiento increíble. En aquel momento le creí, pero sus promesas se vieron empañadas cuando se subió al barco la noche que estuve con Zoe con el mismo patrón de vida desenfrenada que había seguido durante años. Meditó y recapacitó, y al día siguiente me ofreció unas disculpas que acepté sin discutir. Era mi padre. Y tenía que entenderlo. Su vida glamurosa y de éxitos al final era un auténtico caos. Y difícilmente podría cambiar de la noche a la mañana. Le llevaría tiempo cumplir sus propósitos, y yo confié una vez más en que lo haría. Seguía guardando el duelo por mi madre. Creo que nunca lo superaría. Mi madre le ofreció un amor incondicional con el que fue muy feliz. Y nadie había logrado sustituirla. Hay personas que aman una sola vez en la vida, y la gran desgracia de mi padre fue perder a mi madre. Ese día hablamos hasta la madrugada. Me pareció sincero y arrepentido. Y nos dimos otra oportunidad. Por él, por mí, por nosotros. Yo también tenía que aprender a ser más tolerante. Comprender que no todos llevamos una vida perfecta y que, aunque tengas mucho dinero, quizá te falte lo único que no se puede comprar: el amor.

Decidimos enterrar nuestras diferencias por mí, pero sobre todo por él. Porque era mi padre y lo quería. Y mientras viviera tenía que disfrutarlo al máximo, porque sabía que después, cuando ya no estuviera, nada sería igual. Cuando llegó el mensaje de aceptación en el MIT, se sintió orgulloso y me abrazó con ilusión. Y en menos de dos horas había organizado con su equipo de trabajo todo mi traslado. Me pareció increíble que lo hubiese hecho en tan poco tiempo, y Fernández me chivó que ya lo tenía previsto desde el mismo día que presenté la solicitud, solo que no me lo había dicho nunca. Todo estaba planificado milimétricamente: el alojamiento, el coche y todas las cosas que necesitaría para instalarme en Cambridge a mediados de agosto. Una vez más, Anthony O'Brian me demostraba que me quería, aunque muchas veces no supiera cómo expresarlo.

Por otra parte, el negocio que tenían pendiente al final no se dio. Resultó ser un fraude con criptomonedas, y mi padre y sus asesores no cayeron en el engaño. Mi padre era un tío legal, y de eso nunca tendría la menor duda.

Por su parte, Cody no dejó escapar ninguna oportunidad. Se lio con Brigitte, con Sally y hasta con la mismísima Helen. Acabó pilladísimo de la morena, aunque nunca me lo reconoció, y la fraternal amistad de las chicas terminó en tormenta. Ellas se embarcaron rumbo a Inglaterra y Cody volvió a las andadas por el puerto en busca de la siguiente chica de la que se iba a pillar. No tenía remedio.

El que también acabó pillado hasta las trancas por primera vez en su vida fui yo. Porque Ginger me gustaba, y mucho. Hasta el punto de que estaba dispuesto a cumplir tres deseos, cinco o los que fueran necesarios para verla feliz.

Proponerle a Zoe cumplir sus deseos al principio daba vértigo, pero cuando llegamos al tercero fue una auténtica locura...

# 39

## ZOE

## Mi historia única

—Te dije que era de gustos sencillos, Shane.

—Vale que un deseo sea montar en moto de agua. Será fácil. El otro deseo no me lo has confesado porque dices que será una sorpresa, pero ¿saltar desde aquí? Eso no lo hago ni de coña, como dices tú. No pienso lesionarme la médula espinal, quiero volver a competir.

Miraba cagado desde lo alto de la enorme roca a la que habíamos subido. Pensaría que uno de mis deseos era ver el atardecer o algo romántico.

—¿Cómo demonios se te ha ocurrido esto? —preguntó tras asomarse acobardado.

—Serás miedica…

—¿Y eso qué es?

—Que te da miedo.

—Pues sí —reconoció con orgullo cruzándose de brazos.

Esa era una de sus grades cualidades. No le importaba mostrar sus temores. Shane era un chico transparente y muy natural.

—Venga, me has dicho que cumplirías mis deseos, así que no te vas a rajar…

Suspiró una vez más, se encogió de hombros y, no muy convencido, terminó aceptando mi propuesta. Allí estábamos los dos, cagados de miedo en lo alto de la roca, a punto de hacer la proeza de lanzarnos frente a la playa en la que trabajaba. Álex e Ivy nos miraban desde la orilla. Nos cogimos la mano con ilusión y juntos lo hicimos. Corrimos unos metros y saltamos impulsándonos para ganar mucha distancia, nos soltamos las manos y pegamos los brazos al cuerpo para entrar como flechas a gran velocidad en el mar. Lo que sentí fue mágico. No tengo palabras para describir aquel momento, la proeza de hacer algo muy arriesgado sin miedo a destrozarte. Bueno, un poco de miedo sí que tenía, pero no pensaba manifestarlo. Al salir a la superficie, me encontré con un risueño Shane que gritaba emocionado nadando hacia mí. Cuando me alcanzó, le rodeé la cintura con las piernas y el cuello con los brazos. Y me besó, demostrándome una vez más lo fácil que era hacer las cosas bien en muy poco tiempo.

Lo nuestro iba a ser indeleble y recordado eternamente.

—Siempre serás mi historia única —le dije con lágrimas en los ojos evocando las palabras de Ivy.

—No llores —me pidió, y me secó las lágrimas—. No sé qué es esa historia, pero si es un deseo lo cumpliré.

Negué sonriendo al tiempo que pegaba mi frente a la suya, haciendo ese momento inolvidable.

—Cuando seas padre —suspiré con nostalgia— les contarás a tus hijos como un cuento nuestra bonita historia. Yo lo haré.

Él alzó el meñique y entrelazamos los dedos en una promesa.

—*Pinkie promise*, Ginger.

—*Pinkie promise*, Shane.

# 40

## ZOE

# Sin duda alguna y con diferencia, él sería inolvidable

Mi segundo deseo fue sencillo: montar en moto de agua y recorrer la costa a toda velocidad. Shane vino a buscarme muy temprano esa mañana y, al llegar al barco, nos encontramos a su padre, quien me ofreció una disculpa por su comportamiento aquella penosa noche. Yo la acepté sin rencor. La verdad era que nadie podía entrar en los problemas de las familias. Solo podían solucionarlos entre ellos. Su padre había reconocido sus errores y trataba de enmendarlos, y eso ya era un paso importante. Se despidió de una manera muy educada y entró en el barco deseándonos que lo pasásemos bien.

Shane me cogió la mano y me llevó al lateral del barco, donde nos esperaban amarradas no una, sino dos motos. Mi sorpresa era evidente, y la emoción me recorrió el cuerpo de los pies a la cabeza.

Como bien había pedido en mi deseo, bordeamos varias playas hasta que llegamos a una cala muy pequeñita y solitaria. Subimos las motos a la arena con el impulso de una ola y, cuando me bajó la adrenalina, me temblaron las piernas de pensar en el tercer deseo. No sabía cómo pedírselo.

Ese deseo superó con creces todo lo que podía haber soñado nunca. Sin palabras, nos regalamos el momento más romántico y excitante que había vivido jamás. Extendimos juntos una gran toalla en la arena, cerca de la orilla. Lo miré fijamente y con valentía, me acerqué a él y, con voz trémula, susurré:

—Mi segundo deseo de hoy eres tú.

Se humedeció los labios y acto seguido me besó. Me devoró, expresando sin palabras el deseo contenido. Estábamos eufóricos, se nos aceleró la respiración en segundos, teníamos ganas de tocarnos con libertad y confianza. La incandescente luz del sol bañaba nuestros cuerpos tumbados en la arena, con las suaves olas tocándonos los pies. No había prisa, queríamos marcar el ritmo al compás de nuestras caricias. Su exquisita boca me recorría con la necesidad de sentirme, me excitaba su simple tacto. A orillas de aquella playa maravillosa hicimos el amor de la manera más bonita y delicada que en la vida pude imaginar. No hubo palabras, solo caricias y besos que llenaron cada rincón de nuestros cuerpos.

La fogosidad del irlandés era espectacular. Todo comenzó suave y delicado, y fuimos subiendo niveles sin preguntar. Teníamos la misma necesidad de sentirnos y darnos placer. Pasamos de la respiración acelerada a los jadeos, de alcanzar el clímax a continuar con las embestidas profundas, haciéndome descubrir el abecedario de las zonas erógenas de mi cuerpo.

Si César, mi ex, había sido tierno y el *fuckboy* Samu maravilloso, sin duda alguna y con diferencia, Shane sería inolvidable.

# 41

## ZOE

## Ni leyendo la mano
## ni con el péndulo mágico

Shane sin duda me había regalado una buena parte del mejor verano de mi vida.

No solo cumplió mis tres deseos, sino que en los seis días que le quedaban en la costa catalana no se apartó de mí ni en horas de trabajo. Aparecía por la mañana para traernos a mi primo y a mí el desayuno que Logan nos preparaba. Me invitó a comer y a cenar todos los días. Con cada restaurante se superaba. Vimos atardeceres, me regaló flores y bombones. Me acompañaba durante mi turno tumbado en la arena, y en ocasiones hasta nos ayudaba a Álex y a mí cuando se llenaba el chiringuito. Queríamos grabar en nuestra memoria cada segundo juntos.

Repetimos el tercer deseo varias veces y cada una fue mejor que la anterior. Ese chico me gustaba, y mucho. Era una pena que fuéramos tan jóvenes y viviéramos a miles de kilómetros, porque si lo hubiera conocido con la carrera terminada y mi vida encauzada, no lo habría dejado escapar. El futuro era incierto, no sabíamos qué sucedería mañana. Nadie podía adivinarlo. Ni leyendo la mano ni con el péndulo mágico de Ivy podía predecir qué pasaría.

Por las dudas, una noche, mientras paseaba por el mercadillo con Shane, me compré un péndulo de aguamarina. Según la mujer que me lo vendió, su poder se basaba en ayudar a incrementar la autoestima y en reactivar el poder personal y la confianza en uno mismo. También le regalé uno a Shane, de cuarzo. No le di toda la explicación sobre los péndulos que había aprendido de Ivy. Solo le dije que el cuarzo transparente se consideraba la piedra que ayudaba a tomar buenas decisiones, que lo guardara como amuleto.

En cuanto a mi péndulo, aún no le he preguntado nada. Pero seguro que algún día no muy lejano lo haré.

# 42

## ZOE

## Nunca vas a dejar de sorprenderme

Mi tío salió del hospital con el alta justo el día que zarpaba el barco de Shane.

Al final había pasado ocho días ingresado, porque al quinto sufrió otro fuerte dolor de cabeza con mareos y, para prevenir, lo dejaron dos más en observación. Nos resultaba extraño que no se quejara. Al contrario, una tarde que estábamos trabajando nos dijo por videollamada que se sentía a gusto. A Álex y a mí nos pareció muy raro, pero cuando regresó a casa entendimos el motivo.

El médico le escribió un sinfín de recomendaciones que debía cumplir a rajatabla si no quería morir joven. Prohibido el alcohol salvo si un hijo o una sobrina se casaba o tenía un nieto (ese día podía hacer una excepción). Estrictamente prohibido fumar, con especial énfasis en la marihuana («aunque tu hijo o tu sobrina se casen o tengas un nieto», ahí no había excepción). Comer de manera saludable cuando tocaba, dormir ocho horas diarias, practicar deporte y reducir la jornada laboral… Esta última era la que yo veía más difícil.

No sabía si su hijo o su sobrina se casarían algún día o

si llegaría a tener nietos, lo que sí veíamos cerca era una posible relación.

Desde que lo había dejado la madre de Álex, Martín nunca se había mostrado entusiasmado con nadie. De hecho a mi primo nunca le presentó a ninguna chica como novia. Es más, sus amigas eran tan discretas como él. Y Álex no sabía decir con cuál había tenido algún lío, por eso siempre se cachondeaba insinuándole que era gay. Mi tío siempre se ofendía y aseguraba que él no se enamoraba, que era un alma libre. Pero lo que no sabía era que aquel desafortunado incidente vendría acompañado de una gran ilusión: Martina, la guapa enfermera que había entrado en la habitación el primer día que fuimos a visitarle. Horas después de que nos marcháramos, la chica regresó a su cuarto y al día siguiente también tuvo turno, y al siguiente. Según nos explicó el pícaro de mi tío, sus conversaciones se extendieron más allá de cambiar los medicamentos y tomarle la temperatura, y un buen día la chica aceptó que la invitara a cenar. Lo contaba con una cara de ilusión que nos hacía gracia, y era inevitable que nos burláramos de él.

—Bueno, abuelo —bromeaba Álex—, espero que no te dé un infarto cuando intimes con ella.

—Mira, niñato, llevo varios días sin fumar y te aseguro que mi humor no está para risitas —replicó con enfado levantándose del sofá.

—Oye, no eres el único que lo ha dejado —se quejó Ivy.

—Exacto —le secundó mi primo—. Esa promesa la hice en tu lecho de muerte y la verdad es me estoy arrepintiendo.

—Serás idiota —se burló Martín.

—No —se lamentó su hijo llevándose las manos a la cabeza desesperado debido a la abstinencia.

—Pues ahora os jodéis y todos a cumplir. —Me levanté

enfadada y advertí con el dedo—: Al primero que recaiga le meto el pitillo o el porro por… —hice una pausa esperando sus reacciones— la nariz. —Me reí sonoramente.

—Ja —se mofó mi tío—. Yo creo que tu padre regresará y te encerrará en un convento.

—Pues te equivocas. Aunque no me ha llamado, sé que lo hará. Mi madre me ha dicho que vendrán la semana que viene. No sé qué conjuro le ha lanzado, pero al parecer ya ha aceptado a que estudie Bellas Artes.

—¿En serio? —gritaron los tres al unísono.

Sonreí con emoción.

—Pues sí, así que tenéis Zoe para aburrir.

—Ven aquí. —Me abrazó el tío y se unieron a él Álex e Ivy, apretándome con fuerza.

—Bueno, basta de cariñitos y cada uno a lo suyo, que yo tengo que descansar para reponer fuerzas. —Martín se fue a la habitación.

—Yo me marcho, a ver si llego al puerto antes de que zarpen.

—Te llevamos, si quieres —se ofreció Álex, y acepté cogiendo mi mochila.

Salimos del camping y nos montamos en el coche de Álex, que arrancó a gran velocidad. La barra de control del recinto se hallaba cerrada y el vigilante estaba hablando con unos clientes. Le hicimos señas e Ivy le gritó desde la ventanilla que teníamos mucha prisa. El hombre abrió con suma tranquilidad. Álex aceleró y levantó una humareda de polvo. Ya de camino envié a Shane un mensaje al que no contestó. Me angustié pensando que ya habrían zarpado. Quería un último beso. Un último abrazo. Lo necesitaba. Como cuando te despides de alguien a quien sueñas volver a ver. Esa persona no se había marchado y ya sentía que la extrañaba. Necesitaba decirle que había sido maravilloso conocerle, que deseaba que algún día volviéramos a encontrarnos. No podía marcharse sin que le dijera una vez más que lo quería, que había sido inolvidable. Podemos enamorarnos de alguien en muy poco tiempo. Y yo me había enamorado de Shane en un mes.

Llegamos al puerto y Álex aparcó. Bajé con la respiración entrecortada. Enfilé corriendo el pantalán con la esperanza de llegar a tiempo. Hiperventilaba por los nervios y la falta de ejercicio.

Por suerte, lo vi al final del embarcadero. Se encontraba agachado junto al barco, recogiendo unas cosas. Corrí hasta alcanzarlo. Me detuve frente a él, me lancé a su cuello sin temor a que nos vieran y le besé. Fue bonito y tierno. Me regalaba un hasta pronto, o por lo menos era lo que deseaba.

—Guau, Ginger, nunca vas a dejar de sorprenderme.

En el coche me había preparado mentalmente un discurso maravilloso, pero solo logré articular:

—He venido para decirte que ha sido el mejor verano de mi vida y nunca te olvidaré. Recuérdalo siempre.

Y sus palabras siguientes me dejaron con ganas de volver a verlo.

—Siempre es verano contigo.

# Epílogo

*Un mes después...*

No hace tanto me resultaba imposible imaginarme que mi vida daría un cambio tan grande. Era mi primer día en la facultad de Bellas Artes de la Universidad de Barcelona, y solo entrar en aquella clase de Dibujo I constituía un paso más para cumplir mi gran sueño...

El mejor verano de mi vida había llegado a su fin, y solo me quedará el recuerdo. Entenderme con mi padre fue otro gran logro. Mis padres nos visitaron los fines de semana posteriores al alta del tío. Hicimos barbacoas y fuimos a la playa por la mañana todos juntos porque nuestros turnos de trabajo de tardes eran inamovibles. Hablé con papá y acordamos que estudiaría lo que quisiera, pero al menos una vez al mes y los puentes tenía que regresar a casa para estar con ellos. Evidentemente, no suponía un sacrificio, sino una necesidad. La relación de papá con el tío se suavizó bastante. No voy a decir que se achuchasen, pero poco a poco iban tolerándose, hasta el punto de que en ocasiones se echaban unas risas. Mi padre se quitó los pantalones de pinzas y la camisa de oficina, y cada fin de semana aparecía con sus playeras y pantalones cortos a juego con un polo dispuesto a echar una mano cuando nos desbordaba el trabajo. Mi madre fue una pieza fundamental para que todo fuera posible.

Mi tío Martín... Ah, qué puedo decir de mi tío... Es maravilloso. No solo dejó el tabaco y la marihuana, sino que comía con orden y dormía a pierna suelta. También redujo sus horas de trabajo. Claro está que Martina era su excusa perfecta. Y bienvenida fuera esa chica por la felicidad de mi tío. Martín sonreía más de lo acostumbrado. El hecho de que tuvieran nombres similares fue una divertida casualidad. El destino era caprichoso, solo necesitabas dar con tu media naranja, donde menos lo habrías imaginado.

En cuanto a Álex y a Ivy, la relación iba viento en popa, y creo que llegaría más allá de la historia única que ella decía. Lo compenetrados que estaban hacía presagiar que lo suyo sería como decía Buzz: hasta el infinito y más allá.

El último día en Begur, Álex me regaló la libreta que día tras día había ido ilustrando para mí. Era un recuerdo único y especial que nunca olvidaré, porque cada caricatura plasmaba un detalle desde su perspectiva. Era increíble ver cómo había dibujado el salto en las rocas, la comida en la que discutimos con mi padre, la ambulancia que llevaba al tío al hospital... Todo estaba ahí, a excepción del último recuadro, que aparecía en blanco.

—Te falta una —le reclamé con gesto interrogativo.

Negó con la cabeza.

—Esa debes completarla tú —me dijo sonriendo de oreja a oreja.

Me imaginé dibujando el paseo en moto y el tercer deseo que repetimos en bucle Shane y yo en cada ocasión que pudimos, y hasta me ruboricé pensando en aquellos lujuriosos momentos.

—Tiene que ser algo especial, piensa —me insistió Álex.

Decidida, cogí el rotulador y plasmé la últimas palabras de Shane, dando por finalizada nuestra libreta.

«Siempre es verano contigo». Así estaba segura de que no lo olvidaría.

Al final, las falsas predicciones de Mery fueron bastante acertadas. Iba a estudiar la carrera de mis sueños y me reconcilié con mi padre. Mi romance del verano fue a lo grande. Tristemente, mi relación con el irlandés terminó por la distancia, y aunque fijé la mirada en el Leprechaun, por desgracia la leyenda se cumplió y desapareció, pero no del todo. Mi querido Shane llegó a Cambridge la segunda semana de agosto. Todo estaba muy bien organizado por su progenitor, con el que poco a poco se iba entendiendo. La distancia ayudaba a que la gente se necesitase. Desde que su barco había zarpado, no dejó de escribirme ni un solo día. Me emocionaba cada vez que me llegaba una notificación con el sonido que le había configurado. Era mi *safe place*, ese sitio seguro que te arropaba en los momentos de soledad, ese amigo que encontrabas en el camino, y aunque sabíamos que el romance era imposible, trataríamos de mantener la amistad. El tiempo dirá qué nos regala la vida.

Lancé la pregunta que me rondaba la cabeza: «¿Tengo un futuro posible con Shane?». Por extraño que parezca, el péndulo no se movió.

# Agradecimientos

¡Mamá! ¡Papá! ¡He terminado otro libro! No me puedo creer que ya esté en esta página, el tiempo vuela :( Si has llegado hasta aquí, no sabes lo feliz que me has hecho. Espero que esta historia te haya gustado tanto como a mí.

Cuando comencé este proyecto, tenía muchísima motivación e ilusiones. Por el camino, varios baches me hicieron decaer. Sufrí dos grandes pérdidas que me dolieron como nunca y me hicieron cuestionarme cada palabra del texto. Sentía que no fluía como siempre. A pesar de todo, nunca dejé trabajar y luchar. No ha sido un proceso fácil. Aunque tenga dieciocho años, la lucha para llegar hasta aquí ha sido incansable: horas tras una pantalla, horas comiéndome la cabeza, horas de alegrías y horas de tristezas, acompañada de maravillosos personajes que siento como familia.

Quiero dar las gracias a mis padres y a mi hermano por acompañarme en este camino, haciendo que sea mucho más bonito y feliz. No os imagináis lo que os quiero.

Gracias a mis abuelitas, por mostrarme siempre el amor más puro y sincero. Os amo infinito.

A mis tíos, que son mis grandes fans. Os quiero mucho.

A mis amigos, por apoyarme día a día en mis locuras.

A las personitas que confiasteis en mí desde un principio, ya sabéis a quiénes me refiero, Carmen y Eugenia.

Gracias a Ariane por enviarme ese e-mail que me cambió la vida. Gracias por apostar por mí y darme la mano en un gran y nuevo proyecto.

A mi editora, Ana, por guiarme y mostrarme lo bonito de este mundo tan maravilloso.

Gracias a todo el equipo de Grijalbo, Penguin Random House, que hace que este sueño sea posible.

Y gracias a todas y cada una de las personas que me seguís y apoyáis día a día. Me hacéis el ser más feliz de este mundo. A vosotr@s os lo debo todo.